# 津軽の髭殿

Iwai Miyoji
岩井三四二

光文社

# 津軽の髭殿

装幀　間村俊一
装画　井筒啓之

目次

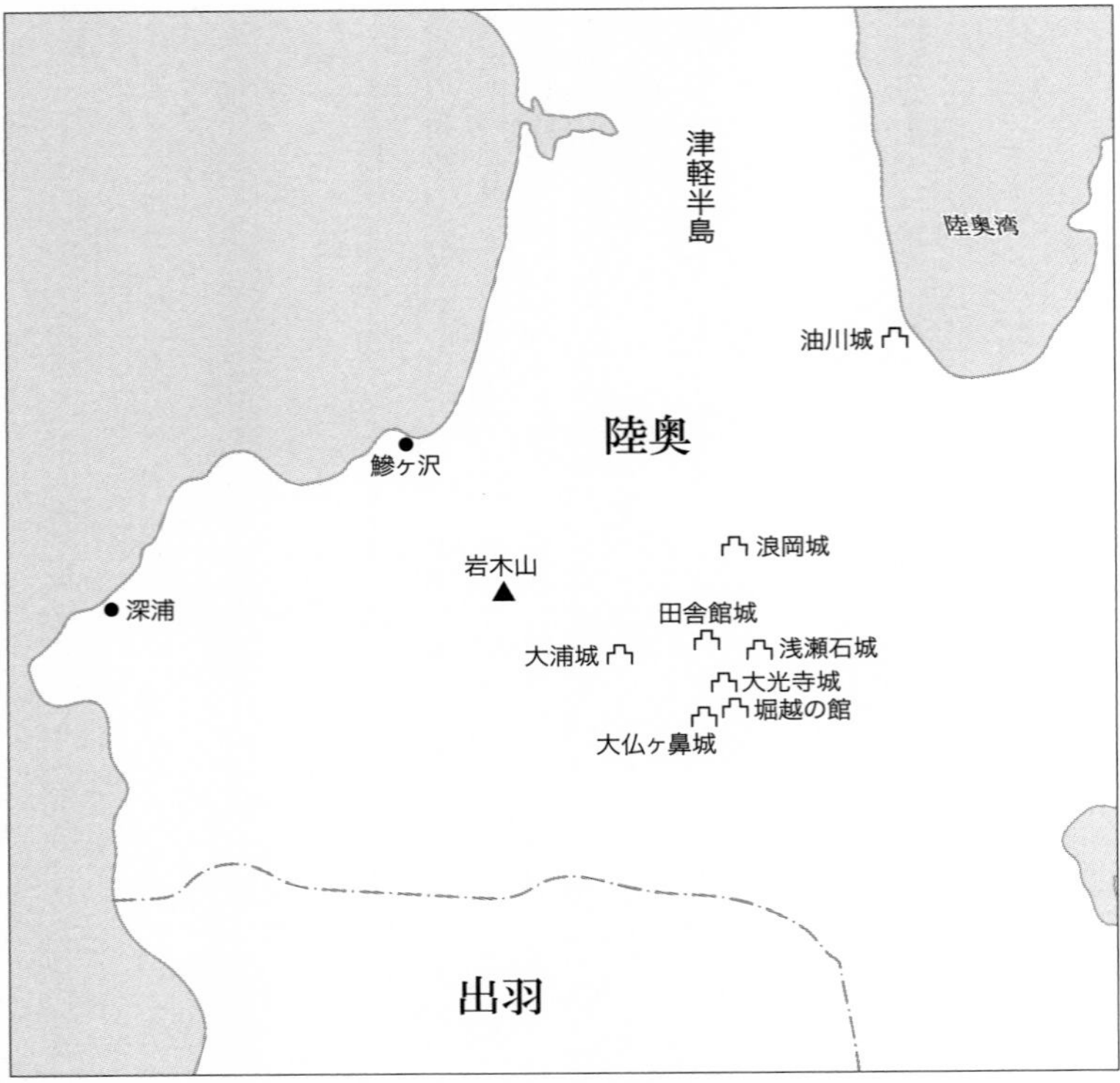
津軽半島
陸奥湾
油川城
陸奥
鰺ヶ沢
浪岡城
岩木山
深浦
田舎館城
大浦城
浅瀬石城
大光寺城
堀越の館
大仏ヶ鼻城
出羽

# 第一章　狸の婿入り

## 一

弥四郎《やしろう》の背丈は並の男より少し高いくらいだが、肩幅が広く、胸板の厚い体つきもあって大男に見える。横に張った顎《あご》は頑丈そうで、厚い胸板とともに精力漢であることを匂わせている。でんとすわった太い鼻は意志の強さを感じさせるが、やや垂れ気味の目からは、何を考えているのかうかがい知れない。当年十七歳だが、落ち着いた物腰と口調は、とてもそんな若さには見えない。

「では、うまくやってくれ。頼りにしているからな」

「まかせておけ」

と短く答える長身の男は、折笠与七《おりかさよしち》という野伏《のぶせり》の頭《かしら》である。腰に黒鞘《くろざや》の大刀《だいとう》をぶちこみ、手には一間柄《いっけんえ》の槍《やり》。手下を数名つれていた。木漏《こも》れ日が与七の顔を照らす。細面《ほそおもて》で目つきが鋭い。こちらは二十歳《はたち》そこそこといった顔つきだ。

ふたりが立つのは、ヒバの巨木が数知れずそそり立ち、昼なお暗い森の中だった。

「さればあとで、また」

話を終えると弥四郎は馬に乗って暗い森から出た。周囲は一面、広々とした野で、そこにひとすじの道が通っている。

晩秋の冷たい風が、弥四郎の赤い面皰《にきび》がいくつかある頬をなでてゆく。

しばらく馬を歩ませてから、弥四郎は振りかえった。

森の背後に、頂上から七合目あたりまで白く染まった岩木山《いわきさん》の雄大な姿が見える。

左右の釣り合いがとれた形が美しい、と思った。

岩木山のあるここ津軽《つがる》は陸奥国《むつのくに》のはずだが、となりの出羽国《でわのくに》の一部だと言う人もいる。なにしろ、

「北は津軽、外ヶ浜《そとがはま》、宇曽利郷《うそりごう》まで」

というのが日本の北限をあらわす決まり文句になっているほどで、都からあまりに遠いためにこのあたりの地理をくわしく勘考する者が少なく、境が曖昧なのだ。

そして津軽という地名も、とらえどころのないものだった。

もともと蝦夷《えみし》たちの住んでいるところを「津苅《つがる》」とか「東日流《つがる》」と称したのが始まりだという。いま多くの蝦夷たちは夷島《えぞがしま》（北海道）に住んでいるが、このあたりでも点々と集落を営んでいる。そのせいか、どこからどこまでが津軽なのかはっきりしない。

郡《こおり》の名でいうと八甲田山《はっこうださん》より西、白神《しらかみ》の山々より北にある平賀《ひらか》、田舎《いなか》、鼻和《はなわ》の三郡、それに海に面した西浜《にしのはま》と外ヶ浜（みな青森県西部）を合わせて津軽とすることが多いようだが、土地の者は
「岩木山の見えるところはみな津軽だ」などと鷹揚《おうよう》に言う。

おなじ陸奥国の北部でも東に隣接する糠部《ぬかのぶ》郡（青森県東部および岩手県北部）は山がちで畑が多いが、津軽は北の十三湖《じゅうさんこ》にむかって流れる岩木川の周辺に肥沃《ひよく》な野が広がっており、風景はたおやかで美しく、北奥《ほくおう》では有数の米どころでもある。

いずれはこの美しく豊かな津軽をわがものにする。そして津軽を足がかりに奥羽《おうう》の地を奪い、さらには天下に覇を唱える。

弥四郎は、そんな野望とも妄想ともつかぬ思いを胸に抱いていた。

――男として生まれたからには、天下を望まないでどうする。

そのための戦いが、今日からはじまるのだ。

企《たくら》みを胸の内で反芻《はんすう》しつつ、弥四郎は馬を北の方へと歩ませた。


津軽平野の東南、平川《ひらかわ》という岩木川の支流の近くに、堀越《ほりこし》の館《やかた》がある。

一町《いっちょう》（約百九メートル）四方ほどの敷地を堀と土塁でかこみ、中には母屋を中心に厩《うまや》や下人《げにん》小屋など、茅葺《かやぶ》きの建物がいくつか建っている。このあたりの村を支配する領主の館である。

いまその大手門のところで数名が、たがいに挨拶《あいさつ》をかわしていた。

「ほんにお邪魔しました。さればご機嫌よう」

というのは、市女笠《いちめがさ》をかぶった中年の侍女である。そのうしろにおなじ笠を手にした若い娘が立ち、ほほえんでいる。背中まで伸びた垂らし髪、二重《ふたえ》の目にちんまりと丸くまとまった鼻。控えめにのぞく八重歯が愛らしい。

みなが麻の小袖を着ているのに、娘だけは鮮やかな色合いの絹の打掛《うちかけ》を羽織っており、身分のちがいを示している。

「ああ、なにもせずに悪かったね。これに懲りずに、また来ておくれ」

館の女主人と見える、黒い前掛けをした太《ふと》り肉《じし》の女が愛想よく言う。

「いいえ、ご馳走《ちそう》になりました。今度はうちの城へも、どうぞ」

娘が言う。

「ありがたや。またそのうちに」

前掛けをした女はにこやかにお辞儀をし、娘たち一行を送り出した。しかし門内にはいるとたちま

ち険《けわ》しい顔になり、

「南無八幡《なむはちまん》、うまくいきますように」

と念じて手を合わせた。

一方で館を出た一行は、のんびりと帰路についていた。

「ああ、楽しかった。また行きたいわ。城では面白いこともないし。そもそも父上のことがあるから」

娘は堀越の館から二里ほど北西にある大浦《おおうら》城主の次女で、おうらという。

堀越の館には町井飛鳥《まちいあすか》という大浦城主の親族が住んでいたので、幼いころからよく遊びに出かけていた。その飛鳥は少し前に亡くなり、いまはその後妻が女主人として館を維持している。

この女が気さくで話も面白い。おうらはしばしばたずねては、久慈《くじ》や京の話――後妻は津軽の南東にある久慈郡から来ており、また娘のころに京に旅をしたことがあるという――を聞いたり、貝合わせやすごろくをして楽しむのだった。

さらに町井飛鳥の代から堀越の館はさかんに商売をしており、南の比内《ひない》や鹿角《かづの》といった山あいの地の産物、北の夷島の産物、さらには遠く都から運ばれてきた品なども扱っていたので、ときに珍しいものを土産《みやげ》にもらうこともあった。

今日は「庭のもみじが見事に色づいたから見にこないか」という誘いをうけたので、喜んで出かけたのである。

女主人のもてなし方は垢抜《あかぬ》けていて、もみじを前に歌会のまねごとなどし、甘酒を頂戴して、最後はすごろくと、さんざんはしゃいで半日を過ごしたのだった。

一行は警固《けいご》の侍を先頭に、侍女、馬に横座りしたおうら、荷物持ちの下男《げなん》の順に進んでいる。

堀越から大浦までの道は平坦で難所もない。岩木川を渡らねばならないが、いまの季節は川水が少なく、浅瀬は馬の足を濡《ぬ》らす程度でしかない。暗くなる前には十分に城へ帰り着けるはずだった。

途中、田畑も集落もない野原をとおった。胸まであるすすきの群生のあいだに、細い道が一本通っている。

津軽は広々と開けた土地柄のわりに人が少ないので、こうした茫漠《ぼうばく》とした野原や、ヒバや杉、あるいはブナやナラの深い森があちこちにある。

「急ぎましょう。あまり遅くなると殿さまに叱られます」

岩木山の脇に沈みかけている太陽を気にした侍女が言い、先頭をゆく警固の侍に声をかけたときだった。

道の左右のすすきが揺れたと思うと、ぬっと黒い頭があらわれた。

顔を黒い頭巾《ずきん》でおおい、目だけを出している男たちだ。前にふたり、うしろにふたり。手に白刃《はくじん》をにぎり、道に出てきた。

「何者じゃ！」

警固の侍が叫ぶが、返答はない。

「の、野伏！」

侍女がそう言ってから絶句した。おうらもおどろき、馬上でかたまってしまった。

このあたりではあぶれ者が野伏となって出没し、行商人や近在の百姓を襲うと聞いてはいたが、警固の侍がついている一行を襲うとは、思ってもいなかった。

侍も抜刀したが、一対四という劣勢に当惑しているようすで、その場から動けずにいる。

「物盗りじゃ。だれか助けて！」

気を取りなおした侍女が叫んだが、その声はすすきの茂みに吸い込まれただけだった。

「ええい、来るな、散れ！」

警固の侍が怒鳴り、野伏に斬りつけた。だが野伏は軽い身ごなしで後退する。追った侍は、その途端、ぐっと喉声《のどごえ》をあげて立ち止まった。おうらははっとした。いつの間にか左肩から光るものが突き出ている。

すすきの茂みから長い槍が伸びてきて、侍の右脇から左肩へと串刺しにしたのだ。

侍が糸の切れた傀儡《くぐつ》のように倒れると、すすきの茂みから五人目の男があらわれた。長身で黒鞘の大刀を腰に差している。槍を手にした風格から、野伏の頭と見えた。

きゃああ、と侍女が金切り声をあげた。おうらも息を呑《の》んでこの光景を見ていた。

――もうだめ。つかまる。

目の前が暗くなった。五人もいては逃げられない。侍女ともども身ぐるみはがされ、そして……、殺されるのか。

野伏たちが迫ってくる。いっさい声を出さないのが不気味だ。

そのときだった。

張り詰めた空気を割るように、重い蹄《ひづめ》の音と馬の息づかいが聞こえてきた。さらに、

「おおい、大丈夫かあ。どうしたあ」

という呼びかけが耳に届く。おぼえのある声だった。すぐに顔が思い浮かんだ。どうしてここに、という疑問が芽生えたが、それも一瞬で吹き飛んだ。

「助けて、助けてえ！」

おうらは反射的に大きな声をあげていた。

道の前方から馬を駆けさせてきた侍に、野伏たちは動揺を見せた。

「その声は、おうらどの！」

侍は、野伏をはね飛ばす勢いで馬を駆けさせてくる。あわてた野伏たちが道をあけたので、馬はおうらの前で止まり、荒い息を吐いて足踏みを始めた。

「弥四郎どの、野伏に遭い難渋しております。お助けくだされ！」

侍女が叫ぶ。

「野伏じゃと？　女を襲う不心得者どもが！」

弥四郎と呼ばれた侍は素早く下馬すると、刀を抜いて野伏たちに斬りかかった。刃《やいば》が打ち合わされると、弥四郎の斬り込みを受けた野伏は、勢いに押されて尻餅をついた。

力量のちがいは明らかだった。

片手で軽々と大刀を打ち振る弥四郎の膂力《りょりょく》に恐れをなしたのか、野伏たちはすすきの茂みに逃げ込んでいった。

残ったのは、槍をかまえた頭ひとり。

弥四郎と野伏の頭は、しばし無言で対峙《たいじ》した。弥四郎は刀を正眼《せいがん》にかまえる。野伏の頭は槍先を小刻みに突き出しつつ、隙《すき》をうかがっている。

先に踏み込んだのは弥四郎だった。

刀身《とうしん》で槍の穂先を擦《す》りあげながら、野伏の頭の手許《てもと》に飛び込もうとした。

頭は槍とともに素早く飛びのいた。そして槍をかまえたまま、

「覚えておれ」

と吐き捨てると、くるりと反転し、すすきの茂みに飛び込んだ。

少し後を追ったのち刀を下ろした弥四郎は、おうらを振りかえって声をかけた。

「怪我《けが》はござらぬか」

「ええ、おかげさまで」

おうらは硬い顔で返した。

弥四郎は、いま出てきたばかりの堀越館の住人である。後妻の連れ子で、おうらとは幼いころから顔なじみだった。

「ああっ」

緊張が解けたのか、侍女がその場にへたり込んだ。

「ここは危ない」

弥四郎は周囲を見まわしながら言った。

「城まで送って進ぜる。急がれよ」

そして倒れている警固の侍に歩み寄り、手首をつかんだ。脈をみたようだ。小さく首をふると、

「南無阿弥陀仏。成仏されよ」と言って手を合わせた。すぐに自分の馬をひいてきて鞍《くら》をはずし、侍の遺体をかつぎあげて馬の背にのせた。

鞍を肩にして手綱《たづな》をもち、先頭にたって歩きはじめた弥四郎を、おうらはうっとりとした目で眺めていた。

二

岩木山を西にのぞむ大浦城は、一町四方ほどの本丸と、本丸を包むように三日月状に設けられた二

の丸だけの平城だが、周囲を小川と湿地に囲まれており、守りは堅い。

弥四郎は本丸の広間で、大浦家の家老、森岡金吾《もりおかきんご》と小笠原伊勢守《おがさわらいせのかみ》に向き合っていた。

「いや、母に命じられて一町田《いっちょうだ》の館へ出かけた帰り道でござった。あそこで出会ったのは、まさに奇遇としか申せませせぬ」

「なんにせよ姫の命の恩人じゃ。ようなされた。殿になりかわって御礼《おんれい》を申しあげる」

森岡金吾は、広い肩の上にのった角張《かくば》った顔をゆるめ、会釈《えしゃく》した。

「なんの、当然のことをしたまで」

弥四郎は泰然《たいぜん》としている。

昨夕、一行が大浦城に帰りついて野伏に襲われたと告げると、城内は騒然となった。居合わせた森岡金吾の指図《さしず》で、さっそく討伐の一隊が出発していった。なにしろ城主の娘が襲われたのである。探し出して処罰しなければ城主の面目が失われる。

出発する数十人の仕度のためにみなが走り回り、おうらや侍女の介抱にも手を尽くしているうちに、弥四郎は静かに姿を消していた。

そのことにみなが気づいたときには、夜も更けていた。礼もしなかったとおうらに失態をなじられた森岡金吾らは、翌日、丁重に使いを出して弥四郎を城に招いたのだ。

「で、野伏はつかまりましたかの」

弥四郎の問いに、上背はあるが鶴のように痩身で、面長の小笠原伊勢守が首をふった。

「すすきが原《はら》についたときには暗くなっており、とても探せるものではござらなんだとのこと。今日も人数《にんずう》を出しておるが……」

「無理でしょうな、あのあたりは広うござるでの」

「まあ……、しばらく日数をかけるしかないかと思うておりますがの」

家老たちが若い弥四郎に丁重に接するのは、姫を救った行為に敬意を表しているからばかりではない。弥四郎の生まれを知っているからだ。

弥四郎の母は、いまでこそ堀越館の女主人になっているが、もとは津軽より三十里ほども東にある久慈郡を領する久慈備前守治義《びぜんのかみはるよし》の側室だった。だからその子の弥四郎は、備前守治義の庶子《しょし》なのである。

それがなぜ津軽にいるのかというと、治義の嫡子《ちゃくし》で久慈家の跡を継いだ信義《のぶよし》――弥四郎にとっては異母兄にあたる――に、側室の母がうとまれたためだという。

そこで弥四郎は母とともに久慈を退散し、おなじ久慈家の一族である大浦城主、為則《ためのり》を頼って津軽に流れてきたのだ。もう十年以上前のことだった。

もともと久慈家は南部《なんぶ》氏の一族で、上ノ久慈家と下ノ久慈家があり、久慈郡を東西に分けて領有していた。そのうち下ノ久慈家が南部氏の津軽進出にともなって西浜の種里《たねさと》の城主となり、ついで大浦に移って大浦氏を名乗ったのである。

母は為則の指図で、弥四郎らを連れ子として堀越館の町井飛鳥に再嫁《さいか》し、その後、夫を亡くして今日にいたっている。

上ノ久慈家の血を引く弥四郎は、下ノ久慈一族の大浦家が支配するこのあたりにあっては城主の一族で、貴人といえるのだった。

森岡金吾は大浦家からさらに枝分かれした家の者だし、小笠原伊勢守は信濃国《しなののくに》から移ってきたよそ者なので、弥四郎のほうが主筋《しゅうすじ》となる。だから臣下の礼をとらざるを得ない。

「ところで、殿のご容態はいかが」

弥四郎が問うと、ふたりは少々とまどったようすで、

「ま、相変わらずと思《おぼ》し召せ」

と言葉を濁した。

城主の大浦為則が病中にあるのは、公然の秘密だった。もともと病弱な質《たち》で、外出もせず城内にいることが多かったが、半年ほど前に寝込んでしまい、いまも一日中ほぼ夜具の上で過ごしているという。

いまのところ津軽一帯は落ち着いており、大浦城が攻められるような気配はないが、野伏が横行するなど平穏とは言い切れない世の中である。城主の病気は大声では語れない話題だった。

そこに廊下のほうから足音が聞こえてきて、濃緑《こみどり》の素襖袴《すおうばかま》の男が広間に入ってきた。

「おお、来られておったか」

と言う男は中肉中背、切れ上がった鋭い目と尖《とが》った顎をもつ。弥四郎に目をとめ、白い歯を見せた。

「お呼びに甘えて、参じており申す」

声をかけられた弥四郎は軽く頭を下げた。

素襖袴の男は兼平中書《かねひらちゆうしよ》といって、この大浦家の家老職にある。森岡、小笠原と合わせて三家老と称されている。といっても隠居した父の跡をついだばかりで、二十歳そこそこと若い。じつは弥四郎の姉を娶《めと》っており、当然ながら弥四郎のことはよく知っている。

兼平は森岡金吾の横にすわると、挨拶も抜きに話しはじめた。

「こたびのご活躍、感じ入ってござる。いま奥で殿にお目にかかってきたが、殿もことのほかお喜びでな、何か礼をせねばと申すので、それがしはこう勧めておいた」

そこでひと息おくと、にやりと笑った上で言った。

「何か品を渡すより、いっそおうらどのを差しあげては、とな。いや、差しあげるというより、弥四郎どのに婿《むこ》として来てもらうことになるかな」

おうらと弥四郎を娶《めあわ》せよう、というのだ。

「おうらどのも弥四郎どのも十七。似合いの夫婦ができあがると、それがしは思うが」

これにはふたりの家老が目を丸くした。

「いやいや、それはちと先走りすぎであろう」

「めでたい話にはちがいないが、さて、縁辺《えんぺん》の儀となればお家の大事じゃ。いま少し慎重にすすめたほうが……」

あわてるふたりに対して、兼平は落ち着いて答える。

「ちと言い過ぎたかな。しかし殿はまんざらでもなさそうなお顔であったし、おうらどのもとくに嫌がるようでもなかったが」

と言ってから弥四郎の顔を見て、

「どうかな、悪い話ではないと思うが」

と水を向けた。

「いやそれは、それがしには身に余るお話でござる。そもそも縁辺の儀など、本人ではなく親同士で決めるものでござろうて」

弥四郎は大仰《おおぎょう》に首をふった。

「はは、泡を食っておる。無理もないがな」

兼平は楽しそうだ。

「聞いておるぞ。弥四郎どのとおうらどのは幼なじみで、互いに憎からず思うておると」

兼平に指摘されて弥四郎は、「いや、それは」と言って顔を伏せてしまった。

兼平は弥四郎の義兄だけに、遠慮なくものを言う。

結局、殿のお気持ちとして下された小袖ひと襲《かさね》を頂戴し、弥四郎は帰っていった。

残った三人の家老衆のあいだには、冷ややかな空気が漂っている。

「おうらどのの婿の話は、軽々にするものではないと思うが」

小笠原伊勢守が言い、森岡金吾が引きとる。

「婿どのとなれば、しばらくのあいだはこの城を預かることになろうからの。あるいは、そのままお家の跡取りになるやもしれぬ」

兼平はうなずく。

「もちろん、そうなろうな」

病気療養中の城主、為則がもう長くないことは、日々身近に接している家老たちにはよくわかっている。

為則は二男二女をもうけたが、ふたりの男児はまだ幼く、すぐに城主の座を継ぐことはできない。長女は外ヶ浜にある横内《よこうち》城主の堤孫六《つつみまごろく》という者に嫁いでいたが、孫六は数年前に南部勢の内輪もめによる合戦に出て討死《うちじに》していた。だから次女であるおうらが婿を迎えれば、つぎの城主の有力な候補となる。

「われこそは、あるいはわが息子こそおうらどのの婿にふさわしい、と言う輩《やから》がすでにわんさといる。ここで弥四郎どのが婿に名乗りをあげると、騒ぎが大きくなるだけじゃ」

「そこはわれらが仕切ることとなろう。家中《かちゅう》が混乱せぬようにな」

兼平は言う。

「仕切るといっても容易なことではあるまい。下手をするとお家が千々に乱れるぞ。で、まことに殿は弥四郎どのの婿入りを承知しておるのか」

森岡金吾が角張った顔をかたむけ、さぐりを入れるように言う。

「はっきりと仰《おお》せではないが、にっこりとうなずいておられた」

小笠原伊勢守は細い首をひねり、森岡金吾は口をへの字にした。

「それと、これはうわさじゃが」

と言って兼平は声をひそめた。

「どうやら弥四郎どのは、三戸《さんのへ》の後押しを受けておるらしい」

「なんと！」

「まことか……」

森岡金吾と小笠原伊勢守は、思わず声をあげた。

いま津軽を支配しているのは糠部郡に本拠をもつ南部家であり、三戸家は南部家中の宗家《そうけ》なのである。その意向とあっては無視できない。

森岡金吾は、腕組みをして言った。

「しかし大仏ヶ鼻《だいぶつがはな》は、三戸とはあまり仲がよくない。素直に三戸の言うことを聞いていいものかどうか」

大仏ヶ鼻というのは、南部家の津軽支配の拠点、石川《いしかわ》という在所《ざいしょ》にある城を指している。その城に南部高信《たかのぶ》という者が郡代《ぐんだい》として君臨していた。大浦家は高信の指図をあおぐ立場にあるが、その高信が三戸家と仲が悪いのだ。

「とはいえ宗家は宗家じゃでの」

小笠原伊勢守は、ふたりの顔をながめながら困惑した顔で言う。

伊勢守が迷うのも無理はなかった。南部氏といっても一枚岩ではなく、いくつかの家に分かれて互いに争っているありさまで、その内情は複雑なのだ。

「では、こうしてはどうかの」

小笠原伊勢守は言う。

「果たして弥四郎どのがおうらどのの婿にふさわしいかどうか、試してみるのじゃ。試しに通れば、その上で殿に推挙すればよい」

「試す？　しかし話によれば弥四郎どのは野伏数人を相手にして、ひとりで追い払ったそうではないか。武勇は十分であろう。無論、家柄も申し分ないし、三戸も推している。それではいかんのか」

兼平は不満そうだ。森岡金吾が口を挟んだ。

「武勇はよい。しかし近い将来に城主となるならば、武勇だけでは足りぬ。文武ともにそろってこそ、われらも城主と仰ぐに安心できるというものじゃ。伊勢守どのの申すこと、もっともと思うが」

「どんな試しを考えておられるのかな」

兼平が不満そうに問う。

「こういうのは、どうかの」

小笠原伊勢守は、自説を披露した。

三

堀越の館から西に半里ほど離れた小栗山《こぐりやま》という在所にある小栗山左京《さきょう》の館には、人馬が出入りしている。館の広い庭には米や塩、干魚《ひうお》などの荷が置かれ、蔵に運び入れたり馬の背に積んで出荷したりと、多くの人々が立ちはたらいていた。

　小栗山左京はこのあたりの領主であるとともに、西の深浦《ふかうら》という湊町《みなとまち》から来る海産物や、南方の山国《やまぐに》である鹿角や比内の産物などをあつかう商人でもあった。

　雪が降り積もる前に、ひと冬分の買い物をしておこうとする人々が多く、いまは一年中で一番商売がいそがしい時節である。

　その館の母屋の奥で、三人の男が向かい合っている。

「なんでそんな面倒なことになるんだ」

　話を聞いた弥四郎は、兼平中書をにらんだ。

「姫の危ういところを救った、三戸の後押しがある。大浦なんてちっぽけな城の跡取りにゃ、これだけで十分だろうが。文武両道だと。おれの頭の出来が信用できねえってのか」

「森岡金吾だ。あやつが納得しておらぬ。腹に一物《いちもつ》あるのだろうな。もしかすると、自分が後釜にすわるつもりかもな」

　兼平中書は尖った顎の先を掻《か》きながら答えた。

「ま、ここで強引に話をすすめても、あとにわだかまりが残る。そう思っていったんは受けてきた」

「そなたもだらしがないな。うまく言いくるめられなかったのか」

　義兄だけに、弥四郎も兼平に遠慮がない。

「まあそう言うな。話がこじれるよりはいいだろう」

「気楽に言うが、しくじったらここまでのお膳立てがみな無駄になるぞ」

　弥四郎は険しい顔でいる。

おうらどのの婿になり、大浦城を乗っ取るつもりで、弥四郎はさまざまな手を打ってきた。野伏に襲われたおうらどのを救ったのも、偶然に来合わせたのではなく、弥四郎が折笠与七と示し合わせて仕掛けたものだった。そうした努力が実って、やっと婿の候補に挙げられるところまできたのである。

そこに小笠原伊勢守が試しとして、

「徳の高い僧に弥四郎の人柄を見てもらう」

という案を出してきた。

僧が認めるほどの学識や機知があれば、城主となっても安心できるが、それもなくてただ勇猛なだけでは推しかねると言われて、兼平中書も反論できなかったのだ。

「で、その坊主はどこにいる」

「藤崎《ふじさき》村だ。殿が帰依している禅坊主で、学識が高く、方々から弟子入りを志願するやつが来るそうな。みなはね除《の》けているそうだが。ま、とにかく城から話は通しておくから、あとはうまくやってくれ」

兼平に言われて、弥四郎は不満そうに深々と息を吐いた。

部屋の中央には囲炉裏《いろり》が切ってあり、細々と薪《まき》が燃えている。この館には商売の用で訪れた体裁にしてあるが、実際は兼平中書との打ち合わせに来たのである。

「やってみれば、ようござろ」

不満そうな弥四郎に、囲炉裏に薪を足しながら言うのはこの館の主人、小栗山左京である。三十がらみの痩《や》せた小男だが、馬丁《ばてい》や行商人など数十人の頭でもある。堀越館の女主人、つまり弥四郎の母とは商売仲間で、弥四郎は昔からよく行き来していた。

商売といっても、ただ品物を運んで売り買いするだけではない。野伏が横行しているいまの世では、野伏と顔見知りとならなければ、うまく商売をすることも覚束《おぼつか》ない。なので小栗山左京はもちろん、弥四郎も幾人かの野伏の頭と知り合いになっていた。折笠与七もそのひとりである。

「どんな試しか知りませぬが、それをこなせば婿になれるというのなら、かえって重宝《ちょうほう》するのではありませぬか。反対する者も文句を言えなくなりましょう」

「まあ、そういうことだ」

兼平は平然と言う。

「といっても、それで家中のだれもが納得するとは思えぬな」

弥四郎は首をふる。

「もちろん、試しとは別に、ひとりふたりは始末しなきゃあな。それは変わらない」

兼平は当然だというように言う。

おうら殿の婿をめぐっては、すでに幾人かがうわさにのぼっている。その中の有力な者を消し去れば、弥四郎の立場が強固になる、というのだ。

「両方か。両方やって、それでやっと城が手に入るってことか」

「それで手に入ればお安いものだ。城と、鼻和郡の半分近い領地だぞ。一村《いっそん》の領主から見りゃ、天と地の差だろうが」

兼平の言葉に、弥四郎はうなずく。

「ところで、肝心の殿はどう思っているんだ。おうらどのの婿として意中の者はいるのか」

「どうかな。殿はおうらどのを猫かわいがりしているからな。それで婚儀が遅れた。ま、婿にしたい者などいないのだろう。裏を返せば、誰でも機会はあるということになる」

「跡継ぎについては?」

「それもなあ。病をなおして自分があと十数年生きて、それから五郎《ごろう》どのか六郎《ろくろう》どのへ継ぐとしか考えていないと思うぞ」

五郎どのと六郎どのは、いまの城主、為則の幼子《おさなご》である。

「いくら病が重くても、自分の死を正面から見据《みす》えて認めるのは、辛《つら》かろうよ」

兼平がしんみりと言ったので、しばし話が途切れた。

「ならば、そろそろ始末する者を決めるか」

弥四郎が沈黙を破った。

「外堀を埋めた上で真っ向から攻め込めば、殿も否やはあるまい」

「いいとも。両方同時にすすめる。それでいいな」

「ああ。一番の敵はだれだ。坂田仁右衛門《さかたにえもん》か」

弥四郎が言った。仁右衛門は若い上に城主の姉の子である。つぎの城主としての資格はあるし、本人もそのつもりを隠していない。

「坂田どのは口だけだ。なんの力もない。ほうっておいても大丈夫だ」

本人は気負っていても、合戦で手柄をたてたこともなく、人望もないからだれも推さないという。

「では土堂佐渡守《つちどうさどのかみ》か」

「あの男はあぶないな。早めに始末したほうがいいだろう」

佐渡守は城主の叔父にあたる。母の身分が低いために先代の城主から冷遇されてきた。しかし切れ者とのうわさで、合戦での戦功もある。三十歳を超えていて人柄も温厚で、家中の評判もいい。だれかが城主に推せば、あっという間に人気が出そうだ。

「あとは……、大河原《おおかわら》の三郎《さぶろう》」

「ただの腕自慢の痴《し》れ者だが、血筋からしてだれかに推されるかもしれん。まあ、騒ぎたてられないうちに消しておくか」

「五郎どの、六郎どのはどうする。五郎どのを主君にあおぎ、あとは重臣たちの合議でことを運ぶと言っている者もいると聞くが」

「森岡金吾がそのつもりのようだが……。やめておけ。ふたりには触らぬほうがよい。かえって面倒なことになる。それにいまの世の中、重臣どもの合議で渡って行けるほど甘くはない。だれも同意せぬさ」

兼平中書の言葉を聞いて、弥四郎は意見をもとめるように小栗山左京を見た。

「それがしも、さように思いまする。始末するのは土堂佐渡守と大河原三郎でよろしいかと。それでことはうまく運びましょう」

弥四郎はうなずいた。

「さればおれが土堂佐渡守をやろう。大河原三郎はまかせていいか」

弥四郎の問いかけに、小栗山は顎をひいた。

「どうやって始末するつもりだ」

兼平がたずねると、小栗山は答えた。

「蝦夷の長《おさ》を知っておりますので、そやつに頼んで弓の名手を借りまする。蝦夷の矢なら、かすっただけで倒れるかと」

蝦夷は毒矢を使う。暗殺にはもってこいだ。

「わかった。そちらはどうする?」

兼平に問われて、弥四郎は笑みを返した。

「ま、まかせてもらおう。少し助けてもらうがな」

小栗山の館を辞した弥四郎は、堀越の館に帰った。

「どんな首尾じゃったかの」

と母が問うてくる。

「面倒なことになった。いましばらく手間がかかる」

母に兼平中書に言われたことを伝えた。

「ふむ。やはり森岡が逆らうのか」

「はっきりとはせぬが、言うとおりにはならぬようだな」

「まあ、そう易々《やすやす》とは運ぶまい。仮にも一城のあるじを決めようというのじゃから」

「あんな小さな城ごときで手間取るとは、半可《はんか》くせえ（馬鹿らしい）ことだ」

「そなた、気が大きいのはいいが、驕《おご》るでない。一城を取るのは一大事ぞ」

母ににらみつけられて、弥四郎は憮然《ぶぜん》とした顔で口を閉じた。

「おうらの婿になれ、そうして大浦城を乗っ取れ」

と最初に言い出したのは、この母である。

母は、堀越の館を女主人として切り盛りする一方で、領地をふやしたり銭もうけをする機会はないかと、近隣の情勢を虎視眈々《こしたんたん》と眺めていた。そして大浦城主為則の病状と、跡継ぎの男児がまだ幼いことを知ると、大胆にも大浦城乗っ取りを企《くわだ》てたのだ。

おうらを野伏に襲わせて、弥四郎が助けに入るという狂言も、弥四郎と母の合作である。また兼平中書が弥四郎をおうらの婿にと城主為則にすすめたのも、もちろん弥四郎らと示し合わせてのことだった。

おうらの婿になるのも、弥四郎の望むところだ。おうらは幼いころから堀越の館にきていたので、よく知っている。絶世の美人とはいえないが、愛らしい顔立ちに明るい気性の持ち主で、そばにいると気分が和《なご》む。おうらと城が同時に手に入るならば、願ってもないことだ。

弥四郎は小さいころから知力体力にすぐれ、仲間内では常に餓鬼大将に祭り上げられていた。十五歳からは母を手伝って商売にも乗りだし、いまや津軽三郡のあちこちに知り合いや仲間がいる。自分にできないことはない、と自信にあふれていた。

しかも幼いころから母に、

「そなたは大名の子じゃ、いまは落ちぶれているが、大きくなったら大名になりなされ。いや、大名どころか天下を統《す》べる大将軍になりなされ。そなたならそれができる！」

と吹き込まれて育っている。物心がつくころになると平曲《へいきょく》（平家物語）や太平記を聞きかじり、天下をめぐるいくさとはどんなものか、都とはどんなところかと、思い巡らすようになった。ことに太平記に出てくる北畠顕家卿《きたばたけあきいえきょう》が好きで、いずれはあのように陸奥から大軍をひきいて上洛《じょうらく》する、と夢想していた。

そんな弥四郎にとって、婿入りして城を奪うという母の企ては、大それた夢想を実現する最初の一歩と思えた。

一城を奪えば一郡を奪うのも無理ではない。一郡を奪えば、やがては一国もその手に入るだろう。そうなれば天下への道も見えてくるはずだ。

弥四郎は念を入れて、この野望を後押しする者も確保している。

このひと月ほど前に、弥四郎は糠部郡三戸の城で、南部宗家の当主である南部大膳大夫晴政《だいぜんのだいぶはるまさ》に会っていた。

南部家は北奥の支配者である。

その祖は甲斐源氏《かいげんじ》の南部三郎光行《さぶろうみつゆき》で、源頼朝《みなもとのよりとも》の奥州征伐《おうしゅう》に従軍して戦功をあげ、糠部五郡を賜《たまわ》ったという由緒をもつ。

糠部郡に本拠を据えた南部家はさかえ、いまでは「三日月の丸くなるまで南部領」、つまり半月のあいだ歩いても抜けられないほど南部領は広い、と囃《はや》されるほどだった。

その南部家総領の前で、弥四郎は言った。

「一兵も一銭も使わずとも、城をひとつ奪いとってみせまする。それにはただお屋形《やかた》さまより、大浦の婿には久慈の弥四郎がよい、と仰せになっていただくだけでよいのです。さすればその通りになるよう、念を入れて下拵《したごしら》えをいたします。そして大浦の婿となったあかつきには、お屋形さまに忠節を尽くしまする。なにとぞお力添えを願い上げまする」

晴政は興味をおぼえたらしい。弥四郎に生い立ちから父母のこと、津軽の情勢と城主らの評判、人物評などたずねたあげく、

「面白い男じゃ。存分にやってみよ」

と認めてくれたのだ。

「津軽の者はじょっぱりというが、たしかに頑固で強情で、なかなか言うことを聞かずに困ったものだ。ひとつそなたの知恵で、大浦といわず津軽を奪ってみよ」

とも言われた。

こんな危うい話がとんとん拍子にすすんだのには、もちろん裏にそれなりの事情がある。

それは、南部家中の乱れである。

南部家の始祖、三郎光行には六人の子があり、それぞれ一戸《いちのへ》、二戸《にのへ》、三戸などの領地――糠部郡は一から九までの戸《へ》と東西南北の門《かど》、それに宇曽利郷に分かれている――を継いだ。宗家は嫡男の三戸家だが、各支族は独立の気風が強く、必ずしも宗家の言いなりにはならない。九戸《くのへ》家などは宗家と競うほどの勢力がある。

だから宗家当主の晴政は、各支族の力をそぎ、宗家へ従属させたいという思いを強く抱いていた。

津軽郡代の南部高信は晴政の弟であるが、兄弟といっても、ふたりはさほど仲がよいわけではない。高信の息子が晴政の長女に婿入りし、宗家の跡継ぎに擬されているが、舅《しゅうと》と婿の仲もぎこちないものだという。

晴政は、弟の高信が支配している津軽に自分の息がかかった勢力が入り込むことを喜ぶにちがいない。そう読んで弥四郎は、支援と引き替えの忠節を申し出た。これが見事にあたり、晴政は弥四郎に手を貸すことを承知したのだ。

「さあ、これから忙しくなるぞ」

弥四郎の頭の中ではさまざまな思惑が渦巻いていた。

四

大浦城の南、賀田《よした》の杉林の中で、弥四郎は杉の大木の根元にすわっていた。

すでに空は茜《あかね》色に染まり、小鳥たちが鳴き交わしてねぐらへと急いでいる。

「よい案配に暗くなるかな」

「そのようだな」

答えるのは折笠与七である。杉の木に槍をたてかけ、弥四郎とおなじく大木に長身をもたせかけるようにすわっている。少しはなれたところに与七の手下ふたりもすわっていた。

「もう兼平の屋敷を出ただろう」

「あせるな。すぐにわかる」

兼平中書が、お家の跡取りの話をしたいとささやいて、土堂佐渡守を自身の屋敷へ招いていた。殿に万が一のことがあったときは、貴殿を跡取りに推すつもりだ、とうまい話をもちかけた上で、酒を飲ませて接待しているはずだ。そしてその帰り道を弥四郎たちが襲う、という算段だった。

しばらく待っていると足音がして、若者が森の中を駆けてきた。与七の前に膝をつくと、

「あらわれてござる」

と告げた。林の端の木に登り、街道を見張っていたのだ。

「よし、仕度をするか」

と与七が立ち上がった。

「どういうようすだ。かなり酔っていたか」

弥四郎がたずねる。

「遠くからはわかりませぬ。ただ、人数がふえていて、七名と見え申した」

「なに、ふえていると?」

与七が声をあげた。

「主従三人で兼平の屋敷へ入ったはずだが、なぜ七人になる」

「帰り道が暗くなるとみて、迎えを手配していたのだろうな。抜け目のないやつだ」

弥四郎が答えると、与七は眉根を寄せた。

「どうする。やめるか」

と言うのは、こちらは五人しかいないからだ。

「いや、こいつは何度もできることじゃねえ。今日、やるぞ」

佐渡守を誘い出すのには苦労したのだ。簡単にやめられるものではない。

「なに、三人は酔っ払いだ。最初の不意打ちで四人を倒せばわけはない」

兼平の屋敷から土堂への道は、この林の中を通っている。待ち伏せし、最初の一撃で四人を倒す。それから酔っている三人にかかれば、造作《ぞうさ》なく始末できるはずだ。弥四郎がそう言うと与七は問うた。

「そなた、いくさ場を踏んだことがあるのか」

弥四郎は首をふった。

「まだいくさに出たことはない」

「人を殺《あや》めたことは?」

「ない」

「それでこの場を仕切ろうというのか」

「ああ。なにかおかしいか」

弥四郎が不思議そうな顔をすると、与七は不意に表情を崩し、にやつきながら言った。

「いい度胸だ。それでこそ城主にふさわしい」

与七が配下の者たちに指図し、五人はそれぞれ林の中に散った。

薄暗い林の中の道を、土堂佐渡守ら七人の主従が歩いてくる。

先頭は六尺棒をもった小者、ふたり目と三人目は手槍をもつ侍だった。四人目が土堂佐渡守。五人目は弓をもつ侍、最後尾のふたりは徒手《としゅ》の小者《こもの》である。

先頭の小者は左右を見まわしながら歩いている。かなり警戒しているようだ。

と、その小者が奇声を発したと思うと、道から姿を消した。

与七が仕掛けた落とし穴に落ちたのだ。

それを合図に、道の左右から竹槍や鉈《なた》、手槍をもつ野伏たちが襲いかかった。不意を討たれた佐渡守主従はたちまち討ち減らされ、佐渡守と弓をもつ侍だけとなった。

「ええい、来るな！」

弓をもつ侍は、大木を背に次々と矢を射て野伏たちを寄せつけない。野伏のひとりが矢を受けてうずくまった。残りはあわてて木立を楯《たて》にし、佐渡守主従を遠巻きにする。

双方とも身動きがとれない。

道からはなれた木立の陰でこのようすを見ていた弥四郎は、足音を立てないようにして林の外へ出た。そして道が林から出てくるあたりで刀を抜き、茂みに伏せて息を殺した。

やがてまた林の中で矢音《やおと》と悲鳴があがり、同時に足音が近づいてきた。

先に姿を見せたのは佐渡守だった。片手に刀をさげ、大股に林から走り出ようとしている。そのあとを弓をもつ侍が、時々ふり返って矢を放ちながらつづいていた。

林を抜けた佐渡守が、ほっとしたのか足を止めた。

その瞬間、弥四郎は茂みから飛び出した。

佐渡守との間合いは七、八歩。

一気に駆け寄り、斬りかかった。

一瞬、佐渡守と目が合った。だが佐渡守は刀を合わせる暇もなかった。首筋から胸にかけて弥四郎の刃《やいば》が食い込む。藁束《わらたば》を切ったときとおなじ柔らかい手応えが伝わる。

直後、赤いものが目の前に広がり、顔にかかった。同時に斬りかかった勢いで佐渡守を押し倒し、弥四郎も転んだ。佐渡守の手から刀が落ちるのが見えた。

すぐに起き上がった。佐渡守は倒れたまま動かない。目と口を開いたまま細かく震えている。束《つか》の間《ま》、弥四郎はそのようすを見ていたが、ふとただならぬ気配を感じ、林のほうをふり返った。

侍が、弓を引き絞っていた。

その距離は三間あまり。矢尻は弥四郎の胸に向けられている。

「あ……」

弥四郎は動けなかった。避《よ》けようか、飛びかかろうかと迷いが頭をよぎり、この近さではどちらも無駄だとの思いと交錯《こうさく》する。

だがつぎの瞬間、侍は弓を取り落としていた。その胸から槍の穂先が突き出ている。しゃがむように崩れ落ちた侍の背後から、槍をもつ与七の姿があらわれた。

「手間どったが、終わったな」

と言う与七に、弥四郎は応えられず、荒い息のまま立ちすくんでいた。

## 五

藤崎村は、堀越の館から平川を三里ほど下った先にある。

弥四郎が訪れたのは、平川のほとり、いくらか小高くなったところに建つ破れ寺《やでら》だった。境内を囲う生け垣は荒れ放題、本堂の茅葺き屋根には雑草が生え、庫裏《くり》の細長い平屋の周囲だけが掃き清められていた。

「大浦の殿さまから話は聞いておる。そなたが堀越の者か」

庫裏から出てきたのは細面に三白眼の、貧相な僧侶だった。格翁《かくおう》といって、大浦城主為則が帰依する和尚さまである。

「弥四郎と申しまする。以後、よろしくご指導くだされ」

弥四郎は今日から居士《こじ》――出家せず、在家のままで仏道修行をする者――として格翁和尚に師事することとなった。

数日、弥四郎は早朝から一刻《いっとき》あまりかけて馬で藤崎村まで通った。

そのあいだに大河原三郎が何者かに襲われ、矢をうけて死んだ、という一報が家中を駆け抜けていた。毒矢のようだから、大河原三郎は蝦夷の者となにか揉《も》めていたにちがいない、とのうわさが流れていた。

弥四郎はそんなうわさを聞き流して藤崎村に通ったが、格翁はだまって座禅をうながすばかりで、試しらしいことは何もしない。じれた弥四郎は、

「城の殿さまからは、和尚さまから試しをうけて認可を得るようといわれております。どうぞそれがしを試してみてくだされ」

と要求してみた。すると格翁は「紙と筆をもってこい」と命じた。

なんだこいつは、と思いつつも弥四郎は言われたとおりにした。すると格翁はしばらく宙を見つめたのち、さらさらと筆を走らせた。

「試しはこれじゃ。そなたの見解《けんげ》を問う」

その紙にはこう書いてあった。

狗子還有仏性也無

「ええと、これは……」

弥四郎には何のことやら、まるでわからない。見解とは何だ。いったい何を答えろというのか。疑問と不満を胸に格翁をにらんだ。だが格翁はだまっている。

もう少し親切に教えてくれてもいいのではないか。文句を言いかけたとき、

「見よ、雪じゃ」

と格翁は目で外を見るよううながした。はっとして振りかえると、白いものが庭の上に舞い降りてきていた。

「初雪か。今年は遅かったな。明日の朝には一尺は積もっておろう。今日はもう帰れ。明日から座禅に来なくてもよい。見解ができたらもってこい。聞いてやる」

格翁和尚に言われて、弥四郎は紙をふところに抱いて堀越の館に帰った。

翌朝起きてみると、津軽の野は厚く積もった雪で一面の銀世界となっていた。


「はは、禅問答ってやつじゃな」

紙を渡すと、一見した十二矢又五郎《じゆうにやまたごろう》は薄笑いをうかべて返してきた。

大男の又五郎は大浦家の家人《けにん》で、十二歳で出陣して矢で敵を射殺したというのが自慢だった。それで十二矢と名乗っている。何かというと腕力に訴えようとする凶暴な性格の持ち主でもある。

「狗子《くし》とは犬のことだろう。どうやら犬に仏性《ぶつしよう》があるかないか、と書かれているようだが、ないに決まっておるわ。そんなわかり切ったことを問うて、なにが試しなんだ?」

弥四郎は不満をぶつける。

積もった雪を踏みしめて、堀越の館に三人の若者が訪ねてきていた。十二矢又五郎と塗部地新七《ぬべちしんしち》、田中太郎五郎《たなかたろうごろう》。みな弥四郎の子供のころからの遊び仲間である。いまも遠慮なく話ができる。相談があるといって、弥四郎が呼びあつめたのである。

「さあ。禅坊主には禅坊主の理屈があるのじゃろ。そいつを解き明かさぬと、試しには通らぬのじゃないかな」

と言うのは、弥四郎より年下の塗部地新七。

「どこかに教えてくれるやつはいないか。禅問答など、付き合っていられねえぞ」

見解をと言われ、ひと晩考えてみたのだが、狗《いぬ》に仏性などはない、で終わりのはずだ。

つぎの日に弥四郎は雪道を歩いて藤崎村へゆき、格翁に「狗子に仏性などありませぬ」と告げた。

すると格翁は、

「それでは透《とお》らぬ。もう一度考え直してこい」

とにべもなかった。

ならばとつぎの日には、「狗子には仏性がある」という答えに理屈も用意して訪ねたが、「まだまだじゃな」と首をふられた。

たったそれだけの問答のために、弥四郎は三里もはなれた藤崎村とのあいだを二度も往復したのである。

「なんだこれは！　馬鹿馬鹿しいにもほどがあるぞ！」

と怒ってみてもどうにもならない。ひとりでは解けないから、助けが必要だと思えた。

手っ取り早いのは、別の禅坊主に教えを請うことと思われたが、それは田中太郎五郎——同い年で体つきも似ているが、弥四郎を兄のように慕っている——に止められた。

「坊主どもは一味だから、教えないと思うな。教えたら有難味《ありがたみ》が薄れるだろうし」

だがもう十二月も近い。雪に降り込められる前に決着をつけたかった。

「あいつなら、知っているかも」

と首をひねりながら塗部地新七が言うには、近ごろ上方《かみがた》から下ってきたばかりの男がいて、奉公先をさがしているが、それがなかなかの物知りだという。

関東や信濃、越後《えちご》から津軽に来る者は多いが、上方の者は少ない。よほど物好きなのか、それとも深いわけがあるのか。どうせろくな男ではあるまいと思いつつ会ってみた。

男は沼田面松斎《ぬまためんしょうさい》と名乗った。近江《おうみ》からきたという。

素襖《すおう》に袴と侍の身なりだが、額が張り出し、団栗眼《どんぐりまなこ》に細いどじょう髭《ひげ》を生やした顔は、どこか普通の侍とは違う雰囲気を匂わせている。陰陽道《おんみょうどう》、天文など諸学問に通じているとの触れ込みだった。

挨拶を交わしたのち、弥四郎は格翁和尚との禅問答の話をした。

「ああ、それは『趙州狗子《じょうしゅうくし》』の公案《こうあん》でござる」

面松斎は、弥四郎の話を聞くなり断言した。

「じょうしゅう……、くし……？」

「昔々の唐《から》の国で、趙州というえらいお坊さんが弟子と問答したのが元でござってな」

涅槃経《ねはんぎょう》というお経には「一切衆生悉有仏性《いっさいしゅじょうしつうぶっしょう》」、つまり生きとし生けるものすべてに仏性があるとされているので、当然、狗子にも仏性があるとするのが僧侶の立場である。だがそれを知っているはずの趙州和尚はあえて「無《む》」と言った。なぜなのか、というのがこの公案の問いだ、と面松斎は説明する。

「こいつは入門してきた雲水《うんすい》に最初に与えられる、いわば新入り向けの禅問答でござる」

「なんだ、そんなものなのか」

新入り向けと言われると、安心すると同時に何となく舐《な》められている気がした。

「といっても、昔のえらいお坊さんはこれに透《とお》るのに五年も六年もかかったとか」

「馬鹿を言うな。そんなにやっていられるか！　おれは禅坊主になるわけじゃねえぞ」

弥四郎は思わず大声を出した。せいぜい数日で終わるものと思っていたのだ。そんな浮世離《うきよばな》れした話には付き合っていられない。

「いや、それは昔の話で、いまはもう答え方が世に知れ渡っているので、まあかかってもひと月でしょうな」

「ひと月でも長い。明日にも終わらせたい。どう答えればいいのか、ここで教えてくれ」

あまり長引くと、婿入りの話がうやむやになってしまうかもしれない。すぐにでもあの坊主に答をぶつけて試しを終わらせたい。そう思っていると面松斎はうなずき、

「ま、禅の公案というのはどれでも似たところがござる。話に出てくる物や人物に惑わされてはなりませぬ。それはただの譬《たと》えであって、まことの問いはその裏にござる。ここでも狗子や仏性などはどうでもよく、そいつをどう考えるかが眼目《がんもく》でござってな」

と早口でまくしたてる。

「……犬の仏性はどうでもよいのか」

「さよう。この公案は、頭の中の囚《とら》われた考え方を流し去るためのもの、といわれており申す。仏性があるかないか、そんなことを考えることすら止《や》めてしまって、自分自身が無になれ、という方へ導くのが師の狙いでして」

で、とにかく「無」と答えろ、という。

「自分が『この世は無だ。囚われてはいかん』という境地に達したところを見せれば、それで透りまする。そのために『無！』と断言なされ。それで師の和尚さんをにらみつければよろしい」

「にらみつけるのか」

不思議な答え方があったものだと思う。

「さよう。そしてそのあとが肝心でござる。和尚さんは本当に無の境地に達したかどうか、問いを発して試そうとなさる」

「まだ試すのか」

「はあ。いろいろな問いがありまするが、よくあるのが『富士《ふじ》の山をここへ引いてこい』などというもので。無と言うならできるだろう、とたたみかけてきまする」

そんな途方もないことを命ずるやつが世の中にいるとは、おどろきだ。だが禅坊主たちの間ではふつうのことだという。

「それにはこう答えればよろしい」

面松斎は答を教えてくれた。

翌日、弥四郎は藤崎村をたずねた。雪は腰のあたりまで積もっていたが、幸いにも寺までは道が踏み固めてあった。格翁和尚と対面し、面松斎に教えられたとおり、

「無！」

と叫んでにらみつけると、格翁和尚はやんわりと視線を受け止めたのち、

「まことか。まことに無か」

と疑わしげな顔を見せた。弥四郎は、

「この世は無じゃ。すべて無じゃ」

と言い張った。格翁和尚はしばらく弥四郎の顔を眺めてから、きびしい顔つきで言った。

「されば、そなたならできるはずじゃ。あの岩木山をここへ引いてきてみよ」

富士の山のかわりに岩木山か、と思った。弥四郎は面松斎に教えられた通りに答えた。

「そんなことができるものか。できるというのなら、まずお手本に和尚さまがやってみてくだされ」

すると格翁和尚は薄笑いをうかべた。

「なるほど、うしろに知恵者がついておるようじゃな」

弥四郎は微笑《ほほえ》みつつ、首をかしげて見せた。

「さればこれ以上やっても無駄じゃ」

「お、認可してくれるのか」

弥四郎は勇んでたずねたが、格翁和尚は首をふった。

「そなたの力量はわかった。人に聞いたにせよ、わずか数日でそれらしい見解をもってくるのは、心《しん》気《き》のはたらきが優れた者にしかできぬからな。しかしこれでは殿さまの頼みを果たしたことにならぬ。もう一題、出して進ぜる。今度はひとりでやってみよ」

と言われ、公案を書いた紙を渡された。それにはこう書いてあった。

明頭来也明頭打　暗頭来也暗頭打
四方八面来也旋風打　虚空来也連架打

またしても意味すらわからない。不満だったが、怒鳴りつけるわけにもいかない。弥四郎は紙をもって堀越の館へ帰った。

「ほお、明暗双打《みようあんそうだ》の偈《げ》でござるな」

役に立つと見込んで堀越の館に留めておいた面松斎に紙を見せると、打てば響くように答が返ってきた。

「知ってるのか」

「虚無僧《こむそう》が信奉している偈でござる。すなおに読めば、わかりやすいやつにはわかりやすい手で、わかりにくいやつにはわかりにくい手で相手をする。四方八方からきたらつむじ風のように回って相手をし、空からきたら串刺しにしてやろう、となりますな」

「坊主にしては勇ましいな。いくさでもするつもりか」

「だから、これも譬えでござる。公案はすべてものの見方、考え方を問うておるので。これなどは、何ものにも囚われず、相手次第で柔軟に応じろ、という教えでござろうかの」

「なるほど。それならわかる。城主になろうとしている男にふさわしい公案かもな」

格翁和尚自身も、大浦城からの頼みに柔軟に対応しているのかと思う。

「よし、こいつはおれが考える。和尚が納得する見解を出してやる」

数日考えた後、弥四郎は「何ごとも先手必勝」という見解を胸に、説明する言葉を考えながら、さわやかに晴れあがった早朝、馬に乗って館を出た。

ここ数日は雪も降らず、積もった雪ももう踏み固められていた。弥四郎は青空にそびえる白い岩木山を眺めながら、馬をゆったりと歩ませてゆく。

——なにもかも、うまくいっているな。

今回の見解が透るにせよ透らぬにせよ、物知りの面松斎がついているから、いずれは認可がもらえる。遅くとも雪解けまでには何とかなるだろう。すると愛らしいおうらと城と領地が、みな一時《いっとき》に手に入る。

世を渡るなど、たやすいものだと思う。笑いたくなるほど思い通りにゆくではないか。

心地よく馬を歩ませてきたが、館を出て小半刻《こはんとき》ほどすると、急に風が冷たく、また強くなってきた。はっと気づくと、黒雲が西の方から空一面に広がりつつある。さらに白いものが風にのって流れてきた。

——まずいな。

出立のときは晴天だったので、蓑笠《みのかさ》をもっていない。馬の足を少し速めた。

そのうちに空を覆い尽くすほどの雪が、横に流れるように降りだした。

弥四郎は馬を駆けさせた。とにかくどこかの家に入るつもりだった。そこに蓑笠があれば、銭を出してゆずってもらえばよい。

だがあたりは野原か林ばかりで、集落はない。雪はとめどなく降ってくる。風はますます強くなり、天から降る雪だけでなく、地に積もった雪をも舞いあげる。頬にあたる雪が痛い。そして寒い。かじかんだ手が思うように動かない。

吹雪《ふぶき》になった。

あたり一面が白い。雪の壁に四方を囲まれたようだ。もはや二、三間先しか見えない。用心してか、馬の足も鈍る。

「おお、なんだこれは」

毎冬、背丈より高く積もる雪に囲まれて暮らしてきたので、雪には慣れているつもりだった。だがこれはちがう。考えてみれば十七歳のいままで、冬場はいつも館の近くしか出歩かなかった。ましてや、冬場にひとりで三里も離れたところへ出かけるなど、初めてだ。

「くそっ、こら、駆けろ」

馬に鞭《むち》を入れた。とにかく屋根の下に入りたい。このままでは雪の中で行き倒れてしまう。だが家などない。そもそも前が見えないのだ。そんな中でいやがる馬を無理に駆けさせていると、馬ががくんと前にのめり、弥四郎は雪の中にほうり出された。吹雪の中で道を踏み外したようだ。

横倒しになった馬はすぐに立ち上がったが、しきりにいななきながらその場で跳ね回っている。右の前肢《まえあし》がだらんとしていた。踏み外した拍子に折れたようだ。

この吹雪の中、馬も失ってしまった。

風は弱くなる気配もない。雪の白い壁の中で、弥四郎は呆然《ぼうぜん》と立ちすくんでいた。

寒さは耐えがたいほどになっている。だがあたりに集落はなく、避難する場所などない。そして馬はまだ跳ね回っている。

——このままでは凍えて死ぬ。

この状況が信じられない。ほんの少し前まで、すべてうまく運んでいると思っていた。世を渡るなどたやすいことだと、いい気になっていた。なのに、いまは死を前にしている。

もはや打つ手がない、と思う。馬を失って動くこともできず、寒さに対する備えもない。

馬もあきらめたのか、跳ねるのを止めて三本の脚で立っている。

ふと思った。

——明頭来也明頭打だったな。

あれは、相手の出方に応じて柔軟に対応せよと説いたものだ。すると、この吹雪に対しても柔軟に対応すればいいのではないか。

といっても、どうするのか。先手必勝といっても、役に立ちそうにない。

弥四郎はじっと考え込んだが、やがて意を決したように、吹雪の中で立ちすくんでいる馬に近づいた。そしていきなり抜刀すると、その首筋に斬りつけた。

一日中吹き荒れた吹雪は翌朝にやっとおさまり、辰刻《たつのこく》(午前八時)には青い空に太陽が顔を出していた。

弥四郎は、疲れた顔で藤崎村の寺に顔を出した。

「どうした、血の臭いがするぞ」

その顔を見るなり、格翁和尚が咎《とが》めた。弥四郎は庫裏の玄関にどかりと腰をかけた。

「まずは湯を一杯所望。ああ、できれば粥《かゆ》も。昨日から何も口にしておらぬので」

見れば、弥四郎の小袖も袴も裾《すそ》が血で黒く染まっている。

囲炉裏の前に案内され、出された熱い湯を飲み干した弥四郎は、

「これは馬の血でござる。昨日、とんでもない目に遭ったゆえ」

と言って、吹雪に襲われた顚末《てんまつ》を語った。

明暗双打の偈を思い出し、対処法を考えた弥四郎は、まず前肢を折った馬を斬った。どうせ脚を折った馬は長く生きられない。ここで風よけにしようと思ったのだ。

それから馬の死骸の風下に雪穴を掘った。最初は手で、つぎに脇差《わきざし》で、最後は馬から鐙《あぶみ》をはずして使った。二尺ほど掘り下げたあと、斜め下に横穴を掘ってゆき、体がはいるほどの大きさにひろげた。

穴を掘り終わると、つけていた行縢《むかばき》をはずし、底に敷いた。雪穴の中は案外と暖かいのは知ってい

た。といっても風の吹く外よりはまし、という程度だが。

ここで吹雪がやむのを待つつもりだったが、やはり寒さがひどく、とても我慢できない。そこで雪穴を出て、馬の死骸の皮をはいだ。ひと苦労だったが、何かと動いているほうが寒さを忘れられる。途中で脇差が切れなくなり、大刀を使って腹から背までの皮をはいだ。その皮で穴の入り口をふさぐと寒さも和らいだので、なんとか一晩を過ごすことができたのだ。

「それ、そばがきじゃ。粥は煮えるのに暇がいるでの」

話の途中で、格翁和尚がそばの粉に湯をそそいだものをふるまってくれた。

「ありがたい。これほどの馳走は生まれて初めてでござる」

弥四郎は椀《わん》をたちまち空にした。

「ふう、これでひと心地《ごこち》がつき申した。では明暗双打の公案、見解を聞いていただく」

「ふむ、よかろう」

ふたりは奥の部屋に移った。

「されば聞こうか。生死の境を越えてきたばかりとあれば、よほど深い見解を聞けような」

という格翁和尚に対した弥四郎は、ひと息おいてから言った。

「天地人《てんちじん》に制せられず」

雪穴の中で寒さに耐えているうちに、ひらめいた言葉だった。

世を渡ってゆくのに、対する相手は人とは限らない。今回のように悪天候が強敵になることもある。森羅万象《しんらばんしょう》、何に対しても油断せず、自分が主《あるじ》となって対応してゆく。そうした覚悟を述べたものだ。

聞いた格翁和尚は小さくうなずき、言った。

「できたわ。それでよい」

弥四郎は大きく息をついた。

六

年が明け、正月気分も抜けた二月、弥四郎は大浦城を訪れていた。城主の大浦為則に呼ばれたのである。

「殿のご容態は、いかがで」

近習《きんじゅ》に案内されて本丸の奥へ向かう廊下を歩きながら、弥四郎は問うた。素襖に袴と、礼を失せぬ装束をまとっている。

「なかなか、厳しゅうござる」

と近習がいうほどだから、もはや重態であることを隠しようもないのだろう。

——いよいよ、いまわの際《きわ》か。

となると、儀礼としてお目見えするのか。

娘の婿となる男を、父である城主が息のあるうちに認めた、という形にするつもりなのか。たしかにその方が、自分が城主になったときにやりやすいだろう。味なことをしてくれるものだ、と思った。

だが奥の一室に招き入れられたとき、それは甘すぎる思い込みだと悟った。

夜具の上に寝ている城主、為則の枕元には小笠原、森岡、兼平の三人の家老がすわっていた。為則は寝てはいるものの、ごくふつうの声で話している。少なくとも今日明日にも危ない、というわけではないようだ。

——とすると、今日は何だ。

おうらの婿となる男の品定めなのか。

であれば最後の関門かもしれない。油断はできない。弥四郎は気を引き締めた。

「よくぞ参られた。殿が会いたいと仰せでしてな、それでお越しいただいたわけで」

部屋にはいったところで平伏した弥四郎に、小笠原伊勢守が言った。

「試しのほうもよい具合に終わったと聞いており申す。そこでお家のことについて、殿よりお話がござる」

と言うと、近習が二人がかりで為則の上体を起こし、夜具の上にすわらせた。為則の顔は青白く、頰の肉が落ちて目の下に大きな隈《くま》ができている。だが目にはまだ力があり、仇《かたき》のように弥四郎をにらんでいた。

「近くへ寄れ。そこでは話もできぬ」

と言われて、弥四郎は夜具のそばまで膝行《しっこう》した。

「おうらをそなたにやる」

為則は挨拶も抜きに、投げつけるように言い放った。怒っているような口ぶりである。

「はっ、ありがたき仕合わせ」

弥四郎はまた平伏した。

「わしももう長くない。跡継ぎを定めねばならぬ。そなた、婿となってこの城にはいれ。そしてわしが果てたあと、わが領地を治めよ」

なにやら捨て鉢な言い方だった。

「は、おおせの通りに」

弥四郎はまた頭を下げたが、ずいぶんとあっけなく決まるものだと、喜びとは別にどことなく違和感を覚えた。本当にこれで城と領地が手に入るのか？　なにか罠《わな》があるのではないか？

「それはよいが、ひとつ誓ってもらいたいことがある」

弥四郎の胸中を見透かしたように、為則はつづけた。

「何なりとお命じくだされ」

誓うくらい安いものだ、という気分である。

「わが息子のことじゃ」

為則はそこで咳《せ》き込んだ。近習が背中をさする。白湯《さゆ》が差し出され、為則は両手でおしいただくようにしてそれを飲み、息をつくと、話をつづけた。

「わ、わが息子、五郎と六郎の行く末が心配でならぬ。婿となるからには、そなたに面倒を見てもらわねばならぬ」

「むろん、大切にお育ていたしまする」

「立派な武将にしてくれ」

「さように努めまする」

「そしてな、五郎が十八になったら、この城と領地をゆずり渡してくれ」

「はっ……」

返事をしつつ、そういうことだったのか、と弥四郎は悟った。

為則にしてみれば、十数年のあいだ城と領地をあずけるだけで、そのあと自分の血を分けた息子にもどってくるのだから、極端にいえばおうらの婿は誰でもいいのだ。だからすんなりと弥四郎の婿入りが決まったのだ。

城と領地をただあずかるだけとは、こちらの思惑とはちがうが、断れば婿入りも破談になるのだろう。断れない。

「承知、いたしました」

とにかく城主になることだ。なってしまえばあとはいくらでも……。

「もし五郎が十八にならずに死ぬようなことがあれば、六郎に渡してくれ」

「は……」

「頼んだぞ」

為則の言葉が終わると、近習が紙と硯《すずり》と筆をもってきた。

「このこと、誓紙《せいし》にしてもらう」

見れば近習が差し出すのは、熊野権現《くまのごんげん》の牛王宝印《ごおうほういん》が摺《す》られた起請文《きしょうもん》の用紙である。そこにはすでに、為則が言ったとおりの文言が書かれている。破れば日本中の神々から神罰《しんばつ》をこうむる、という決まり文句もあった。

家老たちも無言で見ている。有無を言わさぬ雰囲気である。

やむなく弥四郎は文末に自分の名と花押《かおう》を書いた。

「血判《けつばん》をなされませ」

と近習に言われ、脇差を抜いて左のひとさし指を傷つけ、その血で指印《しいん》をついた。

近習がその誓紙を為則に差し出す。為則は確かめるようにじっと文面を見ている。

「よし。みなも見よ」

誓紙が三人の家老たちに回る。証人のつもりだろう。三人が認め終わると、

「焼け」

と為則が命じた。近習は誓紙を皿にのせ、火をつけた。

誓紙はたちまち燃えあがり、黒い灰となる。近習はこんどは茶碗《ちゃわん》をもってきた。それに灰を入れ、酒を満たすと、弥四郎の前においた。

「まずそなたが飲め。半分だぞ」

と為則が言う。弥四郎は言われたとおりに半分飲んだ。すると近習はその茶碗を為則にささげる。為則はそれを、つっかえながらも飲んだ。そしてさらに三人の家老たちに回した。三人は残りの酒を飲み干した。

「これでよい。これで安心して冥途《めいど》へゆける」

満足そうに言うと、もう用は終わったとばかりに、為則は横になった。


弥四郎とおうらの婚礼は、それからひと月ほどのちの三月になってから行われた。まだ婚礼の仕度は十分でなかったが、城主の為則がいよいよ重篤《じゅうとく》になったので、息のあるうちにと急いだのだ。

婿として城にはいってきた弥四郎のたくましい体つきを初めて見た者の中には、

「まるで熊のようじゃ。熊の婿入りじゃ」

と評する者もいた。しかし婿入りの内情を知る兼平中書は、

「なにが熊なものか。あやつは狸《たぬき》よ。狸の婿入りよ」

と独りつぶやくのだった。いわれてみれば弥四郎のやや垂れ気味の目や分厚い上体など、狸と見えなくもない。

三日間にわたった婚礼の宴《うたげ》が終わった日の夜、本丸奥の寝所《しんじょ》で、弥四郎とおうらは二人きりになった。

「これより末永《すえなご》う、よろしく願い上げまする」

白小袖一枚のおうらが、弥四郎に頭を下げる。弥四郎も、

「こちらこそ。ふたりで仲睦《なかむつ》まじゅう、末永くやっていこうではないか」

とぼそぼそと言いながら頭を下げた。

「では、いまこそ夫婦の契《ちぎ》りを……」

と弥四郎がおうらの肩に手をかけた。

「あ、待って」

とおうらはその手を払った。おどろく弥四郎に、おうらはきびしい顔で言った。

「その前に、父からの言《こと》づてがあります。聞いていただきます」

と一枚の紙を差し出した。床入り前になにを艶消《つやけ》しな、と弥四郎は不満だったが、仕方なく手にとり、燭台《しょくだい》を近づけて読んだ。

村の名が書き出され、それが二つに分けられている。

「わが家領《けりょう》のうち、わらわの化粧料《けしょうりょう》となる分と、弥四郎どのの蔵入り分となる村々を、書き出したものです」

「化粧料……」

「ええ。これだけはきちきちと守っていただきます」

見れば、化粧料となる村が全体の半分を占めている。入り婿には残りの半分で十分というわけだろうか。

弥四郎は呆然としておうらを見た。おうらは八重歯を見せてにっこりと笑うと、

「さあ、夫婦《ふしど》の契りを」

と言って臥所に横になった。

婚礼の三日後に城主大浦為則が亡くなった。盛大な葬儀のあと、弥四郎は大浦家の城と領地をついで大浦右京　亮為信《うきょうのすけためのぶ》と名乗り、千人あまりの家臣を率いる城主となった。

# 第二章　端午の絶句

一

元亀《げんき》元（一五七〇）年の晩秋、昼下がり――。

大浦城の二の丸搦《からめ》手《て》門を、四騎が蹄の音をたてながらくぐった。

弥四郎、いや大浦城主となって名をあらためた右京亮と、近習、馬廻《うままわ》り衆の一行である。

大浦家に婿入りして三年がすぎ、右京亮は二十一歳になっていた。

「お帰りなされませ」

小者が大きな声を出して出迎えると、

「こら、騒ぐな。微行《しのび》じゃでの」

と近習のひとり、塗部地新七が注意した。

その声を聞き流し、右京亮は無言のまま、馬の手綱を小者に渡して屋内に消えた。

「どうした。機嫌が悪いようだな。なにかあったのか」

迎えに出てきた近習桜《さくら》田《だ》宇《う》兵《ひよう》衛《え》が、帰ってきた馬廻り衆の十二矢又五郎にたずねる。

城主になったあと、右京亮は遊び仲間のうち年下の者は近習に、同い年か年上の者は馬廻り衆に取り立てていた。今回も十二矢又五郎と田中太郎五郎が馬廻り衆として、塗部地新七が近習としてお供したのだ。

「よくわからん。大膳さまにお目見えしたあと、ひどくむずかしい顔になってな、なにも話さぬ」

十二矢又五郎が答える。大膳さまとは、三戸城主で北奥羽一帯を支配する南部家の当主、大膳大夫晴政のことである。

大膳さまの後押しによって右京亮は大浦家に婿入りできたのだが、その大膳さまから十日ほど前に使者がきて、右京亮に伝言をしていった。それに応えて右京亮は三戸へ出向き、大膳さまとなにかを話し合い、いま大浦へ帰ってきたのだ。

だがどのような話がなされたのか、右京亮は近習たちにも漏らしていない。

「よほどの大事なのか」

桜田宇兵衛は首をひねる。

「ま、いずれわかりましょう。知恵のあるお方ゆえ、われらはお指図にしたがっておればよいのでは」

田中太郎五郎が軽い調子で言う。

「知恵はどうかな。けっこう抜けたところがあるからな」

と塗部地新七。

「いや、抜けてはいれど、欲しいものを手に入れようとすると、なんだかんだと知恵をひねり出して、ついには手に入れてしまわれる。執念の強いお方じゃ」

「さよう。要領がいいというか、悪知恵はあるな」

「人を騙《だま》して、それが明らかになっても、とぼけた顔で誤魔化してしまいなさる」

みな幼なじみだけに、言うことに容赦がない。

「やれ、なにはともあれ疲れた。今宵《こよい》はゆっくり休むとするか」

又五郎のひと言で近習たちは解散し、それぞれの持ち場にもどった。

翌日、右京亮はいつものように夜明けに起き出し、朝餉《あさげ》のあと城主の執務にかかった。

年末をひかえ、領地の村々から年貢があがってきているので、その受取状などを決裁する。今年は豊作とはいえないが、冷害もなくまずまずの出来のようだった。

「しかし、少ないな」

右京亮は思わずぼやいた。城主として決裁する年貢、すなわち右京亮が自由に使える収入が、何とも少ないのだ。それは婿入りしたときから覚悟していたのだが……。

——何とかせんとな。

腕組みをして考えにふけった。収入をふやすためにも、大膳さまの指図を実行すべきだと思う。いやそれどころか、津軽を自分のものにし、やがて天下に覇を唱えるという大望を果たすためにも、絶好の機会だ。

話を聞いたときはさすがに心が震えたし、ひどく難しいことだが、もはや迷っている場合ではない。大望に向けて一歩を踏み出すべき時だ。

客人に会ったり、城内の細々《こまごま》したことを指図したりするうちに昼が過ぎ、夕方となった。

「お、そろそろ行くかな」

薄暗くなってきた外のようすを見て、右京亮は文机《ふづくえ》の前から立ち上がった。おうらから、夕餉《ゆうげ》の仕度をして待っている、との伝言がきているのだ。

台所に降りてゆき、下女たちを指図して夕餉の仕度をしていた母に、本丸へ行く旨を告げた。右京亮の婿入りと同時に、母も堀越の館からこの大浦城の二の丸へ移ってきていた。堀越の館はいま無人になっている。

「うむ、精のつくものでも食べてゆくか」

と母が右京亮に似た茫洋《ぼうよう》とした目つきでたずねる。右京亮は苦い顔で首をふった。

「しかし、ちと考えたほうがよいぞ。夫婦となって三年もたつのに子ができぬとあれば、あれは……」

と言ってから母は右京亮の耳に口を近づけ、「いつまで待っても孕《はら》まぬぞ」とささやいた。

なおも何か言いたそうな母を振り払うようにして、右京亮は本丸へ渡った。

本丸は、土塁と堀をめぐらして頑丈な門を備えている。ここに家付き娘であるおうらがでんと居すわり、婿養子の右京亮は、本丸を南側から抱え込むように縄張りされた二の丸を住まいとしていた。

どちらにも茅葺きの平屋がいくつか建っているが、二の丸には馬場や足軽長屋もあり、また周囲の土塁は低く、堀はせまい。本丸との差は歴然である。

——このあいだは、五日前だったかな。

三戸へ旅立つ前日である。およそ数日間隔で、本丸に呼ばれる。そしておうらと寝食をともにし、翌朝に二の丸にもどる。そうした暮らしを三年間、つづけてきた。まるでおうらに仕える僕《しもべ》のようだが、婿養子なのだから仕方がない。

いまだに大浦家の家臣の多くはおうらを主とあおいでおり、他家《たけ》からきた右京亮は婿といってもせいぜい従者《じゆうしや》の筆頭、姫さまに熊のようにたくましい体格の守《も》り役《やく》がついた、くらいにしか考えていないのだ。

なにしろ大浦家の領地のうち、おうらの化粧料が半分を占める。残る領地からあがる年貢は、家人の給与など使い道が決まっており、右京亮が自由にできる銭はまことに少ない。

しかもおうらには弟がふたり、五郎と六郎がいる。先の城主為則の実子なので、将来はふたりのうちどちらかが城主になると決まっている。

これでは右京亮が城主として仰ぎ見られないのも道理である。

その上、婿入りして城主となった右京亮をよく思わない者たちもいて、なにかと突っかかってくる。城主の座のすわり心地は決してよくない。

そんな状況を変えたいと思い、右京亮もいろいろと手を打ってきた。

まずは軍勢を指揮してみた。

といっても、実際に敵と戦ったわけではない。鷹狩《たかが》りの名目で家中の兵をあつめ、いくさ調練をしてみたのである。それでも大浦城の城主がだれだか知らしめるには、もってこいの行事だと思っていた。

三年前に始めたときは、一千ほどの軍勢をひきいて大浦城の北にある野崎《のざき》村に出張っていった。そして右京亮自身の旗本《はたもと》として三百の兵を定め、三家老には将として数百の兵をあずけると、右京亮が鉦《かね》や太鼓、法螺《ほら》貝《がい》の合図を出して軍勢を進退させた。

幾度か押し退きさせたあと、小栗山左京配下の野伏たちに命じて、村人の掘っ建て小屋に火をかけた。放火狼藉《ろうぜき》もいくさでは欠かせぬ手立てなので、稽古させたのである。小屋はたちまち煙を出し、燃え尽きてしまった。

これで調練は終わりである。よくやった、ご苦労と兵たちに酒と肴《さかな》を出し――費用はおうらに頼んで融通してもらった――、その場で酒宴となった。兵たちはご機嫌だ。

おさまらないのは、家を焼かれた村人たちである。

事前に家財をもって避難しておくよう命じられていたから、村人はみな少しはなれたところの小高い丘で見物しており、怪我人は出なかった。しかし焼き討ちするとは聞かされていなかったので、家を焼かれた者たちはおどろき怒った。いくら殿さまでも酷《ひど》すぎる、というのだ。

ところが翌日、城から数十人がやってきて、焼け跡を片付けると、なんと、そこに新たに家を建て始めたではないか。

どうやら事前に材木などの用意をしてあったらしく、あれよあれよという間に家が建ってしまった。それも焼ける前の掘っ建て小屋より、かなり立派で大きな家である。

一転して村人たちは右京亮に感謝し、その話を周辺の村々に伝えた。すると面白いことをする殿さまだというので、津軽での右京亮の評判はあがった。

さらにつぎの年には、おなじようにいくさ調練をしたあと、森岡金吾を最上《もがみ》家へ遣わし、代替わりの挨拶を言上させた。

最上家は代々、羽州探題《うしゆうたんだい》をつとめる名家である。名家とつながることでだれが大浦家の主であるか、家の内外に知らしめようとの思いもあった。

その翌年、つまり昨年だが、右京亮自身が微行で旅をし、津軽の南方に所領をもつ大宝寺《だいほうじ》家と最上家をたずねもした。越後の彌彦《やひこ》神社にまで足を延ばし、また羽黒山《はぐろさん》にも参詣した。

陸奥国の外に出るのは、初めてだった。途中、山賊に襲われるなど危ない目にも遭ったが、津軽の言葉とは異なる言葉を聞き、異なる風景や風俗を見て見聞を広めるのは、なかなか心躍る体験だった。

その結果として、

——やはり津軽なんてせまいところだ。もっと広くて大きな世界がある。

と得心した。大浦城に帰ってきたときには、自分がひとまわり大きくなったように感じたものである。一方で天下をとるという夢は、いささか遠くなった気がした。

だがそうしていろいろ努めても、やはり家中ではおうらのほうが力をもっている。家の財布を握っているのだから、右京亮は頭が上がらない。

頭が上がらない先は、他にもある。今回のように三戸の大膳さまに呼びつけられれば、何をおいても駆けつけねばならないし、郡代として津軽を治める大仏ヶ鼻城の南部高信も、右京亮にあれこれと指図してくる。城主になったといっても、自分の裁量で動かせることは限られていて、あちこち気を遣うことばかりが多い。

本丸常御殿《つねのごてん》の奥の間へ、右京亮は足を踏み入れた。

「いらせられませ。こちらへ」

とおうら付きの侍女が、にこやかに円座を指し示す。まだおうらの姿はない。

右京亮は無言で円座にすわった。しばらくすると、おうらが侍女とともに膳部《ぜんぶ》をもってやってきた。

「お待たせ申したの。ささ、折笠から献上物があったでの、いただきましょうぞ」

無邪気に言うと、向かい合わせに膳部をおき、夕餉にかかる。膳の上には大根の味噌汁、玄米の飯、身欠きにしん、キノコを塩辛い汁で漬け込んだものの平皿がならんでいる。

「おお、わが好物を出してくれたか」

右京亮はまず身欠きにしんに箸をつけた。ついで折笠からのキノコも食す。こちらも奥深い味がする。

「うむ。うまいものを食うと、浮世の苦労を忘れるな」

「ほほ、また大袈裟《おおげさ》なこと」

向かいにすわったおうらが笑っている。二重の目が美しく、八重歯が愛らしいと思う。

折笠は大浦の西南にある山村である。そこに住む折笠与七が四年前、すすきが原でおうらの一行を襲うという狂言を演じてみせたのだが、おうらは気づいていないし、右京亮も教える気はない。

夫婦となって三年で、おうらはいくらかふくよかになった。娘らしく輪郭がすっきりしていた頬や顎も、いまや丸みを帯びている。

右京亮とおうらの仲は、いたってよい。右京亮は婿養子の分際をわきまえ、城内では慎ましやかに暮らしているし、おうらは家付き娘のわがままさはあるものの、右京亮を好いているようで、むやみに威張ることもない。

世間話をしつつ夕餉を終えると、酒が出てきた。おうらも酒は好きである。身欠きにしんを肴に、盃《さかずき》をかわす。

「そなたには話しておくが、三戸ではこんなお下知《げじ》をもらってな」

盃を干してから、右京亮は大膳さまから命じられたことを打ち明けた。

「まあ。なんて乱暴な」

とおうらはおどろく。無理もない。

「やらざるを得ぬから、心得ておいてくれ。いくらか軍資金がかかるだろうな。それと、これは無論、内密にな」

おうらはしばし黙り込んだ。女であっても、この話の無謀さはわかる。どう言って止めようかと考えているのだろう。

「言っておくが、止めても無駄よ。そういう男を婿にしたと、覚悟してくれ」

「そんな!」

声をあげるおうらに、右京亮はにやりと笑いかけた。

「心配するな。慎重にやる。これしきでしくじっておっては、天下など狙えぬからな」

「ああ、天下を……」

おうらも笑った。おうらには、いずれ天下をとると寝物語に語ってきた。しかしおうらはまともに取りあわず、いつも笑って聞き流していた。

「そうね。わらわのお婿さまは、天下を手に入れるのが夢だものね」

と言って酒を飲んだ。むずかしい話はひとまずなかったことにするのも、生きてゆくための知恵だ。酒が入ると、おうらは一段と陽気になる。右京亮も付き合ってほどほどに酔う。

「ああ、早くやや子を抱きたい」

おうらはそんなことを言って、右京亮にしなだれかかってくる。右京亮はおうらを受け止めると、抱き上げて寝所へ運ぶ。すでに暗くなっており、虫の声が雨音のように絶え間なく聞こえる。

分厚い杉戸をあけて寝所に入ると、おうらを畳の上に寝かせた。そしてぽってりとした唇を吸う。

そののちは男女の息づかいがつづいたが、しばらくすると聞こえるのは虫の声ばかりとなった。

二

昼下がりの日射《ひざ》しが、縁側から部屋の内まで入り込んでいる。

右京亮は小栗山の館に来ていた。

広い庭には相変わらず荷の俵《たわら》が積まれ、馬や馬子《まご》が忙しそうに行き来している。

そんな庭先の喧噪《けんそう》とは離れて、母屋の奥の一室に四人の男——小栗山左京、兼平中書、沼田面松斎、そして右京亮——があつまっていた。

面松斎はその博識を買われ、右京亮の側近として仕えるようになっていた。大浦城下に屋敷まで与えられている。

「なんとも恐ろしいお指図をうけたもんだな」

兼平中書が目を細めて言う。

「敵勢は三倍か、四倍か。その上に大仏ヶ鼻だけでなく、他の城もみな敵に回すことになる。ま、まともに攻めてもかなわねえな」

と言うのも無理はない。さきほど三人にむかって右京亮は、

「大仏ヶ鼻城を攻め落としたい。ついては手立てを考えてくれ」

と切り出したのである。先に三戸へ出向いた右京亮がうけた指図が、これだった。

大仏ヶ鼻城は、大浦城の辰巳《たつみ》（南東）およそ四里のところにある。

城主の南部高信は南部宗家の当主、大膳大夫晴政の弟にあたる。そして津軽郡代、つまり津軽を支配する南部家の、出先における元締めとなっていた。

大浦城も高信の配下にあるので、右京亮が大仏ヶ鼻城を攻めれば、主に弓を引いた、謀叛《むほん》だと言われても仕方がないことになる。

なぜそんな危うい話になっているのかといえば、南部宗家の跡継ぎ争いのせいだった。

いまの当主、大膳大夫晴政には長いあいだ男児がなかった。育ち上がったのは、娘ばかり五人である。

その五人の娘を南部家中のあちこちに嫁がせた。長女には信直《のぶなお》という高信の息子を婿にとっており、この信直が晴政の跡継ぎ、つまりつぎの南部宗家の当主になると目されていた。

だが少し前に晴政に男児ができた。そしてすくすくと育っている。

この男児が南部家の混乱の元となった。自分の血を分けた子に跡を継がせたくなるのが人情だ。だ

が婿の信直とて、眼前にある南部宗家当主の座は手放したくない。俄然《がぜん》、晴政と信直のあいだが緊張しはじめた。信直を支える浅水《あさみず》、見吉《みよし》の城を晴政が攻める、といううわさが流れているほどだった。

そうしたことの余波が、この津軽にまでおよんできたのである。

信直の父である高信を討ち、津軽をこちらの勢力下におきたい、ついてはその先兵になれ、というのが大膳さまからの指図だった。

「そなた、何人出せそうかな」

右京亮は小栗山にたずねた。

「あぶれ者、野伏をあわせりゃ、百人足らずってところでしょうかな。もちろん、それなりの褒美《ほうび》が必要ですがの」

「ふむ。こちらはまず千人ってところか。さあ、そういうことだ。手立てを考えてくれ」

と面松斎をうながすと、

「それ兵は詭道《きどう》なり、と申しまする」

どじょう髭の男は、団栗眼を見ひらき、待ってましたとばかりに話しはじめた。

「白昼堂々と城の正面に兵を送り、攻めるなど愚の骨頂でござる。敵をあざむき、知らぬうちに攻め寄せ、抵抗する間も与えずに攻め落とす。これこそ、兵力の少ないわれらがとるべき手立てと勘考《かんこう》つかまつる」

「騙し討ちってことか。しかし敵もたやすくは騙されねえぞ。高信どのは百戦錬磨《ひやくせんれんま》の将といわれておるしな」

兼平中書が釘《くぎ》を刺す。だが面松斎はひるまない。

「じっくりと、少しずつ手を打っていけばよろしい。城攻めならば、まずは付け城をつくりまする。

そこで敵城の動きをさぐるとともに、城内に間諜《かんちょう》を送り込み、敵勢を分裂させて骨抜きにするように考えまする」

「まずは付け城か。どこに置くんだ。絵図を出してくれ」

右京亮の言葉に、小栗山が畳一枚ほどもある絵図を持ち出して広げた。津軽とその周辺を描いたものである。

これを見ると、津軽の野は東、南、西を山に囲まれ、岩木川が海へと流れ下る北西の方角だけ開けているのがわかる。

大仏ヶ鼻城は南の山々の近くにある。南部領の三戸から見れば、津軽へ進出するとき、その入り口となる地点を守る城だった。

大浦城は、津軽の野の中では西寄りに位置している。大浦からさらに西には岩木山と、そこに連なる山々があり、山々のむこうが西浜と呼ばれ、海につながる。

津軽には一村を支配する程度の地侍の館が数多くある。しかし郡代が支配する領域にかぎれば、城と呼べるほどの大きな要害は、大浦城と大仏ヶ鼻城をふくめて六つしかない。

東から浅瀬石《あせいし》城、大光寺《だいこうじ》城、北には田舎館《いなかだて》城。さらに田舎館城と大仏ヶ鼻城の中間にある和徳《わっとく》城。

この四城はみな南部家の家臣か息のかかった国人《こくじん》が守っており、右京亮が大仏ヶ鼻城を攻めれば敵に回ると考えねばならない。

いまのところ右京亮の大浦城ひとつに対し、南部勢の城は五つ。一対五の劣勢である。

この六つの城と少々毛色がちがうのが、大浦の北東五里ほどのところにある浪岡御所《なみおかごしょ》で、南朝の忠臣、北畠氏の末裔《まつえい》が御所さまと呼ばれ、城主として近辺を治めていた。南部家とは関係が薄く、むしろ津軽の南の秋田《あきた》、檜山《ひやま》郡などを領する安東《あんどう》家とつながっている。さらに北の外ヶ浜への入り口に油川城《あぶらかわ》、北東に横内城などがある。こうした城の動きも考えねばならない。

「さて、大仏ヶ鼻の近くに付け城をもうけるとなると……」

と言いながら、右京亮は絵図を眺めている。すでに胸中では結論が出ていた。

「堀越の館を修繕しよう」

堀越はいうまでもなく、三年前まで右京亮が住んでいた館である。右京亮が大浦に婿入りしたとき母もついて大浦へきたので、館は無人となり、いまは半ば朽ちている。しかし貧弱ながら堀と土塁はあるし、なにより大仏ヶ鼻城からは半里ほどしか離れていない。もってこいではないか。

「しかし、うまくいくか。自分の城の目の前に他人の城を造られるなど、高信が許すはずがないと思うが」

兼平中書が首をひねる。

「そこは、舌先三寸で丸め込むのでしょうな」

面松斎は、何でもないという調子で言う。

「気軽に言うな。津軽郡代たる者が、そんなにたやすく騙されるものか。軍書《ぐんしょ》の中ではうまくいっても、現《うつつ》の世ではそうはいかんぞ」

兼平中書が言いつのるが、無精髭《ぶしょう》をなでながら聞いていた右京亮は、こう言ってひきとった。

「いや、郡代だからこそ騙されるかもしれん。そいつはまかせてもらおう。いまのところこちらは疑われていないし、ひとつ考えがある」

そうか、ならばいいと言って、兼平中書は口を閉じた。

「付け城はいいとして、敵の人数を減らす工夫もいるな」

右京亮の言葉に、小栗山が応える。

「重臣をたらし込めばよろしゅうござる。二、三人は引っかけられましょう」

「案があるのか」

「案というほどではありませぬが」

小栗山の提案に、三人はにんまりとした。

「けっこう手間だが、それなら引っかかりそうだな。よし。さあ、そうなるとつぎは……。大仏ヶ鼻城を攻めると、ほかの城から助勢が来るだろうな。そいつをどうするか」

右京亮が言うと、三人はだまりこんだ。これが大仏ヶ鼻城攻めにあたっての、最大の難問だった。

「面松斎、詭道でなんとかならぬか」

右京亮が名指ししても、面松斎はむっとした顔でだまっている。すると小栗山が言った。

「ふた通り考えられますな。まずほかの城を潰してから大仏ヶ鼻城を攻める。これが常道でしょう。別に、大仏ヶ鼻城を攻め落としてからほかの城を攻める手もありまするが。まあ、どちらも厳しい取り合いになりましょう」

兼平中書が渋い顔で返す。

「厳しいどころか、無理よ。大仏ヶ鼻城と四つの城を合わせたら、それこそこちらの十層倍以上の兵数になるぞ。勝てるわけがねえ。まともにやっちゃあ、だめだ」

「いやいや、おおせの通りですが、しかし」

と面松斎が顔をあげて言う。いい手を考えついたらしい。

「手がないことはありませぬ。要は数合わせですからな。五つの城すべてを相手にすることはありませぬ。うまく立ち回れば、ひとまず敵を抑え込むことはできましょう」

面松斎は、その考え方を説明する。

聞いた右京亮は、少々危ういものの、理にかなっていると思った。

「まあ、それでいってみるか。実地の手立てはまた考えねばならんが……。よし、なお、考えておいてくれ」

「しかし、本当にやるのか？」

兼平が首をかしげて問う。右京亮は答えた。

「ああ、もちろんだ。何かおかしいか？」

「おかしいもなにも……。こいつは大いくさだぞ。しくじったら首が飛ぶだけじゃすまねえ。お家が消えるほどの一大事だ。手負い死人もたくさん出るだろう。なのにそなたは、まるで物見遊山《ものみゆさん》に行くような調子で段取りを決めている。大丈夫か？　正気だろうな」

兼平の言葉に右京亮はきょとんとした顔で応じた。

「ああ、もちろん大いくさになる。それがどうかしたか」

兼平はあんぐりと口をあけ、それから顔を伏せて腕組みをし、だまってしまった。

いくさの話が終わったところで、酒が出てきた。たちまち座はくだけた雰囲気になる。

「ところで、あちらの方はどうなった？　その、側女《そばめ》のことだが」

右京亮がたずねると、

「ああ、そう急《せ》かさないでもらいましょうかな。いま表に出したら、いろいろ差し障りがありましょう」

心得顔で小栗山が答える。

「それもそうだな。楽しみにしておくか」

右京亮はにやつく顔を引きしめた。

側女を世話してくれ、と小栗山に頼んである。

身近の侍女や下女たちに手をつけようとしても、みなおうらの息がかかっていて、とても無理だ。だから城の外で探すしかない。商売をしてあちこちに顔が広い小栗山は、そうしたことを頼むのにうってつけだった。

「おい、誤解するなよ。側女がほしいのは、ただ好色のためだけじゃねえぞ」

ほかのふたりの好奇の目に気づき、右京亮は言った。

とにかく自分の血を引く子が欲しいのだ。

いまのままだと、おうらの弟たちが十八歳になったとき、右京亮の跡を継ぐことになる。すると右京亮はもう用は済んだとばかりに、城から放り出されてしまうかもしれない。

それはあんまりだ。なんとか城主の座を保ち、自分の血を引く子にあとを継がせたい。それは天下を狙うためにも必要なことだ。

——ただの守り役で終わってたまるか。

おうらは愛《いと》しいが、それとこれとは別の話だと思う。

三

「来たか、大浦の若いの」

大仏ケ鼻城の本丸御殿の庭に膝をついた右京亮を、津軽郡代の南部高信はいつものように薄笑いをうかべながら見下ろした。

兄の南部大膳大夫晴政に似て小柄ながら鼻っ柱は太く目つきは鋭く、その挙措《きょそ》に威厳がある。四十《よそ》路《じ》のはたらき盛りだった。傲慢《ごうまん》ともいえる態度は、津軽では逆らう者がいないという自信に裏打ちされているのだろう。

右京亮は深々と頭を下げた。

「今月も推参《すいさん》つかまつってござる。郡代どのにあられてはご健在でご在城、祝着《しゅうちゃく》この上なしと存じまする」

津軽の城主たちは、月に一度は大仏ヶ鼻城に伺候《しこう》し、年貢の収納具合などを報告しなければならない。右京亮も城主となって以来、ほぼ毎月登城《とじょう》してきた。

右京亮が晴政とつながっていることは高信も承知しているはずだが、兄弟の不仲は表には出さないつもりのようで、高信は鷹揚に右京亮に対している。

「そなたもつつがないようで何よりじゃ。領地は治まっておるかな」

「は。郡代さまのご威光をもちまして、平穏に過ごしております。なお本日は、お言いつけの米を納めにまいりました」

「ほう、やっともってきたか」

「は。当家も手許厳しきおり、なかなかお言いつけを守れませず、申しわけなき次第。しかしようやく年貢があつまりましたゆえ、さっそく持参いたした」

昨年来、南部家の本拠地である糠部郡が冷害で凶作となり、飢饉《ききん》の到来寸前となっていた。そこで南部宗家は、それほど害をうけず収穫が減らなかった津軽に対し、臨時の年貢を課してきたのである。

右京亮はこれを理不尽だとして反発し、言を左右にして納めるのを引き延ばしてきた。実際、大浦家とてそれほど余裕はないのだ。

しかし今回の登城に際して、背に米俵をくくりつけた馬を十頭あまり引いてきた。

「まだまだお言いつけには足らねど、これより毎月、納めてまいる所存にて、こたびはこれにてなにとぞご勘弁を」

「ふむ。大儀である」

高信の顔がほころぶ。

「津軽の者は、どうも動きが鈍い上に言うことを聞かぬので難渋しておるが、そなたは久慈の出だけに身軽に動くようじゃな」

「は。ええ、それと、遅れたお詫《わ》びに酒一荷《いっか》と干鮭《からざけ》を持参いたしした。ぜひお納めくだされ」

「おお、殊勝なことじゃ。ではさっそく味見をするとしようか。そなたも相伴《しょうばん》せよ」

酒好きの高信にとっては、当然の言葉だろう。右京亮が期待したとおりになってきた。

その夕には、大仏ヶ鼻城の重臣数名も加わっての酒宴となった。

酒はたっぷりと持参している。肴も干鮭だけでなくキノコや山菜など山の幸、海鼠《なまこ》など海の幸を用意してある。みなが舌鼓をうち、宴はすぐには終わらない。

右京亮はまた聞き上手である。一昨年《おととし》、鹿角に侵入してきた安東勢を打ち破ったときの高信の自慢話を、感嘆の声をあげつつ聞いた。

顔を赤くした高信は、上機嫌で話をつづける。おりを見て、右京亮は切り出した。

「郡代どののご威光にて、津軽は平穏に治まっておりまする。まことにわれら、片時も感謝を忘れたことはありませぬ。さりながら、治にありても乱を忘れず、と申しまする」

ここから先が重大な話ではあるが、右京亮はさらりとつづけた。

「それがしが気にしておりますのは、そこにある堀越の館のこと」

と北西の方角を指さした。

「それがし大浦城に移ったゆえ、堀も土塁もありながら、いまや無人となっておりまする。もしも胡乱《うろん》な者が立て籠《こ》もるようなことがあっては一大事。それゆえ少々修繕し、わが手の者を遣わして守らせたく存じまする。あるいは郡代どのの家人を遣わしてもよろしいかと。ぜひお許しを願いまする」

と言うと、酔いが回った高信はうなずき、

「よきところに気づいた。健気《けなげ》な申しようじゃ。よかろう。存分にせよ」

とあっさり認めてくれた。右京亮が自分の費用でやるなら勝手にやれ、とのことだろう。

「津軽の者はじょっぱりというが、聞き分けが悪くて困る。そこへゆくとそなたは素直じゃの」

「は。これはお褒めいただき、恐縮にござる。たしかに津軽者は頑固で困りまするな。それがしも苦労してござる」

と適当に話を合わせておいて下城《げじょう》し、年が明けると、さっそく堀越館を城塞《じょうさい》に造り替えるべく普請にかかった。

堀をひろげ、土塁を高くし、門を修理する。

ことに大手門は、右京亮が指図して高さや幅、造りを大仏ヶ鼻城の大手門に似せた。少々思惑があるのだ。

そして櫓《やぐら》を立て、朽ちていた母屋を修繕し、兵を収容する長屋を新たに建てた。

留守居《るすい》の兵の名目で、小栗山の配下の野伏を城に張りつけた。ひそかに矢弾《やだま》や食料も運び入れておく。かかった費用は、おうらに頭を下げて出してもらった。

これで付け城ができた。

あとは家中の者たちである。大浦家の兵を動かすとなれば、重臣衆を説得しなければならない。

だがそれは至難の業だ。敵が強大すぎるから、おそらく反対者が多数を占めるだろう。ここは腹を据えてかからねばならない。

右京亮は近習の塗部地新七を呼び、

「明日、未刻《ひつじのこく》（午後二時）に城にて評定を開く。重臣衆を残らず呼びあつめよ」

と命じ、ついでこうも言った。

「近習と馬廻り衆も、その時刻にみな城にいるように触れをまわせ。こちらは密《ひそ》かにな」


翌日。

大浦城の広間で右京亮の前にすわっているのは小笠原伊勢守、兼平中書、森岡金吾の三家老をはじめ、重臣とされる八木橋備中守《やぎはしびっちゅうのかみ》、板垣兵部《いたがきひょうぶ》、高屋右近《たかやうこん》ら十数名である。

右京亮の話を聞いた森岡金吾が唖然《あぜん》とした顔で、

「また、とんでもないことを……」

とつぶやいた。

「困りましたな。謀叛など、まったく考えもしなかったことゆえに」

家老の中でももっとも年配の小笠原伊勢守――といっても三十二歳だが――も細い首を曲げ、困惑した顔で言う。

たったいま、大仏ヶ鼻城を攻めて南部高信を倒す、と重臣たちに告げたところだった。それも相談をもちかけたのではなく、やると断言したのだ。当然、重臣たちは騒ぎ出した。

「はっきり言って、無理じゃ。無理、無理。道理も通らぬし」

森岡金吾は不満そうな顔を隠さない。

「しかし大膳さまのご命令では、聞かぬわけにはいかぬだろうな」

兼平中書は、右京亮を支える。

森岡金吾が首をかしげる。

「大膳さまから助勢は来るのかな」

金吾の問いに、右京亮は即答した。

「来るものか。そんなのが来たら、たちまちうわさになって警戒されるだけだ」

「そうは言っても、相手が強すぎる。それにわれらには名分もない。下手をすれば、謀叛人の汚名を着せられて攻め滅ぼされるぞ。その覚悟はおありか」

金吾の文句に、小笠原伊勢守も無言ながらうなずき、同調する構えだ。

「いや、大膳さまはいい機会をくれたんじゃねえかな」

兼平中書が言うと、金吾が突っ込んだ。

「どんな機会だ」

「津軽すべてを、この大浦家が支配するための機会だ」

一瞬、座がしんとなった。

「はは、大浦家が津軽を支配するなど、そんな大それたことを……」

ややあって金吾が笑い飛ばそうとすると、今度は伊勢守がずけりと言った。

「いや、当然そうなりましょう。大仏ヶ鼻を攻めれば、津軽全体を敵に回すことになりまするゆえ。あとは大浦家が勝って津軽を手にするか、それとも敗れてお家が絶えるか。ふたつにひとつとなりましょうな」

金吾が笑いを止めた。伊勢守がつづける。

「察するに、大仏ヶ鼻城の兵は三千を超えましょう。わが手は、どう頑張っても千をあつめるのが精一杯。三倍の敵に勝つ方策など、ありませぬぞ。それに大仏ヶ鼻を攻めれば、ほかの城も敵に回すことになる。そうなれば三倍どころか五倍、十倍の敵を相手にすることになる。とても勝ち目はありませぬ」

その言葉は、理にかなっている。

「さよう。しくじれば家が潰れてわれらの首が飛ぶ。それでもやるのか、ということじゃ」

金吾の声は厳しい。

「とても無理でござろ。九分九厘、負ける」

しかし右京亮は落ち着いて言い張る。

「むずかしいのは承知だ。しかしできないことはねえ。方策を、知恵を使えばいい」

「ではその方策を教えてくだされ」

と伊勢守が突っ込むが、右京亮は乗らず、

「腹案はあるが、その前にみなはどうだ。同意してくれるか」

と家老以外の重臣に発言をうながした。

「津軽を手に入れるとのこと、心地よく聞き申した。男ならそうあるべきじゃ。それがし、賛同いたす。大仏ヶ鼻城を攻めるなら、ぜひとも先手を申し受けたい」

と言う赤ら顔で大兵《だいひょう》肥満《ひまん》の男は板垣兵部といって、ここまで大浦家のいくさではいつも先陣を志願し、勇敢に戦ってきた男だ。ほかにも幾人かがうなずいている。

だが他の大多数は反対のようだ。不満を顔に出し、いまにも叫び出しそうだった。

「坂田どのはいかがか」

と右京亮は坂田仁右衛門を名指しした。

仁右衛門は右京亮が婿入りして城主になったことが気に入らないらしく、「あんな男が城主とは片腹痛い」と放言していた。それだけでなく、鷹狩りの演習に出て来なかったり大浦城への伺候を怠ったりと、ことごとに右京亮に逆らっていた。

「金吾どのとおなじ意見じゃ。これは無理と存ずる。しかも謀叛じゃ。道理も通らぬ」

仁右衛門は当然のように反対した。

「ふん。そう言うと思ったわい。やはり臆病者よの」

右京亮が馬鹿にしたように言うと、仁右衛門が形相を変えた。

「そなたは引っ込んでおるがよい。いくさになっても、臆病者は役に立たぬ。足手まといになるだけだ」

「なにを。それがしは道理を説いておる。臆病者呼ばわりはやめてもらおう」

「敵が強いからと、戦う前に尻尾を巻いて逃げる者を臆病と言ってなにが悪い」

右京亮はさらに挑発する。おのれ、と仁右衛門は叫んで立ち上がった。

「ええい、言葉を慎め。いくら城主といっても、ただではおかぬぞ！」

仁右衛門が一歩踏み出したときだった。

「やあ狼藉者ぞ。みな出合え。あれを討て！」

と右京亮が叫ぶと、上座の横の襖《ふすま》がすっと開き、黒い影がふたつ飛び出してきた。

十二矢又五郎と桜田宇兵衛である。武者隠しに潜んでいたのだ。ふたりはおどろく仁右衛門に駆け寄り、

「上意じゃ、御免！」

と言うなり抜き打ちに肩から斬り下げた。抜き合わせる暇もなく、仁右衛門は肩から血を噴き出して床に崩れ落ちる。

すわ、と重臣衆が立ち上がる。そこへ廊下を踏み鳴らして、右京亮の近習や馬廻り衆十数名があらわれた。刀を抜きかけた反対派の重臣たちを、数の力で制する。

「静まれ。まだ評定の最中じゃ。すぐにその汚《けが》らわしいものを片付けよ」

右京亮が倒れている仁右衛門を指さすと、近習たちは刀を抜きつれ、まだ息のある仁右衛門を滅多刺しにした。そして動かなくなった仁右衛門を庭へ蹴り落とすと、衿《えり》や袖をもって引きずり、どこかへ運び去った。

一座はしんとして声もない。婿どのの正体を見た、といった態《てい》である。

「さあ、臆病者は退治した。つづけよう。それがしの腹案を披露《ひろう》いたす」

血の臭いが残る広間で、右京亮の声だけが響いていた。

## 四

五月四日の昼下がり――。

「いやあ、くれぐれも郡代さまによしなにお伝えくだされ。それがし、端午《たんご》の節句には間に合わねど、二十日には大仏ヶ鼻城にまいり、郡代さまに見参いたすと」

右京亮は、そう言って気弱そうな笑顔を見せた。立ってはいるものの、白い小袖だけをまとった姿は、いかにも病人のものだ。

挨拶されたのは、大仏ヶ鼻城の重臣たち三人だった。昨日から酒宴がつづき、酒も肴もたっぷり腹に入っているから、上機嫌である。

「それはご丁寧に。殿にはたしかにそう申し上げましょう。十分に養生してくだされ」

と大仏ヶ鼻城の重臣たち三人は口々に言い、右京亮を気遣うそぶりを見せた。

「では、この板垣兵部が城までお送りいたしまする」

と兵部を紹介し、小袖や酒、肴の干魚などみやげ物をたっぷりともたせた重臣たちを、城門から送り出した。

「やれ、これでひとつ済んだ」

右京亮は大きく伸びをした。仮病を使うのもなかなかつらいものだ。

五月五日の端午の節句は、どこの家でも菖蒲《しょうぶ》や蓬《よもぎ》を家の軒《のき》に挿し、物忌《ものい》みをする。そして奉公先に顔出しもせずに、安楽に過ごすことが許されている。

つまりは、大変な仕事となる田植え前のひと休みなのである。

その端午の節句を前に、右京亮は大仏ヶ鼻城の重臣たちを接待漬けにした。そして自身は病気と称し、城から動けないと印象づけた。

右京亮の前に出てきた面松斎が言う。

「ただでさえ節句で浮かれているところに、酒や肴までもたせてやりましたからな、明日は陽《ひ》が高くなるまで朝寝を決め込むでしょう。あの三人は城の守りに役立ちませんな」

しばらくしてあたりが薄暗くなってくると、右京亮は桜田宇兵衛に命じた。

「よし。陣触《じんぶ》れをまわせ」

「はっ」

近習たちが走りまわり、近在の侍たちを呼びあつめる。かねて申し含めてあったので、たちまち城内に兵があつまってきて、夜が更けるころには千人の兵がそろった。

兼平中書を留守居役とし、右京亮は千の兵をひきいて子《ね》の下刻《げこく》(午前零時過ぎ)に城を出た。

先頭をゆく者の提灯《ちょうちん》には覆いをつけ、足許《あしもと》だけを照らす。

三里半ほどの夜道を急ぎ、丑刻《うしのこく》(午前二時)に全軍が堀越館に到着した。そこには板垣兵部と小栗山左京、それに左京配下のあぶれ者たちが待っていた。

「大仏ヶ鼻の城、別状なし。ふだんどおりに寝静まっておりまする」

と板垣兵部が報告する。兵部は三人の重臣を大仏ヶ鼻城まで送ったあと、この堀越館に潜んで敵情を見張っていたのだ。

「よし、みなまず足を休めろ。物頭どもはあつまれ」

あつまった家老と重臣衆に、右京亮は陣立《じんだ》てを指示した。

先手は板垣兵部。百五十人を率いる。それに小栗山左京配下のあぶれ者たち八十三人。

この者たちは身軽に動くため甲冑《かっちゅう》をつけず、丈夫な布地をつづり合わせた着物をきて、革張りの合財帽子《がっさいぼうし》というものをかぶり、樫《かし》の六尺棒を手にしている。長身の折笠与七と荒くれ者の砂子瀬勘解由《さごせかげゆ》が、頭として進退を指図する。

二の手は森岡金吾と小笠原伊勢守。やはりそれぞれ百五十人。三の手が右京亮自身で、三百五十人あまり。以前から行っている鷹狩りの陣立てとおなじだから、兵たちに迷いもない。そして近くの和徳城から助勢がくる場合に備え、百人ほどを北方にあたる大清水野《おおしみずの》へ送った。

まだ暗い中、静かに堀越館を出て半里ほど進み、大仏ヶ鼻城に達した。

明ければ五月五日、端午の節句である。そんなめでたい日に城を攻めるなどだれも思いつくまい、というのがこの策の肝だった。

城は低い丘の上にある。

下の方から四の丸、三の丸とつらなり、もっとも高い南の端に本丸があった。丘の南側を川が洗っているので、そちらからは攻められない。また北西の斜面には、重臣たちの館が城を守るように建っているので、その方角からも攻めにくい。

結局、もっとも下の大手門から攻めのぼってゆくのが早そうだが、一部の手勢《てぜい》は搦手にもまわした。

「全軍、陣配りを終えてござる」

近習のひとりが告げた。右京亮はまだ動かない。しばらくすると小栗山左京がきて、

「大手門の閂《かんぬき》を抜いてござる」

と告げた。左京配下のあぶれ者たちの仕業である。あぶれ者たちは堀越の館において、大仏ヶ鼻城の城門を模して作った門を使い、門の脇を乗り越えて中に入る稽古を重ねてきたのだ。

これを聞いた右京亮は大声を出した。

「よし。城攻めじゃ。者ども、かかれ、かかれ!」

側に立つ面松斎が太鼓を打ち鳴らした。と、城のまわりが明るくなった。手勢が松明《たいまつ》に火をつけたのだ。

ある限りの鉄砲と矢が城に向けて放たれる。たちまち城の内外が騒然となった。そして内側から開かれた大手門から、兵たちが喊声《かんせい》をあげて城内になだれ込んでゆく。

先行するあぶれ者たちは、城内の建物に火をつけてまわる。あちこちで火の手があがり、闇の中でも兵たちは道に迷うことがない。

右京亮は城をのぞむ高台を本陣とし、ようすを見守っていた。

「先手の兵が三の丸に入ってござる」

「三の丸も炎上、ただいま先手、二の丸の門を越え申した」

板垣兵部からの伝令が、本陣に戦況を告げにくる。右京亮は厳しい顔で聞いている。二の丸までは半刻《はんとき》もかからずに攻め落とした。しかしそこから先の報告が来ない。待つうちに東の空が紫色に染まってきた。

「なにをしておる。夜が明けてしまうぞ」

右京亮はいらだった。奇襲である以上、長引いてはいけない。ほかの城から助勢がくると勝ち目がないのだ。

「本丸に手間取っております。打ち出す矢弾がきびしく、近寄れませぬ」

ようすを見に行かせた塗部地新七が、もどってきて告げる。

「本丸に籠もる城兵たちも、明るくなるまで支えれば味方が助けにくる、とわかっているのでしょうな」

面松斎が言う。右京亮はたずねた。

「策はないか」

「ござる。裏から攻めなされ」

「無茶を言うな。本丸の裏手は崖だぞ」

丘の裾を洗う川へと落ち込む崖の上に、本丸は築かれている。そこに軍勢は使えない。そう言うと、面松斎は首をふった。

「だからこそ、守りの兵もおらぬでしょう。百人も要りませぬ。四、五人でよろしい。裏手から忍び込んで本丸の屋敷に火をかけさせなされ」

右京亮はうなずいた。

「わかった。小栗山を呼べ。あぶれ者どもにやらせよう」

小半刻ののち、本丸から火の手があがった。折笠与七が手下をつれて河原から崖を這《は》い登り、本丸に忍び入って放火したのだ。

本丸が落ちた、との報《しら》せが届いた時には、空が明るくなっていた。右京亮はすぐに本陣を出て城に入り、焼け跡を踏みしめて本丸へ駆け上がった。

板垣兵部が待っていた。

「郡代どのはどうした」

まずは城主の南部高信の首を確かめたかった。だが板垣兵部は首をふった。

「それが……。どうやら留守だったようで」

「なに！」

「城の者に問うと、二日前に三戸に向けて出立したとのこと」

「……そうか」

あてがはずれたが、とにかく城は奪った。高信を討ち漏らしたことで、後々どうなるかわからないが、まずはよしとしなければならない。

右京亮は板垣兵部に、討ちとった者の首を城の西側にかけ、焼け跡を片付けつつ百人で城を守るよう命じた。そして全員で勝ち鬨《かどき》をあげると、兵を堀越館に引き揚げた。

「油断するな。傷養生して兵糧を使え。馬には秣《まぐさ》を食わせろ」

兵には館に備えておいた糒《ほしい》と味噌などを食べさせ、傷の手当てを急がせた。

将兵たちは勝利に興奮している。右京亮も踊り出したいほどうれしかった。なにしろ初陣で大勝したのだ。しかも相手は強敵で、負ければ自身と家が破滅する、という重大な戦いだった。

だが右京亮は喜びに震える心を抑えていた。まだいくさは終わっていない。ここからが肝心だ。

巳刻《みのこく》（午前十時）になっている。陽は高いが、朝の清々《すがすが》しさは残っていた。

兵たちはもう戦いは終わったつもりでいるが、右京亮の思惑を知っている重臣たちは緊張した顔でいる。

「よし、出立するぞ。北に向かえ。めざすは和徳の城！」

大仏ヶ鼻の城だけでなく、近くの和徳城も今日のうちに攻め落とすつもりでいた。

ほかの城主たちは、まだ大仏ヶ鼻城が落ちたことを知らないはずだ。敵が油断しているいまのうちに攻めかければ、堅い城とてたやすく落とせるに違いない。

これまでは右京亮が大浦城だけを持つのに対し、南部高信が大仏ヶ鼻城と四つの城を支配していた。一対五の勢力比だったのだ。

しかしいまや大仏ヶ鼻城をわがものとして二対四になっている。もうひとつ落とせば三対三となり、勢力は均衡する。すると南部側もうかつに手出しできなくなる。

それが面松斎の立てた策だった。

一日でふたつの城を落とすなど前代未聞《ぜんだいみもん》のことで、無謀ともいえるが、蜂起《ほうき》して郡代を倒した以上、謀叛人として成敗されないためにはやらねばならない。

兵たちはおどろきつつも急ぎ足で行軍する。一里ほど行ったところで軍勢を三手に分けた。

「よい。ここからはおれの策でゆく」

なにか言いたそうな面松斎を差し置いて、右京亮はつぎつぎと下知を飛ばした。

小笠原伊勢守に一手をあずけ、日金林《ひがねばやし》という地に伏せさせた。これは他の城から救援に来る兵を妨げる狙いだ。森岡金吾にも一手をまかせ、和徳城の搦手へまわした。

右京亮自身は残りの兵五百をひきいて、和徳城の大手口へ向かう。

和徳城の前にある町屋に火をかけ、鬨の声をあげて大浦勢が城に攻めかかったのは、午刻《うまのこく》（正午）だった。

不意を打たれた和徳城の小山内讃岐守《おさないさぬきのかみ》は、最初こそ城に籠もって戦っていたが、右京亮が兵の大半を後方へまわし、攻め手の人数を少なく見せると、一族郎党とともに門から打って出てきた。

攻めてきたのが大浦勢と知り、若造の右京亮に負けるものかとの意地を見せたのだ。

これは右京亮の思う壺《つぼ》だった。後方に控えさせていた兵をどっと攻めかからせると、一方で空になった城に、搦手から森岡金吾が攻め入った。

「ははあ、見事な手並みで」

と感心する面松斎に、

「いくさの手立てなど、一度やればわかる」

と右京亮は事もなげに言うのだった。

背後の城に火の手があがったのを見て、和徳勢も動揺した。逃げてゆく兵が続出する。

「余すな。そなたらは讃岐守を討て」

と右京亮は、最後まで手許に控えさせていた近習や馬廻り衆に下知した。

「よし、そうこなくちゃ」

と飛び出していった十二矢又五郎が、半刻もかからずに讃岐守の首を、桜田宇兵衛が嫡男の主馬《しゆめ》、塗部地新七が次男の首を携えて右京亮の許《もと》へもどってきた。

二刻《ふたとき》ほどの戦いで和徳城は焼け落ち、城主一族は滅びた。時に五月五日、申刻《さるのこく》（午後四時）のことである。

西に落ちた太陽が、兵たちの横顔を照らしている。

――勝った。勝ったぞ。しかし……。

焼け跡の城内に入り、将兵とともに勝ち鬨をあげた右京亮は、手足が震えているのを感じた。

勝ったのはいいが、これで謀叛人の汚名を着せられることになった。生き抜くためには、今後も勝ちつづけなければならない。

戦いは終わったのではなく、より大きな戦いが始まったばかりなのだ。

だが、その前にやることがある。

帰城の途中、右京亮は馬側に小栗山左京を呼び、小声で命じた。

「側女、早く頼むぞ」

「わかっております。これでもう、だれも文句は言わぬでしょう」

小栗山も笑顔で応える。右京亮はさらに言った。

「どうせなら二人、頼む」

「え、二人。いきなり二人でしょうかの」

「ああ。城がふたつ手に入ったからな。ひとつの城にひとり。都合二人ほしい」

右京亮はにんまりとしながら、ぽかんと口をあけた小栗山を見ていた。

# 第三章　みそかの正月

## 一

「おお、よしよし」

ひえん、ひえんと泣く子を、右京亮は不器用な手つきであやしていた。

ここは大仏ヶ鼻城である。右京亮が大仏ヶ鼻城と和徳城を攻め落としてから四年がすぎている。本丸の焼け跡を片付けたあと、新たに御殿を建て、自分の城として使っているのだ。

あやしても赤子は泣き止まない。初めての子だけに宝物のような気がするのだが、扱い方がわからない。

「お髭ののびたお顔がこわいのでしょうか。ほほ」

と母である側室の初音《はつね》が口元を隠して笑う。右京亮が髭を剃《そ》るのは四と九のつく日、つまり五日に一度――読み書きを習うために通った寺の風習にならった――なので、無精髭がのびているのだ。しかもどうも人よりも髭が濃い質《たち》らしい。

「それ、たかいたかい」

と父の右京亮は赤子を目の上にさし上げるが、泣き声は激しくなるばかりだ。見かねて初音の侍女が右京亮から赤子をとりあげた。右京亮はぼやく。

「ちとこの顔に馴《な》れさせせぬと、いかんな」

「さようですとも。馴れるようにぜひ毎日、お顔を見せに来てくだされ」

初音の言葉にうなずきながら右京亮は、

「そうしたいのはやまやまだが、やることばかり多くてな」

とつぶやいた。すると、

「あら、やることと言うのは和徳へ行かれることでしょうか」

と初音が言葉の短刀を突きつけてくる。

「ずいぶんと入れ込んでおいでのような」

針を含む声に、右京亮は咳払《せきばら》いをした。

「あちらも境目の争いやら、家人どもの喧嘩《けんか》の成敗やら、いろいろあってな。我が行かねば解決せぬ」

大浦城の入り婿であった右京亮も、いまや鼻和郡のほぼ全部と平賀郡の西半分を押さえる大領主となっている。

「およしどのも、一段とお美しくなられたとか。殿御《とのご》に愛《め》でられれば、女は美しさに磨きがかかります」

初音の顔が険しくなっている。右京亮は上目遣いに言う。

「そなたこそ美しくなったぞ。色の白さがひときわ目立つようになった」

実際、初音は色白で目が大きく、鼻筋のとおった美人である。

「さればどうぞ、毎日来てくだされ」

長居すると、強引に約束させられそうだ。右京亮の声がだんだん小さくなる。そして逃げるように大仏ヶ鼻城をあとにした。

警固の手勢とともに和徳城に着いたときには、夕刻になっていた。迎えに出てきたのは二人目の側室、およしである。

「お待ち申し上げておりました」

色が浅黒く、丸顔でふくよかな体つきのおよしは、愛想がいい。右京亮の気をそらさぬ話し方を身につけているのか、そばにいると気が休まる。

「やれやれ、疲れた。わが領地ながら、一日ではまわり切れぬな」

「まあ、それは贅沢《ぜいたく》な悩みですこと。さ、まずは夕餉を召し上がれ。酒も用意してござりまする」

ふだんは大浦城に住んでいる右京亮だが、月のうち十日ほどは大浦城を出てふたつの城を巡っていた。そのときに夜伽《よとぎ》をするのが、側室の初音とおよしである。

「大仏ヶ鼻の初音どのは、息災で？」

ふたりで夕餉を食していると、およしが探りを入れてくる。

「ああ。母も子も元気だった」

「それはようございました。もうお子をおもちなんて、うらやましいこと。さぞお幸せでしょうね」

言葉はやさしいが、競争心が透けて見えるなと思っていると、

「わらわも、もうすぐ母になりまする」

とまだ目立たぬ腹をなでながら、ねっとりとした目で見詰めてきた。

およしも孕《はら》んでいるというのだ。先月、右京亮が訪れたときはまだ自信がなくて打ち明けられなかったが、もうまちがいないという。

「まことか！」

「ええ、まちがいありませぬ」

「でかした。子は宝よ。ぜひ強い子を産んでくれ」

「まあ、うれしいお言葉」

子がふえるのは喜ばしいし、およしが産む子なら、従順で親によく仕えるだろうと思う。

酒を飲んだあとも話がはずみ、夜が更けてからふたりで寝所へと向かった。

ふたつの城を奪ったあとは、残党の地侍を征伐したり家臣に新たな所領を割り当てたりといった仕事に時日《じじつ》を費やした。そしていまは、津軽に残る南部勢との小さな抗争を繰り返している。天下をとるという野望は捨てていないが、現実にはなかなか進まない。

その焦りとあり余る精力が、右京亮を女体に向かわせる。結果として多くの子供が生まれれば、それはそれでよい。家族が多ければ多いほど、家の力も強くなる。自分の子ほど信頼できる味方はいないのだ。

——もっと側室をふやし、子も多くもちたいものよ。

しかしその点でいつも胸の内に棘《いばら》のようにひっかかっているのは、亡き義父の落とし胤《だね》、五郎どのと六郎どのの存在だ。

どちらかが十八歳になれば、大浦家を譲りわたすと神に誓っている。

誓った当時、ふたりはまだ幼子だったので、十八歳まで育ちあがるかどうかもわからなかった。だがふたりはおうらがよく面倒を見たおかげか、すくすくと育っている。

どちらかが十八歳まで生きていれば、右京亮は当主の座を明け渡して隠居することになる。すると側室や息子たちはどうなるのか。

そのあたりは、あまり考えたくなかった。

翌日、早朝に起きると城内の表の間に出て、たまっていた仕事——村同士の境目争いの裁許、年貢受取状に花押を書くなど――をこなした。そして城を出ると警固の兵とともに領内をひとまわりし、地侍たちに声をかけて、変わったことがなかったかと話を聞く。

「いまのところは、変わりありませぬな」

という言葉を聞いても、

「大光寺と田舎館の動きはどうか」

と念を押す。

大光寺城と田舎館城は、津軽の野を南北に走る平川の東岸にある。

和徳と大仏ヶ鼻の二城を押さえたことで、平川西岸の地は右京亮のものとなったが、東岸のふたつの城と、さらに二里ほど東にある浅瀬石城は、まだ南部勢の手にある。

いまや津軽は平川を境目として、西の右京亮の大浦勢と、東の大光寺城の滝本播磨守《たきもとはりまのかみ》を中心とする南部勢が対立しており、配下の地侍をめぐる小競り合いや、名のある武将への闇討ちなどが頻発《ひんぱつ》している状況だった。

ふたつの城に特段変わった動きはない、と地侍たちはいう。

その言葉を聞いて安堵《あんど》してから、右京亮は大浦城にもどった。

「おかえりなされませ。いかがだったかえ、赤子のようすは」

とおうらが迎える。

「ああ、元気にそだっておる。どちらの城も平穏であった」

さらにおよしも孕んでいると告げると、

「まあ、それはめでたいこと」

とおうらは笑顔で八重歯をのぞかせる。

「大仏ヶ鼻の赤子も、いずれはこちらに引き取らねば」

「まあ、そのうちにな」

「今宵は、本丸へ来てたもれ。赤子のようすなど話してくだされ」

「わかった。では夕刻に」

おうらは平静に見えるが、内心でどう思っているかはわからない。ここに来るまでは大変だったのである。

最初の側室、初音を大仏ヶ鼻城に入れたのは、五月五日の戦いで城を落とした半年後だった。そのときにおうらは、

「入り婿のくせに、側室など許せぬ！」

とわめきちらし、右京亮につかみかかってきた。爪を立てて右京亮の顔を引《ひ》っ搔《か》き、

「この城を出て行け！」

と叫んだ。

右京亮もそのあたりは見通していたので、騒がずに大浦城を出て大仏ヶ鼻城に移った。すると家老たちも大仏ヶ鼻城に出仕するようになり、大浦城は一気に寂《さび》れてしまった。

ふたつの城を落としたあと、戦いで功を立てた家臣たちに、右京亮は褒賞として奪った領地を配分した。これによって、

——頼もしい大将である。

と右京亮は家中の衆から認められた。ゆえに従う者が多かったのである。

家中の者に見捨てられた形となったおうらは、あわてて態度を変え、大浦城へもどってくるよう右京亮に懇願《こんがん》した。ならばと右京亮は大浦城へもどった。大仏ヶ鼻城は南部勢との境目となって用心が

悪いし、おうらと別れるつもりは微塵《みじん》もなかったからだ。

そしてまた半年後には、和徳城へふたり目の側室、およしを入れた。おうらは呆《あき》れ顔だったが、文句はつけなかった。

以後、右京亮は三つの城と三人の女をめぐりながら暮らしている。

本丸に住むおうらが二、三日おきに二の丸の右京亮を呼びつける形はつづいているが、それでも右京亮への気遣いは感じられるようになった。

いったん二の丸にもどった右京亮は、母にふたりの側室のようすを告げた。母は孫が育っていることを喜んだ。

「そろそろ歩き始めるころかの。吉日を待って見にゆくか」

と上機嫌で言う。右京亮はあわてて止めた。

「とんでもない。やめてくだされ。まだまだあのあたりも物騒ゆえ」

右京亮の母とわかれれば、おそらく襲われるだろう。それほど津軽は荒れている。

母は不満のようだ。

「孫の顔も見られぬようでは、情けないぞ。早く津軽を平定せい」

と言われても、容易なことではない。

四年前の五月、大仏ヶ鼻と和徳の二城を落としたあと、右京亮は立てつづけに危機に見舞われた。

南部勢が反攻にでてきたのだ。

父の城を奪われた南部信直が、雪辱を期して八月に大軍を催し、まず先手として、津軽に近い鹿角の瀬多石《せたいし》という地に将と兵を送り込んできた。さらに信直自身も二千の本隊をひきいて本拠の田子《たっこ》城を出立、鹿角の当麻《とうま》という在所まで進んできた。

これを聞いた右京亮は三戸の大膳大夫晴政に使者を送り、救援を依頼した。しかし使者は晴政に会えなかった。

晴政の所領である岩手《いわて》郡と、その南方にある斯波《しば》氏の所領、斯波郡との境で小競り合いが起きており、軍勢を送るかどうかで議論の最中なのだという。とても津軽に兵を出す余裕はないらしい。

「そんな馬鹿な。大膳どののお指図で大仏ヶ鼻を討ったのに、我を見捨てるおつもりか！」

と右京亮はあわて、また憤《いきどお》ったが、どうにもならない。

そうしているあいだにも、信直の大軍が大仏ヶ鼻城へ迫ってくる。

窮地に陥った右京亮を救ったのは、母のひと言だった。

「九戸どのに頼んでみやれ」

南部家の中は割れているから、三戸に次いで有力な家である九戸家を動かせばよい、と言う。

母はもともと九戸家庶流の娘で、南部一族の久慈家に入室したのだった。それだけに九戸家の内部事情にくわしくて、家老格の家も教えてくれた。

さっそく使者を送った。すると期待通りに九戸家が動いた。もともと南部宗家の座を狙っていただけに、よい機会が到来したと思ったのだろう。信直が出陣した隙を狙って、信直の味方をする一戸の城へ押し寄せた。

これを聞いた信直は、もはや津軽攻めどころではないと、あわてて軍勢を返し、一戸へ後詰《ごつ》めに向かった。

これで、津軽南部の宿川原《しゆくがわら》まで侵入して本隊を待っていた瀬多石勢も、あきらめて引き揚げるだろうと思っていたが、案に相違して進軍し、津軽の野に入ってきた。

引き揚げるよりは自分たちだけで大浦城を攻めようと考え、まずは味方である大光寺城に入ろうとしたようだった。

しかし大光寺城めざして北上する途中、高畑《たかばたけ》という砦《とりで》に進軍をさえぎられてしまった。高畑の砦を守る乳井大隅守《にゅういおおすみのかみ》という地侍は、右京亮の二城を落とす活躍を見て、大浦側についた者である。そこで瀬多石勢は砦を囲んで攻め立てた。

右京亮は兼平中書を加勢として高畑の砦に派遣する一方、一千の手勢をひきいて堀越の城まで出陣した。

すると瀬多石勢は側面から襲われるのを用心したか、砦の囲みをとき、鹿角めざして退いていった。

こうして当面の危機は去った。

右京亮はほっとしたが、翌元亀三年に、さらに大きな衝撃が襲ってきた。

南部大膳大夫晴政が亡くなったのだ。

死因は、はっきりしない。病死とも、婿の信直との争いで負った傷が原因で死んだ、とも聞こえてきた。いずれにせよ亡くなったのは確かで、三戸南部家はまだ幼い晴政の実子、彦三郎晴継《ひこさぶろうはるつぐ》が継いだという。

右京亮の後ろ盾が、なくなってしまったのだ。

心細い思いでいると義兄の兼平中書が、

「なんの、悪くないかもしれんぞ」

と明るく言った。

「後ろ盾といっても、いざという時に頼りにならないのは去年、わかったしな。むしろこれからは津軽の中で自儘《じまま》に動ける。そう思えば悪くはあるまい」

「それはそうだが……」

「いまやこちらは軍勢も三千ほどは動かせる。もう後ろ盾など、かえって邪魔だろう。しかもだな、これで南部家中の争いは、ますます混沌《こんとん》としてくる。三戸家の力が弱まり、信直の田子家と政実《まさざね》の九戸家が台頭してきたが、八戸《はちのへ》や七戸《しちのへ》、久慈家などがどちらにつくのか、まだわからぬ。家中の争いがつづいて、しばらくは津軽に手を出す余裕もなかろう」

「なるほど」

そうかもしれない。南部家中が乱れたほうが、津軽の切り取りはやりやすい。

晴政の死を前向きに受け止めることとしたが、現実には南部宗家の弱体化は、領地の内外に争乱を呼んだ。

津軽でも、大光寺城の周辺にあるいくつかの地侍の館で争奪戦が展開されたり、高畑砦の守備に活躍した乳井大隅守の父親が、大光寺勢に闇討ちされたりした。

そんな混乱の中、大光寺城よりさらに東にある浅瀬石城の城主、千徳大和守《せんとくやまとのかみ》が小笠原伊勢守を通して、大浦家の味方になりたいと申し出てきた。

小笠原家と縁組をしたいというので、これは怪しい、南部側の謀略《ぼうりゃく》であろうといったんは拒否した。すると大和守は忠誠の証《あかし》として、大光寺城の重臣のひとりを討ちとって見せたりした。

どうやら本気だとわかったので、小笠原家から娘をやることにし、この縁組によって浅瀬石城も大浦勢の一員に加わった。

そうした動きがあり、津軽はいま少し落ち着いているものの、いつ大きないくさが起きるかわからない。

「まあ少し待ってくだされ」

右京亮は、孫の顔を見たがる母に言った。

「そろそろもうひとつ、城を落としますので」

二

右京亮が軍勢をひきいて大浦城から出陣したのは、天正《てんしょう》三（一五七五）年八月十三日の払暁《ふつぎょう》だった。

めざすは大光寺城。

津軽東部の要《かなめ》として古くからある城で、南部家の一族が城主として入り、大光寺氏を称していた。

少し前に当主が若死したのち、その幼子たちを補佐するために滝本播磨守という者が南部家から派遣され、城代《じょうだい》となっていまに至っている。滝本は大仏ヶ鼻落城のあと、付近の地侍たちの館を出城に見立てて守りをかためていた。

大光寺城を落とせば、津軽東南部の平賀郡全体が手に入る。その上、南部家の出先がひとつ減って、大浦城が攻められる心配も少なくなる。右京亮にとっては一日も早く手に入れたい城だった。

二千の軍勢は、まず堀越の館に入った。大光寺城とは一里ほど離れている。

ここで軍議を開いた。といっても戦い方は決まっている。重臣たちと乳井大隅守に絵図を示し、それぞれ持ち場へ向かえと命じるだけだった。

日射しが強くなった辰刻（午前八時）、先陣の乳井大隅守、二陣の小笠原伊勢守がそれぞれ七百の手勢をひきいて先発した。

乳井勢は大光寺城の北に、小笠原勢は東に陣をとる。

乳井大隅守は先年、大光寺勢に父親を闇討ちされていた。父の仇をとりたいと先陣を熱望してきたので、まかせたのである。

黒色縅《おどし》の鎧《よろい》をまとった右京亮は森岡、兼平などを侍大将とし、一千の軍勢をひきいて館を出ると平川をわたり、大光寺城の西にある館田林《たちたばやし》という地に陣をすえた。

うしろに鬱蒼《うつそう》とした林、前には沼地と黄金色の稲穂がみのる田が広がっている。大光寺城までは半里ほどだが、あいだに林や低い丘があるので城は直《じか》には見通せない。

兵どもは、半数が右京亮の前面に厚い陣を敷き、半数は田の畦《あぜ》や道の脇などにたむろして下知を待っている。

このいくさは、「かかれ」と兵たちに下知すればそれで終わる、と右京亮は思っていた。

四年前に大仏ヶ鼻、和徳の二城を落としたのち、浅瀬石城の千徳大和守が降《くだ》ってきたので、いま津軽の勢力は右京亮の大浦勢四に対し、南部勢二となっている。

そして南部勢の二城、田舎館城と大光寺城との連絡は、さきほど兵を派して断ち切った。

だからこのいくさは大浦勢四に対し南部勢一の戦いである。負けるはずがない。

「大軍に兵法なし、と申しますからな。敵の数倍の兵力をもっておれば、なんの策も要りませぬ。敵を正面に据え、ただひた押しに押してゆけば、それで勝てましょう」

と面松斎が言うので、今回は堂々と正攻法でゆくつもりだ。

「なあ、大浦城から大仏ヶ鼻をめざして夜道を駆けたことが、夢のようだな」

右京亮は面松斎に語りかけた。

よくあんな無茶をやったものだ、と思う。いま振りかえると無謀さに背筋が寒くなる。

「まことに。あのときは一か八かの賭けでござったが、今回は賭けではござらぬ。田の草をとるように手間をかけるだけのこと。一日二日で大光寺城は手に入りましょう」

と面松斎が言う。緋《ひ》縅の鎧をつけているが、どじょう髭にはあまり似合わない。

「そうだな。大仏ヶ鼻を攻めたときにくらべれば、今度のいくさは楽なものだな」

右京亮は床几《しょうぎ》に腰を下ろした。乳井勢と小笠原勢が配置につくのを待つ。

両者の狼煙《のろし》を見てこちらも狼煙をあげ、それを合図にいっせいに大光寺の城下へ攻め入る手立てとなっていた。

西の方に岩木山が青く見える。大浦城からだと庭の借景にちょうどいい大きさだが、ここからだと伏せたすり鉢ほどの大きさにしか見えない。

仲秋《ちゅうしゅう》八月とはいえ、日射しはまだ強い。鎧直垂《ひたたれ》を着て甲冑をつけているので、体は汗まみれだ。

——兜《かぶと》をとるか。

そうすればよほど涼しくなるだろう、と思ったときだった。

鉄砲の音が響いた。

それも一発ではない。つづけて数発。さらに雄叫《おたけ》びの声と矢声、悲鳴が聞こえた。

「何ごとだ！」

右京亮は立ち上がった。近習たちも警戒して右京亮の周囲に立つ。

眼前には味方の兵しかいない。

しかし兵たちは動揺していた。こちらに向かって駆けてくる者、背を見せたまま下がってくる者、横に駆け出す者……。馬もおどろいたのか、いなないて首をふり、手綱をもつ小者たちを振りまわしている。

そのとき、前方で高々と大きな旗があがった。白地になにやら字が書いてある。

大の字だった。

すなわち、大光寺勢だ。

「敵、敵じゃ。城兵が逆寄《さかよ》せしてきたぞ！」

「逃げるな、立ち向かえ！」

物頭たちの叫ぶ声が陣中に響きわたる。

大光寺勢はひそかに城を出ると、旗を伏せて物陰に隠れながら進み、間近まで寄ってから一気に襲いかかってきたのだ。

「ははあ、わが軍は多勢といえど三手に分けたから、この本陣だけなら大光寺勢とさして人数は変わらない。十分に勝算はあると踏んで、防戦せずに攻めかけてきたな。なるほど。これはやられた」

面松斎が他人事《ひとごと》のようにのたまう。

「ま、ここは耐えしのぐところでしょうな。鉄砲の音に気づいて乳井どのや小笠原どのが駆けつけてくれば、大光寺勢は挟み撃ちにあって潰れましょう」

だが兵たちは思いもかけぬ事態にうろたえ、防戦どころではない。勢いよく突っ込んできた大光寺勢に正面から立ち向かう者はおらず、右京亮の前方が手薄になった。

「殿、馬に」

「ここはいったん退いてくだされ！」

危機を察した近習たちに急かされ、右京亮はまず馬に乗った。そして、

「やあやあ者ども、あれを見よ。大光寺の馬印《うまじるし》ぞ。そこに敵の大将、滝本播磨守がいるぞ。討ちとって手柄にせよ。褒美は、望み次第に与えようぞ！」

と大声で下知した。

しかし応ずる声はなかった。兵たちは自分の身を守るだけで精一杯のようで、遠くから矢や鉄砲を

放つ者はいても、槍を手に敵勢に立ち向かう者はいない。

胃の腑《ふ》がぎゅっと固く縮まるのを、右京亮は感じた。

「殿、ひとまずあなたへ」

迫ってくる敵勢を見ながら、桜田宇兵衛が馬の手綱を引いて背後の林へと誘《いざな》う。

「馬鹿をいうな。ここで退く大将があるか。槍をかせ。敵将を仕留めてくれる！」

と右京亮は拒んだ。すると、そばにいた大男の十二矢又五郎が、子供を叱りつけるように言った。

「あのな、大将はひとりしかいねえんだから！　討ちとられたら味方が何千人いても終わりだ。軽々に前へ出ていっちゃだめだ。ここはこらえてくれ」

もっともな話だった。右京亮はしぶしぶ馬廻り衆とともに林の中へはいった。

林を抜けると、深田《ふかだ》があちこちにある湿地だった。この先の平川を越えれば、堀越の館へ逃げ込める。

「しばらく耐えておれば、お味方が駆けつけてくるでしょう。それまでは……」

という宇兵衛の言葉が終わらぬうちに、林の中からつづけざまに激しい銃声がした。その音におどろいたのか、右京亮の馬がいなないて前肢をあげると、勢いよく走り出した。

「うわっ、と、止まれ！」

すぐに手綱を引いたが、間に合わない。馬は深田の中に飛び込んでしまった。

「こらっ、ここじゃない。畦道へ、あがれっ」

馬の首をたたいて促《うなが》しても、思うように動かない。腹まで泥水につかり、抜け出せずにあがいている。

そこへ林を抜けて敵勢があらわれた。深田の中で身動きがとれずにいる右京亮を見つけた敵兵が、喊声をあげて駆け寄ってくる。

「あれぞ大将の大浦右京亮にちがいなし。者ども討てや！　討てば末代《まつだい》までの功名ぞ！」

という声は城主の滝本播磨守だろう。声に応じた敵兵が、続々と深田へ向かってくる。

敵勢が林を抜けてきたということは、その前面にいた味方はみな逃げ散ってしまったということだ。

――これは助からぬか。

右京亮の脳裏に討死の二文字がちらつく。

「来るな、くるなっ」

「ここは通さぬぞ」

十人ほどの馬廻り衆が槍をふるって敵をふせぐうちに、近習たちが深田に飛び込み、泥まみれで手綱をひいたり尻を押したりして、右京亮と馬を畦道にあげようとする。馬が少しずつ畦道に近づいてゆく。

だが大光寺勢は人数をたのみ、徐々に馬廻り衆を圧倒して右京亮に迫ってくる。右京亮の近くに矢が幾本も飛んできた。馬を押しあげていた近習のひとりも、矢をうけて苦悶《くもん》の声をあげ、深田の中に沈んだ。

馬廻り衆が止め切れなかった敵兵が、深田に飛び込んできた。槍をふるい、右京亮に近づいてくる。

「大浦どの、御首級《みしるし》頂戴つかまつる！」

馬上の右京亮は刀を抜いた。だが繰り出される槍を払いのけるのが精一杯で、刃は敵兵まで届かない。おまけに槍先におびえた馬が荒れ狂い、近習たちを振り払おうとする。

「下郎、近寄るな！」

叫びながら近習が敵兵に立ち向かうが、どちらも泥田《どろた》の中で足をとられ、なかなか打ち合うまでいかない。数人が泥人形となって深田の中で槍を突きつけ、にらみ合っている。

畦道では馬廻り衆が押され、討たれる者が続出し、逃げ出す者も出はじめた。

――これはだめだ。討たれる。

右京亮が観念した、まさにそのとき、

「おおい、いま行くぞ。支えていろ！」

という声が飛んできた。兼平中書だ。

「ここだ、ここだ。早く敵を追い散らせ！」

救いの神があらわれた。手をふって深田の中から叫ぶと、兼平が手を挙げた。ついてきた数十名の兵が、大光寺勢に向かってゆく。

大光寺勢もあとからあとから駆けつけてくる。林のへりや畦道で乱戦となった。槍に追われて深田の中へ落ちる者もいる。泥まみれの兵同士が槍を突き合っている。

「殿、ここにおられたか！」

そこへ森岡金吾も駆けつけてきた。

「遅いぞ。なにをしておった！」

と声をあげる右京亮にかまわず、

「みな聞けぇ。いま少しの辛抱ぞ。乳井と小笠原勢がこちらへ向かっておるぞぅ！」

敵兵にも聞こえるよう、森岡金吾は抜け目なく大声で知らせた。

ようやくあつまってきた味方の兵に、敵勢が押しのけられてゆく。

右京亮の馬も、数人がかりでなんとか畦道に押し上げられた。

「ひとまず、館へ」

と近習たちは言うが、右京亮は首をふる。

「なにを言う。敵にうしろを見せる気か。せっかく敵が城から出てきて、とってくれと首をのべているのだぞ。押し包んで討ちとれ！」

と怒鳴った。大光寺勢に奇襲をうけた悔しさと、泥田にはまる失態を演じた恥ずかしさで、胸の内が熱くなって収まらないのだ。

だが馬廻り衆や近習たちは前進しようとしない。敵を押し返すだけで十分と言いたげな顔をしている。一度逃げ腰になったあと、気分を攻めに切り替えるのはむずかしいようだ。やむなく、

「えぇい、進め。我につづけ！」

右京亮は泥まみれの馬の鼻を敵勢に向けた。そして馬腹を蹴って駆けさせようとした。

そのとき、体が前にのめった。

「ああ？」

馬の首に顔をぶつけかけた右京亮は、自分の尻のあたりを振りかえった。

鞍を馬体に結びつける鞦《しりがい》が切れていた。

さっき敵兵と打ち合ったとき、槍先で切られたらしい。

「おお、これはこれは」

近習が駆け寄り、切れた鞦の代わりに自分の手ぬぐいを使って鞍を結びつける。

なんとも間の抜けた時が過ぎてゆく。

そのあいだに右京亮の胸の内も冷めていった。今日は運がないのだ。首をとられなかっただけ、もうけものかもしれない。

「もういい。わかった。館に引き揚げるぞ」

さいわい兼平たちの奮戦で敵は押し返されつつある。右京亮は近習たちに守られて平川の流れを渡った。

三

敵勢は、しばらくして駆けつけてきた乳井と小笠原の手勢に押され、大光寺城へ逃げもどっていった。


右京亮は堀越の館にはいり、軍勢も引き揚げさせた。その夕方に開いた軍議では、

「この際、大光寺城を夜討ちすべし」

という意見も出たが、味方にもかなり手負い死人が出ているし、逃げていった兵も多い。無理攻めはやめた方がよいと森岡や兼平が言う。右京亮にもそんな元気はなかった。


結局、手早く首実検《くびじっけん》をしたあと、二百ばかりの兵を堀越にとどめておき、右京亮自身は残りの兵をまとめて大浦へもどった。


「あれまあ、お早いお帰りで」

おうらはにこにこ顔で大手門まで迎えに出てきた。

「危ういところを助かりなさったそうで」

と陽気に言う。すでに敗戦を知っているようだ。森岡金吾あたりが知らせたのだろう。右京亮はむっとした。

「言うな。胸くそ悪い」

「ご武運がお強い証拠でしょうに。矢弾にもあたらずにご帰還、おめでとうござります」

と笑顔で言われると、やはり自分は武運に恵まれているのか、と思えてくる。わがままではあるが、亭主を落ち込ませないようにするところなど案外、おうらは良妻なのかもしれないと思う。

一方で母は、

「ふん。まだまだいくさ場の踏み方が足りぬわ。一度や二度勝ったからといって、うぬぼれておると痛い目に遭うぞ」

と手厳しい。実際、痛い目に遭っただけに返す言葉がない。

ともあれ負けいくさであったことは隠せず、右京亮の当主としての威信が低下するのは避けられない。

数日すると、やはり婿殿にはまかせておけぬとばかりに、森岡や小笠原らが大きな顔で、家臣たちに城の警固につく順番などを指図しはじめた。

さらに気の早い連中は、右京亮の隠居と五郎どのの当主就任などを言い出している。まだ元服もしていない当主でも、重臣たちが合議して支えれば何とかなる、というのだ。

――あさましいやつらめ。

右京亮はあきれた。つい先日まで、婿殿は頼りになるとすり寄ってきていたではないか、と言いたくなる。

しかし家臣たちにしてみれば、右京亮は家代々のあるじではなく、横からすべり込んできた婿なのだ。いくらでも取り替えがきくと思っているのだろう。

この流れがつづくのはまずい。右京亮は考えた末に、重臣たちとの寄合《よりあい》をひらき、その席に面松斎を呼んだ。

「おん前に。いや、こたびは怪我負けでござった。窮鼠《きゅうそ》猫を嚙《か》むのたとえのとおり、大光寺の滝本も必死で食らいついてきましたな。まさか逆寄せしてくるとは……」

いつものように立て板に水で話しはじめた面松斎に、右京亮は手をあげて押しとどめ、

「そなた、軍議でなんと申した。大軍に兵法なし、ただひた押しに押せばよいと申したな」

とただした。

「……はあ、さようで」

面松斎はきょとんとした顔で答える。

「しかし、そうはならなかった。そなたの兵法も畳水練《たたみすいれん》と見えるな」

「……………」

「しばらく謹慎を命ずる。屋敷に籠もって反省せい」

と敗戦の責任を面松斎におっかぶせておいて、家中のようすをうかがった。

幸いにも、右京亮を当主の座から追うような動きは大勢とはならなかった。負けいくさといっても、味方の城を落とされたり領地を奪われたわけではないから、家中の者もまだ右京亮を見放すまでには至っていないのだ。

兼平中書は、

「ま、いくさってのは思い通りにいかぬということだ。それがわかっただけでも、もうけものではないか」

と、むしろ敗戦を糧《かて》としようとしている。

「やはりいくさに勝つには、相手の裏をかかなければな。堂々と正面から勝負して勝ったなどというのは、語り物の中だけの話だろう。少なくとも、我たちのやることではないわ。大仏ヶ鼻城を落としたときのように、敵の不意を衝《つ》いたほうがたやすく勝てる。手負い死人も少なくて済むしな。そこは

工夫だ」

いずれにしても、大光寺城をこのままにはしておけない。すぐにも攻め潰したいが、まともに攻めてもうまくいかないことは、今回でわかっている。

「さて、どう攻めればいいのか……」

右京亮は考えに沈んだ。蟄居《ちっきょ》を命じた以上、面松斎に知恵を出させるわけにもいかず、自分で考えるしかない。


秋風が肌にひんやりと感じられ、岩木山の頂《いただき》のあたりがうっすらと雪化粧したころ、和徳城のおよしが男児を産んだ。右京亮に次男ができたのである。

これをおうらに伝えると、

「まあ、それはめでたいこと」

とおうらは穏やかに祝福し、その上で、

「あの城では危ないでしょう。母子ともども、こちらへ引き取ってはいかが」

と言い出した。

「大仏ヶ鼻の城も、やはり敵勢の正面にあたりましょう。初音どのも、子供ともども城へ入れては」

「ふむ、そうさな。考えておこう」

と右京亮はあいまいな返事をした。側室をもうけた、と告げたときに狂乱したおうらの、今回の人が変わったような言葉がちょっと信じられなかったのである。

だがおうらの言葉に悪気は感じられない。

――やっと、正室として側室たちを束《たば》ねる気になったたか。

おうらのまことの胸中はわからないが、大名の正室ならば、女としての妬心《としん》は脇において家中の秩序を考えるほうが、地位も誇りも保てるものだ。

そうなれば、右京亮にとっても悪い話ではない。

その姿勢が愛しく思えて、右京亮はつとおうらを抱き寄せ。軽く唇を吸った。おうらはとまどいながらも、

「子供がふたりも来れば、正月はにぎやかになりましょう」

と言う。本当に楽しみにしているようだ。

「正月はだれにとっても楽しみだから……」

と言った途端、右京亮は動きを止めた。

目が虚空を探っている。

「どうなされた?」

おうらが不思議そうにたずねる。

「うむ、たったいまひらめいた。が、ちと細工が要るな」

と右京亮はひとりごとを言い、おうらにかまわず、近習に命じた。

「面松斎を呼べ。謹慎は今日で解く、と言ってな」

十一月になると岩木山が立派な白い冠をかぶり、里にも雪がちらつくようになる。

十二月中旬には大雪が降り、あたり一面が白い綿《わた》におおわれたようになって道が閉ざされ、一時は人の行き来も絶えた。

そうした中、右京亮から家中に回状がまわった。兵ひとりにつき、丈夫なかんじきを二足作れ、と

いうのだ。

いまごろ何だ、とぼやきつつ、家中の者たちはかんじきを作った。どうせ雪で野良仕事もできず、家にいるばかりだから、さほど難儀な話ではない。

すると今度は重臣たちに呼び出しがかかった。雪をかきわけて大浦城にあつまった重臣たちに右京亮は、

「もう一度、大光寺城を攻める」

と宣言した。このままでは収まらないことは明白だから、その言葉にはうなずいた重臣たちも、つぎに右京亮が、

「城攻めの日は、正月元日だ」

と言うのを聞いて、おどろきと不満の声をあげた。

「正月はだれもが楽しみにしているゆえ、大光寺城のほうでも攻められるとは思っていまい。その油断を衝く」

と右京亮は説いたが、

「それは妙案にござるが、するとわれらの正月は、なくなりますな」

正月ばかりはゆっくりと楽しみたい、といいたげな面々ばかりで、賛成する者は皆無だった。そこで右京亮は首をふった。

「いや、ちゃんと正月は祝うぞ」

重臣たちはざわついた。たったいま、正月に城攻めをすると言ったではないか。殿さまは正気か、という目で右京亮を見る。

そんな視線を受けとめ、右京亮は言う。

「今月は大の月ゆえ、二十九日を大晦日《おおみそか》とし、三十日を元日として祝う」

正月を一日早めるというのだ。

「出陣はそのあとだ」

「おお、なるほど。それならば正月も祝えますするな」

と重臣たちも納得し、笑顔を見せた。人を動かすには気遣いが必要だと、これまでの入り婿暮らしの中で右京亮も学んでいた。今回もちょっとした工夫と気遣いで家中の支持を得たのだ。

二十九日には各家々において歳末の儀をおこない、三十日の朝には大浦城に末端の兵まであつめて新年を祝った。祝賀をのべる重臣たちには右京亮が盃を下し、庭につどう兵たちには酒と、大鍋で煮たじゃっぱ汁（鱈《たら》と野菜の汁）が配られた。

大浦の五里ほど北に鰺ヶ沢《あじがさわ》という漁村があるので、鱈であれはたはたであれ、朝に浜にあがった魚が昼ごろには大浦に着いている。城では大きな鱈を何尾も買ってさばき、身も頭も肝も骨もいっしょに鍋に入れ、大根や葱《ねぎ》と煮て、兵たちに振る舞ったのである。

そうして短い酒宴のあと、いったん家にもどった兵たちが、夕刻になると今度は甲冑をつけ、槍や弓を手にしてまた城にあつまってきた。城中にはあちこちに篝火《かがりび》が焚《た》かれ、多くの人馬が行き交い、昼間の市場のような賑《にぎ》わいとなった。

勢揃《せいぞろ》いした兵が段々に大浦城から出陣したのは、子刻（午前零時）のことである。

先陣は乳井大隅守と森岡金吾。二の手が右京亮の馬廻り衆、後陣が浅瀬石城の千徳大和守ら。

さいわい雪も降らず風もなく、頭上には満天に星が輝いている。みな用意のかんじきを履き、積もった雪を踏みしめて進軍する。吐く息すら凍るような酷寒の中だが、正月を祝ったためでたい気分がつづいているせいか、兵たちの動きは軽い。

大光寺城の前には、夜明け前に着いた。

右京亮は近くの守山《もりやま》という小丘にのぼり、雪を踏み固めて馬廻り衆と陣を敷く。後陣の兵たちも、やや離れたところに控えた。

大光寺城は堀と土塁で護《まも》られた平城で、本丸、二の丸のほか北郭《きたのくるわ》、東郭《ひがしのくるわ》などがあって縄張りは広大だ。

夜が白々と明けた。

高みから見晴らすと、広い津軽の野は雪におおわれて白く輝いていた。だが一面真っ白ではなく、ところどころにある森や林の木々が雪をはじき返して黒々とたたずみ、平野を表情あるものにしている。そして遠方に岩木山が、小さいながらもすっきりとした末広がりの姿を見せていた。

まずは先陣の乳井大隅守と森岡金吾の手勢三百が大手門に迫る。兵どもがいっせいに鬨の声をあげた。そして矢を放ちつつ堀際まで詰めてゆく。

なにしろ元日の早朝である。城方の反応は鈍く、矢のひと筋も返ってこない。

そこで乳井大隅守が門前にすすみ出て、大声で呼びかけた。

「かねての宿意《しゆくい》もござれば、今朝の先陣は乳井大隅守がうけたまわった。今日は元日なれども、武士の習いは時日にこだわらず。大光寺の者ども、尋常《じんじよう》に出合ってわが陣立てを試されよ！」

かねての宿意とは、大光寺勢に父親が暗殺されて、復讐《ふくしゆう》を誓っていたことを指す。

その上で矢と鉄砲を射かけ、大手門を破ろうとしていると、三百という小勢を見くびったのか、城門を開いて大光寺勢が打って出てきた。

乳井大隅守は、城兵を適当にあしらいながら、指図されたとおりに兵を後退させてゆく。

城から十町ばかり引き離したところで、隠れていた二の手と後陣の兵が側面から襲いかかった。乳井の手勢もこのときとばかり踵《きびす》を返し、城兵に打ってかかる。

三方から襲われた城兵はたちまち崩れたち、城内へと逃げ込もうとする。そこを追い討ちして、多くの兵を討ちとった。城内に逃げ込んだ兵も、多くは手傷を負っている。

右京亮は、このようすを本陣の高みから見ていた。

「よし、そのまま押し込め」

とつぶやいてふと気がつくと、側に控えている面松斎がなにか言いたそうにしている。

「どうかしたのか」

今回の城攻めの手立ては、面松斎とともに練り上げたのである。なにか危険を察知したのかもしれないと思った。

面松斎はひとつうなずくと、右京亮の前にすすみ出て跪《ひざまず》き、鎧の引合せから矢立《やたて》と懐紙《かいし》をとりだした。そしてさらさらと何か書くと、真面目な顔で右京亮に差し出した。それには、

守山に登りて見れば白たいの
しけゆき消えてをつる滝本

とあった。滝本播磨守の実名は重行《しげゆき》という。白い雪が消えて水となって滝に落ちる、というのを、滝本の城が落ちるとの意にかけたのである。

「はは、よくできているではないか」

苦笑しつつも認めてやり、八月の敗戦を面松斎のせいにしたことの贖罪《しょくざい》もかねて、褒美に金子《きんす》を下してやった。

「よし、では堀を埋めよ」

敵が大手門を閉ざしたのを見て、右京亮は指図する。すると本陣の兵たちも城の堀際まで詰めて、そこで大きな雪玉を作りはじめた。人の背丈ほどまで大きくした雪玉を、堀へと転がしてゆく。なにしろ周囲は一面の銀世界である。雪には事欠かない。深い堀も、どんどん埋められていった。

「やれやれ、正月だからできることですな」

と小笠原伊勢守が、長身を折り曲げるようにして話しかけてくる。

「山城《やまじろ》ならこうはいかんが、あの城、平地にあるからな。堀を埋めてしまえばそれまでよ」

と右京亮はうそぶくが、不安もあった。

酷寒の中だけに、長陣はできない。雪に穴を掘って寒さをしのぐとしても、せいぜい一日か二日が限度だろう。城攻めが長引いてはまずいのだ。

「遅くとも昼前には埋めてしまわぬと、不覚をとるぞ」

と将兵を督励《とくれい》していると、城門が開き、黒糸縅《くろいとおどし》の甲冑をつけた武将が数名の供をつれて出てきた。頭上で白刃を回しているから、軍使である。

「これは滝本刑部左衛門《ぎようぶざえもん》と申す。大浦の老臣の方にいささか申すべきことあり。この旨、お伝えくだされ」

と言うではないか。

森岡金吾が応対して話を聞いた。そして右京亮のもとへ報告にきた。

「降参して城を明け渡すので、城兵は糠部郡へ無事に帰してくれとの申しようで」

「ほう、降参か」

意外だったが、悪い話ではない。いま決着がつけば雪の中で長陣を張らずにすむ。

た。

「よかろう。委細を聞いてやれ」

と森岡金吾を返しておいて、将兵の堀埋めの作業を止めさせ、城を遠巻きにして待機するよう命じた。

結局、右京亮は降参を許した。

大浦勢が見守る中、城兵は段々に落ちゆき、最後に城主の滝本播磨守が、妻子ともども雪舟（橇《そり》）に乗って城を出た。そのあとを刑部左衛門が馬をひいてつづく。甲冑はまとっているが、降参の作法として槍など得物《えもの》は縄でからげ、人足《にんそく》に持たせている。

一行は小湊口《こみなとぐち》から八甲田山の北をまわり、南部の所領へと去っていった。

これで右京亮は、大光寺城とともに平賀郡を得たのである。鼻和郡とあわせて、津軽の過半をその手におさめたことになる。

大浦へ凱旋《がいせん》すると、家臣たちの接し方も変わっていた。畏敬の色が顔に出ている。もはや右京亮の実力を疑う者はいない。婿殿、とあざけるような呼び方もされなくなった。

幾度かのいくさに勝ったことで、右京亮自身も変わった。自信がつき、ふえた所領の経営と、さらなる領地の獲得について落ち着いて考えられるようになっていた。

さらに、それまで胸の内に秘めていた天下取りの野望も、兼平ら側近たちに漏らすようになった。聞いた側近たちはむっとだまりこむか、微笑して聞き流すかで軽くあしらっているが、右京亮自身は強気になっている。

そして好色の癖も、収まるどころかさらに強くなるようだった。

「よしよし、またひとつ城を得たから、新しい側女をひとり……」

新しい女はどこから得ようかと、右京亮は考えをめぐらせて、にんまりとしていた。

# 第四章　化かし合い

## 一

天正五（一五七七）年の秋――。

大光寺城を攻略してから、一年以上がすぎている。

領内めぐりをしていた右京亮は、大仏ヶ鼻城を訪れたあと、小栗山の屋敷に寄った。面松斎、そして兼平中書も呼んである。母屋奥の一室で、久々の会合となった。

「さて、つぎは田舎館城だな。そろそろ城攻めの日を決めておこうかと思う。みなの意見を聞かせてくれ」

いまは平川の東岸も静かになっている。大光寺城は修繕もすんで、乳井大隅守が城代として入城していた。

南部家から逆襲があるかと用心していたが、それもない。南部家中では、三戸晴政の長女を妻として一時は宗家の跡継ぎと目されていた田子城の信直と、もとから宗家と並ぶほどの実力があった九戸の左近将監《さこんしょうげん》政実とが、勢力をひろげようと対立していた。さらに七戸、八戸などの城主同士の対立もあって、いまや津軽どころではないらしい。

「田舎館城は目障りだが、どうかな。なかなか隙がない」

兼平中書が言う。

当初、大浦城以外に五つあった南部家配下の城のうち、右京亮は三つを落とし、ひとつを味方につけた。残るは田舎館城だけである。

その城主は千徳掃部《かもん》といって、浅瀬石城の千徳大和守の親戚だが、大和守とちがって南部家への忠誠をまもり、右京亮と敵対しつづけている。家臣たちも城主を支え、家中は団結している。民政もしっかりしており、領民たちも不満はもっていないようだ。

「奇襲をかけようにも、もはやこちらの手は知れ渡っているからな、祝日も用心しているだろうし。強引に攻めたら手痛い目に遭うぞ」

「といっても、いつまでも放ってはおけぬ。早く津軽を手にしたい。それから糠部に攻め込んで南部家のすべての領地を手に入れ、大軍を催して関東から京へと攻め上らねばならん。我ももう二十八ぞ。うかうかしておれぬ」

右京亮は真剣に言うのだが、三人はにやにやして聞いている。右京亮の天下取りなど、だれも本気にしていないのだ。

「なにを笑う。燕雀《えんじゃく》いずくんぞ鴻鵠《こうこく》の志を知らんや、か。そなたらも、もっと志を大きくもったほうがいいぞ」

「まあまあ。しかし田舎館城は、たしかに手強《てごわ》い。それがしも隙を見つけられませぬな」

と小栗山左京が言う。手広く商売をして田舎館城の実情も知っているはずの小栗山が言うのだから、まちがいはないだろう。

「いっそのこと」

と小栗山がつづけた。

「田舎館城ではなく、浪岡御所を狙ってはどうでしょうかな」

「浪岡……か。なるほど。しかしちと遠いな」

右京亮は腕組みをした。浪岡城、もしくは浪岡御所は、田舎館城よりさらに二里ほど北にある。城ではなく御所と呼ばれるのは、主が北畠氏という高貴な家柄のゆえである。そして家格が高いせいか南部家の支配下にはなく、独立した勢力を保っている。

「遠くはないでしょう。京へ攻め上ろうというお方が気にすることではありませぬ」

「……まあ、それはそうだが」

浪岡御所と聞いていくらか腰がひけるのは、距離のせいだけではない。幼いころから太平記を聞き、北畠顕家卿の活躍に胸を躍らせた身にとっては、その末裔は少々まぶしい存在でもあるのだ。

「あそこは名門の名に甘えて内輪もめを繰り返し、家中もゆるみきっておりますな。領民たちも愛想を尽かしているようで。調略《ちょうりゃく》の手も入れやすいでしょう。しかも油川を通して夷島と交易しておりますからな、銭はざくざくと入ってきているはずで」

「たしかにそうだな」

右京亮も商売をしていただけに、そのあたりはわかっている。

浪岡御所の支配下にある油川には湊があり、夷島から毛皮や昆布、鮭など珍奇なものが入ってくる。また奥大道《おくだいどう》（鎌倉《かまくら》と外ヶ浜をむすぶ、陸奥をつらぬく街道）の終点とされる交通の要所なので、商売には便がよく、実際、商人たちが往来してにぎわっている。交易の利得には物成《ものなり》（税）をかけられるから、浪岡御所はかなり潤《うるお》っているはずだ。

「それに浪岡御所を奪えば、田舎館城は四方をわが手の者に囲まれることとなりまする。あきらめて降参するやも知れず」

「浪岡を奪えば田舎館も手に入る、ということか。それはいいが……」

「おい、本当に浪岡をやるのか。あそこは少し覚悟がいるぞ」

兼平中書が鋭い目を光らせて口をはさむ。右京亮は軽くうなずいて応じた。

「そうかもしれんな。あそこは安東の手が入っているからな」

「さよう。攻めたら安東がだまっていないだろうよ」

安東とは、津軽の南、出羽国の檜山郡から秋田郡にかけて領地をもつ大名で、北奥羽では南部家と並び立つ大勢力である。

百年ほど前には外ヶ浜の十三湊《とさみなと》を拠点に夷島から秋田郡まで広い領地をもっており、当然、津軽をも支配していた。そののち南部家に押されるなどして衰退したが、いまも檜山、秋田、豊島《とよしま》の三郡のほか夷島にもその支配はおよび、水軍《すいぐん》をもって交易を支配している上に、南部家と比内・鹿角――どちらも津軽の南にある――をめぐって戦うなど、侮《あなど》れない力をもっている。

「浪岡御所の奥方は安東の娘だ。夷島との交易がからんでいるだけに、われらが手を出せば安東としてもほうってはおかないだろうよ。下手をするとわれらは南部と安東と、両方を敵に回すことになるぞ。その覚悟があるのか、ということだ」

右京亮は目を細め、無精髭をなでている。ややあって、

「安東とわれらの差は、どれほどあるかな」

とたずねると、兼平が即答した。

「まず領地も兵力も安東のほうが二倍、いや三倍はあろうな。古くからの家だからな」

「まあ、領地をひろげていけば、当然、まわりの大名衆とぶつかるわな。しかし、それを恐れていては、いつまでたっても津軽一円の支配はできぬ。やるしかなかろうよ」

「そりゃそうだが、いまの力でできるのか、ってことだ」

「いまできぬなら、三年たっても五年たってもできぬわ」

右京亮の言葉に、兼平中書は唇を引き結び、

「覚悟があるならいいが、むずかしいぞ」

と言って、あとはだまり込んだ。右京亮は言った。

「とにかく早く津軽を手に入れたいのよ。津軽が割れたままだと、近くの大名衆の思うがままにされてしまうからな。津軽は津軽育ちの我の手で動くようにしたい。わかってくれ」

このところ右京亮は、津軽と自分の運命を一体に思うようになっていた。この美しい地を手に入れ、自分の手でさらに美しく、豊かにしたい。その思いは、天下に覇を唱えるという欲望とはまたちがって、ほとんど使命感といえるほどのものだった。面松斎は無理としても、兼平と小栗山は、この思いをわかってくれるだろうと思う。

「よし。さればまずは浪岡の家中のことを知りたい。ふさわしい者はいないか」

大仏ヶ鼻城や大光寺城は、おなじ南部家中ということで内情もわかっていたが、浪岡御所はそうした縁がない。まずは内情を教えてくれる間諜が必要だ。

「さようですな、まずは……」

小栗山は銀《しろがね》村の吉町弥右衛門《よしまちやえもん》という名前をあげた。

浪岡領の中でもっとも大浦に近い銀村を領する吉町は、浪岡御所から大浦城の見張りを命じられている。その吉町にはたらきかけて手なずけ、逆に浪岡御所のことを聞き出そうというのである。

「ふむ。ならばまずはやってみてくれ」

右京亮は首をかしげながら命じた。

小栗山の目は確かだった。吉町弥右衛門を、

「浪岡御所を攻め滅ぼした暁には所領を三倍にしてとらせる。さらに平賀、田舎、鼻和の三郡の惣代《そう》官もまかせよう」

という餌で釣ると、手もなく寝返ってきた。そしてしばらくすると浪岡御所のようすを大小となく知らせてくるようになった。おかげで城の絵図が手に入ったばかりか、家臣たちの名や役目、評判にいたるまで知ることができた。

「やはり乱れておりますな」

小栗山の感想は、そういうものだった。御所の主である北畠顕村《あきむら》には実権がなく、家臣たちが好き勝手に動いては賞罰を行ったり物成をかけたりするので、領民たちは困っているようだ。

「夷島との商売を仕切って銭が途切れず入ってくるから、家中が緩みきっていても何とかまわってゆくのだろうな」

と兼平中書も言う。

そして家臣団の構成は、南部家の息のかかった者と安東家寄りの者が、ほぼ半々だとわかった。

「銭が入ってくるから、南部も安東も手に入れたいわけだ」

「領地は南部に近くとも、夷島との交易には安東の水軍の手が欠かせぬのでしょうな」

兼平と小栗山がこもごも言う。これまでに征した大仏ヶ鼻や大光寺とはかなり状況がちがうようだ。

「ま、いまにみな我が手に入ってくるがな」

と右京亮は上機嫌である。

さらに右京亮は別の手を打つ。

交易の盛んな湊があるだけに、浪岡領内には九日町《ここのかまち》、四日町《よっかまち》などに市が立つが、そこに遊び女が

いて賭博もできる悪所《あくしょ》があった。買い付けにきた商人や馬方、人足たちの遊び場である。

右京亮は小栗山に命じて、そこにたむろするあぶれ者や博徒《ばくと》を手なずけさせた。大仏ヶ鼻城を攻略した時のように、あぶれ者を城攻めに使おうと考えたのだ。

とはいえ城攻めとなれば命がけだから、博徒たちもたやすく言うことを聞くとは思えない。そこで工夫をこらした。

博徒らをわざわざ大浦城へ呼び、酒や肴を出して自分の目の前で博打《ばくち》を打たせ、それを終夜、見物もした。振られる賽子《さいころ》の目を読もうと真剣に台上に目をそそぐ博徒を見つつ、

「なるほど、面白い遊びだな。しかも真剣勝負だ。心の進退など兵法の神髄に通じるところがある。いや、これはよい学問になった」

と大仰に喜び、勝った者は褒めてやり、負けた者には金や衣類を補ってやった。

こうしたことを何度も繰り返すうちに、博徒らはあたかも家人のように右京亮になじんでいった。

これで仕度はととのった。

二

天正六年七月二十日。

まだ暗い中、右京亮は大浦城から出陣した。

手勢を三手にわけてある。新参の千徳大和守と乳井大隅守に七百をあずけ東口へ、森岡金吾と兼平中書の勢六百は南から、そして右京亮は千の本隊をひきいて浪岡御所の西方へとすすむ。

五里ほどの道を踏破して、昼前に到着した。

御所と呼ばれていても、実態は城である。北館、内館、猿楽館など八つの郭からなり、それぞれの郭は二重の堀で守られている。その敷地は広大で、東西に数町にもおよぶ。

御所の三方を囲んでから、太鼓と法螺貝の合図にていっせいに鬨の声をあげた。

二千を超える武者の声は、天に響き地を揺るがす。

だが何度か鬨の声をあげただけで、軍勢は動かず、その場に居すわった。

「さて、どう出てくるか」

林を背に本陣をすえた右京亮は、床几にすわって膝を揺らしている。

「敵には備えがないものと見えますな。御所の上に気が感じられませぬ」

と、そばに控える面松斎が言う。

「日を選んだからな」

御所の中を取り仕切っている武将、北畠左近《さこん》という者が所用で外ヶ浜の油川城へ出張る日を吉町から聞き出し、すわこそと出陣してきたのである。御所の中では下知を下す者がいなくて混乱しているだろう。

今回も、正面から攻めるつもりはない。

まずは地理を知る浪岡の博徒やあぶれ者どもを案内役にして、小栗山配下の野伏たちを御所に侵入させる。つぎに大軍で囲んで御所の中の者たちを混乱させ、その隙にあぶれ者や野伏たちが御所の各所に放火し、狼藉の限りを尽くす。兵を動かすのはそれから、というのが面松斎らと考えた手立てだ。

「おお、煙があがっておりまするぞ」

面松斎に教えられるまでもなく、御所の中からひとすじ、ふたすじと黒煙が立ちのぼるのが見えた。

そこへ小栗山からの注進がきた。

「申し上げます。配下の者、みな無事に御所の中へ入り、はたらきにかかっておりまする」

「おう、たしかにそのようだな」

あぶれ者や博徒たちは、いまごろ御所内で火付けに精を出しているのだろう。

「申し上げます。北口から御所の者ども、続々と逃げ出しております」

今度は物見が報告にきた。御所の北の方角は、御所内の者が逃げ出せるようにわざと兵を配らず、あけておいたのである。狙いどおりになっているようだ。

「もうよかろう。兵を仕掛けるか」

「いや、いましばらく。まだ混乱がつづいておりますれば、もう少しようすを見てからでも遅くはありませぬ」

と面松斎が言うので、しばらく待つことにした。すると陽が西にかたむいたころ、なにやら騒がしい声とともに、数十人の一団が本陣にむかってくるのが見えた。

なんの騒ぎかと思って見ると、一団の者たちの姿が異様である。ある者は兜だけかぶって鎧をつけておらず、ある者は逆に鎧は立派だが頭には陣笠《じんがさ》をかぶっており、またある者は足軽のつける胴丸《どうまる》だけ、といった具合だ。

「みな野伏やあぶれ者どもかな。それとも博徒どもが、どこからかくすねてきた鎧をまとっているのか」

面松斎が呆れたように言う。

「しかし、あの輿《こし》はなんだ」

一団の中心に屋根のついた網代輿《あじろごし》が見えた。異様な姿の者たちは、輿を守るようにしてすすんでくる。

その先頭にいるのは、小栗山左京だった。

一団は本陣の前で止まり、小栗山左京ひとりが歩み寄ってきた。右京亮は声をかけた。

「どうした左京。まだいくさの最中ぞ。持ち場を離れてなんとする」

小栗山はにこにこしながら答えた。

「いえいえ、もういくさは終わってござる。御所はもはやもぬけの殻。兵を使うまでもござらん」

「なに、終わったと? 馬鹿を申せ」

たしかに御所からは炎と煙があがっているが、まだ門も櫓も健在である。戦おうとしている兵もいるだろう。そう問うと、小栗山は首をふった。

「いや、御所内にはもうほとんど兵もおりませぬ。いくさは終わってござる。なんとなれば、御所の主をここにおつれしましたゆえ」

輿の中には北畠家の当主、顕村どのがいる、と言う。

これには唖然とした。面松斎や近習たちも、口をぽかんとあけたきり言葉が出ない。

そんなことがあっていいものか。

聞けば、浪岡領内の博徒やあぶれ者は、どこからか持ちだした古い鎧や兜をまとって浪岡の兵をよそおい、十人、二十人とうちつれて混乱する御所内にはいっては、

「敵勢すでに間近に寄せ来たり、三方の畑に充《み》ち満ちておるぞ!」

「ここはそれがし、防ぎ矢をつかまつるゆえ、早々に落ち行き候え。北の道は敵勢も知らずと見え、あけ置いてあれば、疾《と》く落ち給《たま》え!」

などと叫んで回ったという。そのあいだに口とは裏腹に各所に火をつけ、土蔵を破るなどやりたい

放題の狼藉をはたらいたところ、御所内の女子供は言うにおよばず、主を守るはずの武士まで臆病風に吹かれて逃げだし、御所に人がいなくなってしまった。

主の北畠顕村は、自分ひとり残されたのも知らずに輿にのり、われをつれて落ちゆけと叫んでいた。そこにちょうどあぶれ者たちが出会《でくわ》したのである。

あぶれ者たちは、ならばわれらお供つかまつる、お心やすく思し召せ、と言うや輿をかつぎ、前後左右を取り囲んで、まずは小栗山のところへ、そしてこの本陣にやってきたのだという。

「博徒どもは、お目をかけていただいた御礼に、御所さまを殿さまに差しあげまする、と申しておりますな」

小栗山が笑いながら言う。

「よもや、からかっておるのではあるまいな」

「とんでもないこと。ならばご覧になりませ」

輿が右京亮の目の前にかつぎ込まれてきた。かつぎ手は、ふつうの小袖の上に鎧をまとったあぶれ者である。

輿の網代をあげた。

中には素襖袴姿の中年男がいて、おどおどした目を向けてきた。

「……北畠の御所さまであられるか」

右京亮が問うと、少し間があって、さよう、という小さな声が返ってきた。

「わはは、こりゃいい。とんでもない贈り物じゃ！」

右京亮のそばに控えていた十二矢又五郎が大声をあげ、笑い出した。

ともあれ浪岡御所が落ちたのである。見かけは立派でも内側が腐り切っていたのだろう。

それにしても、これが太平記にその活躍を描かれた北畠顕家卿の末裔の姿かと思うと、裏切られた気分になる。

「さればここはむさ苦しい。まずは御所さまを寺にでも案内せよ」

命じられた十二矢又五郎ら馬廻り衆は、近くの寺に輿をかつぎ込み、御所さまこと北畠顕村を庫裏に閉じ込めてしまった。

これで、大浦から出陣してきた二千を超える兵たちの仕事は、無人となった御所に入って建物の火を消すことだけになった。

火を消したあと、兵を御所に入れて一晩すごし、首実検と論功行賞も行った。とはいえ手柄をたてたのは小栗山配下のあぶれ者たちだけなので、みな家臣に取り立ててやると言って終わりである。

さらに家臣のひとりに御所さまの始末を命じた。顕家卿の末裔の惨めな姿など、見たくもなかった。家臣は御所さまを自邸につれてゆき、そこで腹を切らせた。

ここに北奥羽の北畠家は絶え、御所の地は右京亮のものとなったのである。

三

浪岡御所を手に入れたあとは、北畠家の配下だった地侍たちの始末をつけた。

地侍たちは堀と土塁に囲まれた館に住み、ひとつふたつの村を領有し、合戦となれば兵を引きつれて参陣する。鼻っ柱が強く、強欲で向背定《こうはいさだ》かならぬ輩ばかりである。御所を落としても、この者たちを抑え込まないとその地を支配したことにならない。

右京亮に従ったほうが明らかに得になるのに、なぜかそれを潔《いさぎよ》しとせず、刃向かって身を滅ぼす地侍がけっこういる。損得勘定よりも、外から来た者に頭を下げるのがいやだ、というだけで逆らうのだ。

敵に回すと手強い者や役に立ちそうな者は、領地を安堵して味方につける。あくまで従わない者や、味方にしても得るものがないと見られる者は、その館を攻め潰して滅ぼす。奪った領地は、配下の者に与える。

右京亮は大浦城にいて、森岡金吾や小笠原伊勢守らに下知を飛ばし、そうした選別と館攻めの小さな合戦を指図していた。

三月《みつき》ほどかかって田舎郡の北半分をほぼ制したころ、右京亮もやっと勝利を実感した。

「ではそろそろ……」

新しい側室をもうけるか、と欲の虫がうずく。津軽三郡のほとんどを制したのだ。もうひとり側室をもうけるぐらい、何ということはないだろう。さて、おうらを何といって説得するか。いや、ひそかにもうけるか……。

そんなことをひとりで考えていると、母が険しい顔で告げた。

「右京亮よ、油断しておらぬか。四方八方に目配りしているか」

「四方八方に？　何かあったのか」

はっとした。浪岡御所の後始末にかかり切りになっていて、他のことはおろそかになっていた。母は言う。

「比内のほうで、陣触れがかかっておるそうじゃ。西浜のほうもあやしいぞ」

比内郡は津軽の南にあって浅利《あさり》という土豪が支配しているが、南部と安東の争いの場となり、いまは浅利氏も安東の息がかかっている。津軽の西にある西浜も、南のほうは安東氏が支配している。

商売をつづけている母は、比内や西浜の商人から不穏な動きを聞き出したという。

「安東が動くのか」

これは調べてみなければと、小栗山左京に命じて人を遣わした。すると母の言うことは事実だとわかった。

となれば側室どころではない。すぐに三家老を呼びあつめて話し合った。

「安東にとっちゃ、浪岡を失うのはかなり痛手なのだろうな。娘婿を殺されて面目を失ったのと同時に、津軽での足がかりがなくなるからな」

兼平中書は憂《うれ》い顔で言う。

「米の穫れる津軽は、どの大名もほしいところだ。強大な南部家が治めておるならば、安東家も手は出せまいに、われらが南部と争って津軽を手にしたのを見て、これならばと手を出すつもりになったようだな」

と森岡金吾が角張った顎をなでつつ言う。

「その安東の家中は、檜山と湊の両党で争っておったはずなのに、近ごろ檜山が湊を乗っ取って、内紛が収まったようで」

小笠原伊勢守が言う。

「うーむ、そういうことか」

右京亮は腕組みをした。津軽の諸城を攻めるのに夢中になっているうちに、周囲の情勢が変わっていたのだ。

「さあどうする。安東は五千や六千の兵は軽くあつめるだろう。こちらはせいぜい三千。いま攻めて来られると苦しいぞ」

「絵図を出せ」

と命じると、近習が大きな絵図をひろげた。大浦城を中心に、津軽とその周辺が描かれている。

「安東勢が来るとすれば、比内を突き抜けて矢立《やたて》峠を越え、大鰐《おおわに》口からかな」

「釣瓶《つるべ》落《おとし》峠を越えて西目屋《にしめや》へ出てくるかもしれん」

「いや、その道は険しすぎて大軍には無理よ。やはり大鰐口だろう」

南と西、そして東を深く険しい山地に囲まれている津軽へ入る道は、それほど多くない。南から侵攻するとすれば、矢立峠を越えて平川沿いの道を北上するしかない。以前、大仏ヶ鼻城を落としたあとに南部家が攻め込んできたときも、この道をきたのだ。

「さればそのあたりに砦をもうけておくか」

右京亮は言った。砦によって侵入してくる敵勢を防ぎ止め、そのあいだに軍勢を催して迎え撃ちにむかう、という手立てである。いまのところ、それくらいしか打つ手がない。

山間部を流れる平川が津軽の野に出てくる口の西側に大仏ヶ鼻城があるので、新たな砦は平川の東岸がよかろう、ということになり、沖館《おきだて》というところに砦を築くことにした。ここは糠部郡から八甲田山の南麓をへて津軽へ至る街道もにらんでいるので、南部勢の押さえにもなる。

そうして築城にかかったころ、大浦城に早馬《はやうま》がきた。何ごとかと思えば、

「鰺ヶ沢の湊に安東勢が舟で押し寄せ、上陸すると一里ほども攻めすすみ、村々の稲を刈り取っております！」

というではないか。

鰺ヶ沢は、大浦の北西五里ほどのところにあるひなびた漁村だが、そこに何十艘もの軍船がこぎ着け、数百の兵が下りてきた。敵兵は漁村を焼き払い、内陸にすすむと田圃《たんぼ》に群がって刈り入れ寸前ま

で実った稲を刈り取ってしまい、その場で稲こきしては籾《もみ》だけ持ち去っていくという。
水軍をもつ安東勢は、峠越えをせずとも海から津軽に攻め込めるのだ。
これは裏をかかれたかと、あわてて陣触れをまわし、出陣の仕度にかかった。しかし翌日になると
また早馬がきて、安東勢は鰺ヶ沢から舟を漕いで去っていったという。
拍子抜けして陣触れを解くと、十日ほどしてまた安東の軍船が鰺ヶ沢にきて、今度は別の村を襲い、
やはり稲を刈り取って翌日には去っていった。
敵領の田畠《でんばく》を薙《な》ぐのは、民を疲弊させて敵勢の力を弱める手段である。これが繰り返されると食料
を失った民百姓は困り果て、ついで民を守れない無力な領主に愛想をつかし、いっそ領主が代わればよい、と思うようになる。そこを狙って進軍すれば、敵領の民百姓をたやすく味方につけられるのだ。
「安東は南の大鰐口からでなく、西から攻めてくるのか」
となれば、砦を築く場所も考え直さねばならない。
「いや、そう見せかけて、本軍は峠越えしてくるのじゃないか」
と兼平中書は言う。まず鰺ヶ沢など北西のほうに兵を送り、田畠薙ぎをして領民を弱らせる一方、
こちらの注意を引きつけておいてから、南のほうより大軍を送り込んでくるのでは、というのだ。
鰺ヶ沢にも砦を築くかという話になったが、ただでさえ少ない兵を散らすのはよくないという意見
もあり、見送ることにした。
「いくら安東でも、舟で何千という兵は送り込めないだろうよ。それにもう冬だ。海も荒れる。まこ
とに攻めてくるつもりなら、来春だろうな」
兼平中書の言葉のとおり、十一月に入って岩木山が白く染まり、里にも雪が降りはじめると、安東
勢の襲撃は止《や》んだ。

十二月には各地の峠は雪で閉ざされ、海は荒れ、人の行き来も困難になった。もう軍勢を動かすことはできない。

右京亮はほっとして、新しい側室を探しはじめた。家中から、

「他家が攻めてくるというのに、女にうつつを抜かしていてよいものか」

という陰口は聞こえてきたものの、右京亮は相手にしない。

「なあに、心配したってどうにもならぬ。その時々でやるべきことがあるわい」

とうそぶき、浪岡城に新しい側室を入れた。浪岡御所に仕えていた地侍の娘で、ふくらという。色白で細面ながら、体つきはしっかりしている。丈夫な子を産むだろうと期待がつのる。

側室の初音とおよしはそれぞれ二人目の子を産んだが、どちらも女児だった。いまのところ男児はふたり。まだ育ちあがるかどうかわからないから、跡継ぎがほしい身にはいくらか心許《こころもと》ない。

しばらく大浦城を留守にし、ふくらとともに浪岡城にいつづけた。

大浦の留守をあずかる兼平中書は、悋気《りんき》の炎を燃えあがらせるおうらをなだめるのに手を焼いたそうだが、右京亮は気にしない。

「なあに、大浦に帰ってからかわいがってやれば、すぐに機嫌を直すわい」

などと言い放ち、浪岡城を離れない。

そうして冬がすぎ、新春を迎えた。やっと大浦にもどった右京亮は、

「いや、今年も無事に明けて、めでたい」

などとのんきにのたまうと、新年を祝う行事を陽気にこなし、ともすれば沈みがちな家中の雰囲気を少しだけ明るくした。

「安東が攻めてくると言ったところで、総勢で五、六千の兵しか持たぬ家だ。そのうち津軽に回せる

のは多くて半分だろう。だったらわれらと変わらぬ。たいしたことにはならぬ」

という右京亮の言葉にも一理あるから、家中の者たちは安堵し、雪の中で穏やかに正月をすごした。

年明けは静かだったが、北風がおさまる三月には、また安東勢が舟で押し寄せてきた。

百人、二百人といった人数で不意にあらわれては村々に放火し、蓄えた米や家財を奪い、女子供をつれさってゆく。一度ではなく、幾日かおいて繰り返し襲ってくる。

たまらず鰺ヶ沢のあたりに砦を築くことにした。堀一重、土塁一重の急ごしらえの砦に、兵を百人ほど籠めておく。安東勢の舟が見えたら、狼煙の合図で出陣する算段である。

これで一、二度は安東勢を撃退できたが、安東勢もやられてばかりはいない。舟を鰺ヶ沢よりもっと北方に漕ぎ着け、警戒の薄い村々を襲うようになった。

指図のために森岡金吾を遣わし、兵もふやしたが、それでも執拗《しつよう》に攻めてくる。

「これはかなわん。何かいい手立てはないか」

困った右京亮は面松斎にたずねた。面松斎は小首をかしげながら言う。

「迎え撃つだけではいたちごっこでしょうな。元を絶たねば」

「といっても、安東領に攻め込むような力は、いまはないぞ」

津軽の中ですら、まだ田舎館城のように南部の勢力が残っている。浪岡御所の周辺も、いまだ治まりきってはいない。大軍勢をもよおして他領へ攻め込むほどの余裕は、右京亮にはないのである。

「いや、攻めてきているのは、おそらく秋田や檜山の安東勢ではありますまい」

「ん？　どういうことだ」

津軽より南の、秋田郡や檜山郡から攻めてきているとばかり思っていたのだ。

「安東は本姓安倍《あべ》氏にて、鎌倉の世のみぎり、蝦夷の沙汰《さた》をつかさどってござった。それゆえ昔は十三湊に本拠をもち、夷島にも要害をかまえており申した。いまも夷島に勢力を保ってござる」

「……夷島から攻めてきている、というのか」

「いや、夷島とは限りますまい。本拠は夷島でも、外ヶ浜のどこかに舟と兵を留《とど》めておるのでは」

「ふむ。あり得るな」

津軽三郡より北にある外ヶ浜は、いまだ土豪たちが割拠していて、右京亮はもちろん、南部の手も及んでいない。

調べてみると、どうやら田畠薙ぎをしているのは安東家の支配下の一族で、夷島に拠点をもつ蠣崎《かきざき》氏の手の者とわかった。外ヶ浜で最北の湊、三厩《みんまや》あたりに舟をつなぎ、時々南下しては浜に近い村々を襲っていたのだ。

となれば、外ヶ浜から安東氏の勢力を追い出せばよい。どうせ外ヶ浜も領地に加えたいと思っていたから、攻めるのに躊躇《ちゅうちょ》はない。

さっそく兵を出す仕度にかかった。

遠い三厩にいきなり攻め込むのは無理なので、まずは浪岡に近い油川の城を攻め落とすつもりだった。面松斎と手立てを工夫していった。

だがその思惑も、七月に入ると中断せざるを得なくなった。

「沖館の砦、攻められております!」

「敵勢、千はあると見られまする」

という早馬が、大仏ヶ鼻城や堀越の館から大浦城に駆けつけてくる。

南の大鰐のほうから、敵勢が攻め込んできたのだ。

「やはりきたか。こちらが本軍だな」

兼平中書の言うとおり、鰺ヶ沢にあらわれた水軍は囮《おとり》だったのだと思った。家中に陣触れを回すとともに、馬廻り衆を物見に出した。

「早くせい。沖館の砦など、千の軍勢に攻められたら長くはもたぬぞ」

沖館も臨時の砦で、小高い丘の上にあって竪堀《たてぼり》や逆茂木《さかもぎ》などは設けてあるものの、攻め込んできた敵勢を数日食い止められれば十分と考えて、兵は二百ほどしか入れていない。

その夕方、物見に出た十二矢又五郎や田中太郎五郎がもどってきて告げた。

「沖館、善戦しておりますが、いまにも破られそうに見えまする」

「さかんに鉄砲を放って敵勢を退けておりますが、弾薬が尽きれば危ういかと」

やはり厳しい状況だ。

「で、敵の大将はわかったか。比内の者か。それとも安東の家来か」

と右京亮がたずねると、十二矢又五郎は一瞬、間をおいて答えた。

「それが、あの旗印は大光寺のものと思われまする」

「大光寺だと……」

右京亮は言葉に詰まった。すぐには事情が飲み込めなかった。

大光寺といえば、四年前に落とした城である。その守将、滝本播磨守は南部家の臣で、降参したのを許し、南部家へ帰してやった。なのに、また攻めてきたというのか。

ここで田中太郎五郎が口を開いた。

「いえ、滝本の旗印ではなく、大光寺家の旗印でござる。それ、滝本が城を預かる前の城主、大光寺どのには遺児がござったろう。その遺児、大光寺六郎と七郎《しちろう》が軍勢をもよおし、攻め入ってきたようで。それがし、敵勢の中に知り合いがござって、話を聞いてまいった」

「ということは……」

「南部家の後押しを得ているのかと」

「なに、安東ではないのか！」

思わず声が大きくなった。

横で聞いていた小笠原伊勢守と兼平中書、それに面松斎も一様に険しい顔になった。

南部勢だとすると、これは大変な事態となる。安東家と南部家、ふたつの強大な勢力が同時に攻めてきたのだ。

——ちと調子に乗りすぎたか。

危ういことになったものだと、右京亮は頭を抱えた。

四

とはいえ、立ちすくんではいられない。まずは目の前の火の粉を払わねばならない。

兼平中書に留守をあずけ、千の軍勢をひきいて大浦から出陣した。乳井大隅守は大光寺城から、千徳大和守も浅瀬石城から、それぞれ五百の手勢をひきいて進軍する。

右京亮はいったん堀越の館に入って兵を休め、敵情をうかがった。

「敵勢、沖館の囲みを解き、南のほうへ後退しつつあり」

「敵勢、茶臼館《ちやうすだて》の要害に引きこもったようす」

とつぎつぎに注進がくる。どうやら右京亮の軍勢が近づいてくるのを察知し、腹背《ふくはい》に敵をうけるのを避けて守りをかためたらしい。

茶臼館は平川の東岸、大仏ヶ鼻城の南東一里弱ほどの丘の上にある。地侍の館だったのを大光寺勢が奪ったのだ。

「ならばその要害を攻め落とすばかりだな」

「さよう。一日も早く攻めるがようござる。さもないと、安東勢もどう動くかわかりませぬぞ」

と面松斎も言う。

ここで、大光寺城攻めの失敗がちらりと頭をよぎった。力攻めをして逆襲をうけないか？　しかしまごついていると、安東家が攻勢に出て来ないとも限らない。

「館のようすを見なければ、攻め方も決められぬ。まずはひと当て、当ててみよう」

茶臼館は大光寺城ほど堅い城ではないから、恐れることはないと自分に言い聞かせた。

翌朝、右京亮は堀越の館を出て平川をわたり、軍勢をすすめた。乳井、千徳の手勢も茶臼館に迫る。

右京亮は本陣を岩館《いわだて》という地におき、小笠原伊勢守に先手をあずけて茶臼館の砦を攻めさせた。

「ここでは見えぬ。もう少し陣をすすめるぞ」

岩館に床几を据えたものの、半里ほどはなれているので、雑木林やすすきの原に阻まれて攻防が見えない。右京亮は馬に乗り、面松斎や近習・馬廻り衆とともに前進した。

茶臼館のある丘の下を流れる六羽川《ろっぱがわ》という小川のほとりまでくると、畳二枚ほどもある大きな馬印——錫杖《しゃくじょう》を描いてある——をたて、大将が近くで見ていることを全軍に知らせた。

小高い丘の上にある砦に、ふもとから軍勢が迫っている。幟旗《のぼりばた》がはためき、ときおり鉄砲が爆《は》ぜる音が聞こえる。

幟旗の数を見くらべると、砦とその周辺には数が少なく、ふもとの大浦勢の半分以下だった。

「あれならさほど手こずらずに落とせよう」

と右京亮が言うと、

「さよう、砦の上に強い気は感じられませぬ」

と面松斎も応じた。その言葉にほっとする。

「どれ、もう少し近づくか」

右京亮はさらに馬をすすめた。前面の小川のまわりには湿地と深田があり、左手には背の高い蔓豆《つるまめ》が青々と育つ畑がひろがる。百姓家が数軒見えるが、住人は逃げていて空き家になっていた。右手はすすきの原で、背後には雑木林や深い杉林が点在している。

「深田には用心してくだされ」

「言うな。わかっている」

馬廻り衆と言葉を交わす。大光寺攻めのとき、右京亮の馬が深田にはまって危うい目にあったことも、いまでは笑い話である。

砦攻めはなかなかはかどらない。大浦勢はふもとで気勢をあげているものの、登ってゆこうとすると上から矢弾を浴びせられ、退いてしまう。

「ちと工夫が要りましょうかな」

「やはりまともに攻めてはむずかしいか」

面松斎とそんな話をしていたときだった。

丘の上に多くの幟旗があらわれ、丘を流れるように下るのが見えた。その流れは一筋だけでなく、ふた筋、三筋とふえてゆく。どうやら砦の裏に隠れていた軍勢らしく、旗の数が二倍にも三倍にもふえている。そして大浦勢に襲いかかった。

丘のふもとで戦いがはじまった。

「敵が砦から出てきた。これはよい機会でござろう」

「うむ。さあ、押し包んで討ちとれ」

砦を攻めあぐんでいたところに、敵のほうから出てきてくれたのだ。これで勝てる、と思った。

ところが丘を駆け下りてきた大光寺勢が、その勢いのままに大浦勢を押しているではないか。

押された大浦勢は、少し後退してから踏みとどまった。そのまま押し返すかと見えたが、それも束の間だった。またじりじりと後退してゆく。

おやおやと思っていると、ひとり、ふたりと後方へ走り出す者があらわれた。逃げようとしているのだ。それにつられるように、数名ずつ戦いの場から逃れはじめた。

大光寺勢の旗がぐいぐいと前に出てくる。同時に、背中ばかり見えていた味方の兵たちの顔が見えるようになった。

押されながらも保たれていた均衡が、崩れたのだ。

ひときわ高い喊声があがった。味方の兵は一散にこちらに向かって走り逃げてくる。大将の馬印のもとへゆけば、助かると思っているのだ。

「みなの者、かかれ、かかれ。先手と代わって大光寺勢を討て！」

右京亮の手許には旗本勢、およそ五百がいる。大声で下知した。

旗本勢は鬨の声をあげ、槍や弓を手に、逃げてくる兵たちとすれ違うように前に出た。そして大光寺勢に立ち向かった。

しばらく揉み合っていたが、大光寺勢は強い。やがて旗本勢も打ち負けて後退してきた。

「ほほう」

面松斎は、なにかに感心したように声をあげ、ひとりうなずいている。

「どうも津軽の兵は……」

と言いはじめたが、それどころではない。敵勢が目の前に迫っている。

「ここはひとまず、退いてくだされ！」

「馬を、馬をこちらに！」

近習たちがあわてて右京亮を馬に乗せ、後方の杉林へと引いてゆく。十二矢又五郎ら屈強な馬廻り衆は、押し寄せてくる大光寺勢に立ち向かう。

右京亮と近習たちは林を抜けた。

「ここは一度退いて、後日を期すのがよろしかろう。三十六計逃げるにしかずとは、いまのことを申すので」

と面松斎が言う。兵が逃げ散ってしまったいまは、どうあがいても勝ち目はない。敗兵を収容しつつ近くの城へ入り、守りをかためるべきだ。大将の右京亮が無事でさえあれば、また兵はあつまってくる、と。

「くそっ、どうしてこんなことになるんだ！」

ほんの小半刻前までは、二千の軍勢を指揮して敵を圧していた。なのにいまや軍勢は四散し、大将の自分は逃げ惑っている。

いくさは、あっという間に攻守が変わってしまう。恐ろしいものだと思う。

右京亮と近習、馬廻り衆の一行は、背後からの矢声や喊声に追われながら、すすきの原を駆けた。もっとも近い大仏ヶ鼻城でも一里ほど離れている。ふだんならなんということもない距離だが、いまは果てしなく遠く感じられる。

見つからないようにと、少し前にある林に駆け込む。このあたりは野原や田畠のあいだに杉やヒバや雑木の林が点在しているので、身を隠す場所はある。しかしすでに敵が追いついてきたようで、左右から兵たちの声や鉄砲の音が聞こえてくる。

近習たちがあたりのようすを窺《うかが》いながら、つぎの林へと右京亮の馬を引いてゆく。気がつくと、十数名いたはずの近習と馬廻り衆が、いまや半分ほどになっている。

背の汗が激しくなり、心ノ臓の鼓動が脳天に響くほど強く大きくなっている。

また林の中に入ったが、そこで留まらざるを得なかった。

前方から敵兵の声が聞こえてきたのだ。

「雑兵はよい。大将をさがせ。たしかに錫杖の馬印を見たぞ。まだこのあたりにいるはずじゃ」

「大浦殿の首級を挙げた者には、上田三町歩《じょうでんさんちょうぶ》を与えるぞ!」

そんな声が聞こえてくる。前方だけではない。左右からも、敵兵の声と足音が聞こえる。

「我の首がたった三町歩では、安すぎる」

右京亮はつぶやいたが、だれも反応しない。

「どうやら囲まれたようですな」

面松斎が言う。声が震えている。

「そのようだな。おい、知恵はないか。こういうときこそ軍略《ぐんりやく》を出せ」

右京亮が命じると、面松斎は眉根をよせて目を閉じた。しばらくそのまま固まっていたが、やがて目を開くと、

「こうしたときの軍略としては」

と言い出した。

「囮《おとり》を使うしかありますまい」

「囮？　なんだそれは」

「つまり、だれかひとりが囮になって敵の前に飛び出し、『われこそは大浦右京亮なるぞ。われと思わん者は尋常に勝負せよ』と叫んで回るのですな。そうして敵を引きつけておいて、殿はその隙に裏手から逃げるので」

しばらくはだれも何も言わなかった。効き目はありそうだが、なんとも姑息で無様、そして囮となる者に過酷な策だ。

「さあ、迷っている暇はありませぬぞ。ご決断を」

「……さような酷《むご》いことは……、とてもできぬぞ」

右京亮はとまどってつぶやいた。

「えい、きれいごとを言っている場合ではありませぬぞ。大将が討たれれば、より多くの者が死ぬので。自分ひとりの身ではないと思し召せ。ここはとにかく生き延びるのが肝心でござる」

「………」

「さて、囮になるのは、まず体つきが似ている者でしょうな。すると……」

と面松斎は残った近習や馬廻り衆たちを見まわすと、ひとりを指さした。

田中太郎五郎だった。

「へっ、お、おれ……」

「背丈といい肩幅といい、そなたしか囮がつとまる者はおらぬ。忠義のほどを見せなされ」

面松斎は当たり前のように言う。

「これはこれ以上ないご奉公ゆえ、褒賞も大きなものになりましょう。まず上田三町歩はまちがいありますまい。そなたの家は末代まで栄えること、疑いなし！」

面松斎の言葉に右京亮は首をふり、言った。

「馬鹿を申すな。誰かを犠牲にして生き延びるなど、できるものか。そんなことなら、敵に首をとられるほうがましよ」

面松斎がおや、という顔になった。右京亮は小さくうなずき、つづけた。

「太郎五郎、安心せい。囮になるには及ばぬ。いまよりみなで打って出て、みなでいっしょに冥途へまいろう」

右京亮が、激しい言葉とは裏腹に熱のない声で言うと、太郎五郎は下を向いた。ほかの近習や馬廻り衆は身じろぎもしない。

「よし、敵はどこだ。堂々と打って出て、恥ずかしくない最期を遂げようぞ。みな、我のあとにつづけ」

とは言うものの、右京亮の馬が前進する気配はない。近習、馬廻り衆の視線が田中太郎五郎にあつまった。太郎五郎は下を向いていたが、無言の圧力に耐えかねたように、

「い、いや、ちょっと待ってくだされ」

と言い出した。

「ん？　どうしたかな」

待っていたというように、面松斎が先をうながす。

「あ、あのう、もしそれがしが囮になったら、残る妻子の面倒は見てもらえましょうか」

近習たちが息を呑むのがわかった。

「もちろんじゃ。殿が約束してくださるぞ。しかも上田三町歩の加増まであるぞ」

すかさず面松斎が言うと、右京亮が首をふり、ぴしりと言った。

「面松斎、勝手なことを申すな！」

そしてつづけた。

「褒賞は、五町歩だ」

近習や馬廻り衆がみな、え、という顔になった。ついさっき、恥ずかしくない最期を遂げると言ったのはどの口だ、と言いたげである。右京亮は顔色を変えずに言った。

「我は討死するつもりだったが、太郎五郎が囮になりたいと言うのなら、やむを得ぬ。その志を尊重しよう。そなたの子はまだ小さかろうが、決して粗略にせぬ。いやいや、末代までもわが家中で尊重する」

太郎五郎はぽかんと口をあけ、まばたきを繰り返している。右京亮の急な変心が信じられないという顔だった。

「どうせこのままでは敵に見つかって、みな討たれてしまいましょう。そうなればそなたの妻子は暮らしてゆけなくなる。いや、ここにいるみな、おなじ境遇じゃ。そなたが忠義の心を発揮すれば、みなが助かりまするぞ」

面松斎がこのときとばかり、太郎五郎を追い込んでゆく。右京亮は、顎をひいて太郎五郎をにらんでいる。

太郎五郎は顔を左右にふって周囲に救いをもとめるようにしていたが、周囲の者は互いに顔を見合わせ、あとずさりするばかりだ。

しばらく何か言いたそうに口を動かしていた太郎五郎だったが、やがて目を閉じ、動かなくなった。しばし静寂の時がすぎた。太郎五郎はついに小さく息をつき、言った。

「妻と子を、お願い申し上げまする」

「おお、もちろんだ。決して粗略にはせぬ」

「では兜と鎧を交換して」

面松斎の言うがままに、右京亮は兜と鎧をぬぎ、太郎五郎に与えた。右京亮の鎧兜をつけた太郎五郎は、しばらく名残惜しそうにみなの顔を見まわしたのち、右京亮の馬に乗って林を出ていった。

右京亮と残りの者たちは、敵勢が太郎五郎に引き寄せられた隙に林から駆け出し、一目散に大仏ヶ鼻城をめざした。みなといっしょに駆けながらも右京亮は、

「よいか、太郎五郎はみずから進んで囮になると申し出たのだぞ。我は止めたが、太郎五郎が忠義の心から、どうしてもと懇願するので兜と馬を渡した。そこを間違えるな」

と釘を刺しておくのを忘れなかった。

# 第五章　膝を屈して髭を生やす

## 一

黒煙が幾筋も立ちのぼり、青い空を汚している。

平川の岸辺から、右京亮は唇を引き結んでそのようすを眺めていた。

「落ちたか」

煙を上げているのは、大光寺城である。

「はあ、そのようで」

面松斎が他人事のように言う。そのどじょう髭面を思い切り張り飛ばしてやりたくなったが、なんとかこらえた。

大鰐口から攻め込んできた南部勢は強かった。田中太郎五郎を犠牲にして右京亮はからくも窮地を脱し、大仏ヶ鼻城に逃げ込んだが、そのあいだに軍勢は四散し、いくさは大負け。沖館の砦を落とされ、さらに勢いづいた南部勢に大光寺城も包囲されてしまった。

救援しようにも軍勢がととのわない。小勢で出陣してみたものの、大光寺城に近づけない。大光寺城代の乳井大隅守は防戦につとめたものの、防ぎきれずに城は落ちた。

「やはりまあ、津軽は豊かで米にも恵まれておりますゆえ、こうなりましょうな」

面松斎が嘆じたように言う。右京亮が聞きとがめた。

「どういうことだ」

「いやいや、津軽は近江や尾張《おわり》とおなじでござる。平野が広がり、米がとれて豊かな国の侍は、どうしても弱くなり申す。関東や東海でも甲斐や三河《みかわ》など、山がちで厳しい暮らしを強いられている国の侍は、力が強くて気性も荒く、強いようで。このあたりなら糠部郡や比内郡などがそうなのでしょうな」

「おい、そんなことをみなの前で言うなよ。袋だたきにされるぞ」

「わかっておりまする。ただ、大将となるお方は知っておいたほうがよいかと思い、お伝えしておるわけで」

右京亮は舌打ちし、面松斎はひとつ咳払いをした。

「こうなれば平川を境にして、南部勢が侵入せぬよう、堀越、大仏ヶ鼻の城に兵を入れ、見張りを厳しくするのが肝心でしょうな」

面松斎の言葉が右京亮の胸に刺さる。

「うるさい。たずねてもいないことを言うな」

面松斎を叱り飛ばしておいて、

「城へもどるぞ。みなの者に伝えよ」

馬廻り衆をひきつれた右京亮は、大浦城へ向かった。

翌日、右京亮は大浦城の二の丸広間に重臣たちをあつめ、軍議を開いた。冒頭、右京亮は満面の笑みを作って語った。

「はは。いやいや、みなも苦労であった。今回は怪我負けだ。名字《みようじ》の地を取り返さんとする大光寺兄弟の執念に負けた。まあ、しばらくは城でいい気にさせておいてやろう。すぐに津軽から叩《たた》き出してやるがな」

大将としては大負けを認めたくないから、虚勢を張るしかない。

重臣たちは無言だが、右京亮に鋭い視線を向けている。

囮を使って生き延びた件は、大仏ヶ鼻城で首実検をしたときに田中太郎五郎の忠義をおおいに褒め、一番槍にまさる殊勲であると喧伝《けんでん》して、犠牲を強いた真相を隠そうとした。しかしうまく糊塗《こと》できたとは言いがたい。重臣たちの中にも真相を知って、蔑みの目で右京亮を見ている者は多いだろう。

だが、いまはそんなことを気にしてはいられない。

「さて、まずは諸方のようすを聞こう。金吾から何か言ってきているか」

東の南部勢ばかりではない。西からは安東勢が攻めてきているのだ。

「安東勢、引く気配がないとのこと。むしろだんだんと兵をふやしていると」

鰺ヶ沢へ遣わした森岡金吾と連絡をとっている近習が告げる。金吾は少ない兵で苦労しているようだという。

「ふえた兵は、どこから来ているのかな」

小笠原伊勢守が問う。気になる点だ。

「それが、どうも外ヶ浜ではなく、西浜の南から来ているようで」

「秋田郡から援軍が来ているのか」

秋田郡は安東家の本拠である。伊勢守の言葉に、みなが押しだまった。深刻な話だった。

「金吾どのは、安東勢は浪岡城を狙っているのではないかと、伝えてきておりまする」

「浪岡か……」

右京亮に奪われた商売の拠点を、奪い返そうというのだろう。

「浪岡は、南部家もほしいだろうな。大光寺城からは近いし、津軽の東半分を固めるにはもってこいだ」

兼平中書が言う。それにかまわず右京亮は言った。

「金吾に三百の兵を遣わす。板垣どの、行ってくれるか」

いまはとにかく安東勢を抑え込まねばならない。合戦好きな板垣兵部は一礼して請けた。

「ほかはどうだ。浅瀬石はどうしている」

右京亮は気になっている名をあげた。沖館と大光寺を南部勢に奪われたために、浅瀬石城が敵中に取り残された形になっている。

「浅瀬石の千徳大和守どのとは、このところ往来がありませぬな。使者を出しても追い返されてしまうようで」

娘を大和守の息子に嫁がせている小笠原伊勢守が言う。

「それは、大和守が寝返ったということか」

「まだはっきりとはわかりませぬが、おそらくは……」

大和守にしてみれば無理もないことだろうが、大浦勢としては愉快な話ではない。

「どこもかしこも、厳しいな」

右京亮は顎の無精髭をなでてぼやく。南部勢に負けて、すべてが悪い方へ転じたようだ。

南部勢への押さえとして堀越館と大仏ヶ鼻城に兵をおき、鰺ヶ沢の森岡金吾へ三百の兵を送ることを決めて、軍議は終わった。

話すことが多くて長びいたために、すでに夕刻になっている。

「これまでがうまく行き過ぎじゃの」

二の丸の奥でひと息入れていると、事情を聞いた母はそんなことを言う。

「世の中に、負けを知らぬ大将などはいないぞ。負けてこそ強くなれるのじゃ。これを薬とせい」

母の説教を聞き流して、右京亮は本丸へ向かった。おうらから呼ばれているのだ。

夕陽を横顔に浴びながら、いつものように本丸にはいった。侍女たちに迎えられ、奥の間の円座にすわる。

「まあまあ、大変なこと」

おうらがはいってきた。たいていは明るい笑みで右京亮を迎えるおうらが、今日は渋い顔をしてい
る。

「部屋が足りぬ。侍女たちを追い出してあてがったが、急いでひとつふたつ部屋を建て増ししない
と」

「そんなに大ごとか」

「まあ、人に押しつけておいて」

渋い顔がふくれっ面に変わった。

南部勢が攻め込んできて津軽の東半分を奪われたため、浪岡城はもちろん、大仏ヶ鼻や堀越の館な
どまで危うくなってきた。そこでそれぞれの城に住まわせておいた側室と子供たちを、大浦城にひき
とったのだ。

当然、部屋が必要になる。

その部屋割りをおうらにまかせた――側室のことは正室の自分が差配すると言い張ったので――が、
側室が納得するほど広くて快適な部屋などそうはない。

なんとかひとりにひと部屋をあてがったが、側室三人にそれぞれ侍女もついているため、狭いという文句が続出した。その上、他の側室と少しでも差がついているようなら、騒ぎ立てて大変だという。

「なあに、少しのあいだの辛抱だ。南部勢などすぐに追い出してやる」

「そりゃあもう。自分の領地も守れぬようでは、天下を狙うなど夢のまた夢でしょうし」

おうらの皮肉に返す言葉がない。

「そもそも三人も側女をおくから、こんなことになるのでしょう。ひとりふたりならともかく、多すぎませぬか」

結局、夕餉のあいだじゅう、おうらから文句やら嫌みやらを聞かされた。身代わりになった田中太郎五郎の子の世話をおうらに頼むつもりだったが、言い出せなかった。

「でもまあ、これでさっぱりと隠居できましょう」

さんざん言いたいことを言ったあと、おうらは落ち着いた口調で言った。

「隠居？　おい、なにを言う。我はまだ三十だ。隠居などせぬぞ」

右京亮は思わず言い返した。

「おや、それでは神罰が下りましょう。もうすぐ五郎どのが十八になりまする。当主の座をゆずれば、あとは隠居するしかないでしょうに」

おうらの言葉に、右京亮は詰まった。たしかにそういうことになる。

「攻められていくさに負けて、家中の者たちは不満たらたら。これなら五郎どのに代わってもらったほうが、という声が聞こえませぬか。当主の座を渡して、すっきりすればようございましょう」

「……」

「さすれば側室たちにも暇を出さねばなりませぬな。ああ、ご安心めされ。わらわは離れませぬ。ふたりきりで、静かに余生を過ごしましょうぞ」

どこまで本気なのか、おうらは涼しい顔でそんなことを言う。

――いやいや、これくらいならまだいい。

いくさに負けたのだから、妻の小言くらい仕方がない。首をとられなかっただけ幸運だったと思えばよい。右京亮はそう自分に言い聞かせ、おうらに穏やかに言った。

「五郎どのや六郎どのでは、とてもこの場は持ちこたえられぬ。たとえ重臣どもが束になって支えてもな。津軽はな、我がいてこそ南部や安東から手出しされず、ひとり立ちできるのよ」

おうらが目を瞠《みは》るのがわかった。右京亮はつづけた。

「当分、隠居など考えられぬ。そのつもりでいてくれ」

二

そのまま秋が深まっていった。

南部勢との戦いは膠着《こうちゃく》し、平川をはさんで時々小競り合いをするだけとなった。西浜から攻め込んできた安東勢とも、田畠薙ぎをふせぐ小いくさを繰り返すばかりだった。

右京亮は、大浦から北東に三里弱はなれた藤崎に砦を築いた。平川を越えた地で、南部勢の動きを牽制《けんせい》するためである。

そしてその砦の守将として、五郎どのと六郎どのの兄弟を配した。

「ここはわが大浦家の守りの要となる大切な砦ゆえ、ぜひともおふたりに引き受けていただきたい」

ここで手柄を立てれば、当主の座の引き渡しもすんなりと参りましょうぞ、と言い添えたところ、兄弟は喜んでこの申し出をうけた。

右京亮は兄弟を支える老臣として、自分の馬廻り衆を数人、砦に配した。

「いくさに出たいと申さば、自由にさせよ。危ないと思ってもかまわぬ。存分にさせよ」

と言い含めておくのを忘れなかった。

その後すぐに冬がきて雪が降り積もり、すべての合戦が止まった。

そのつぎの年も、小競り合いが繰り返されるばかりで終始した。南部勢も安東勢も、大浦勢を押し切って津軽を征服するだけの兵を出す気配はなかった。

「なぜ一気に攻めて来ないのか」

不思議に思った右京亮は、小栗山左京に命じて南部と安東のようすを探らせた。

しばらくして、南部や安東の領内で商売をしつつ、うわさをあつめていた配下の商人たちからの話をまとめた左京は、

「南部のお家は、あいかわらず諍《いさか》いが絶えぬようで」

と右京亮に告げた。

「あくまでうわさゆえ、どこまで信じてよいか、わかりませぬが」

と断った上で話すには、

「南部大膳大夫晴政どのの跡をついだ晴継どのが亡くなり、晴継どのの子もいないので、その跡目をどうするかで、南部諸家の当主があつまって合議したとか」

南部宗家である三戸家の跡目を決めようというのだ。

「その席では、晴政どのの次女の婿である九戸政実どのの弟が推されていたのに、北信愛《きたのぶちか》どのが兵を背にして田子の信直どのを推し、結果、信直どのが強引に跡目をついだとか。そのせいで九戸は立腹

し、三戸信直どのといくさが始まりそうになっているとのこと」

「だから津軽へ兵を出す余裕はない、ということか」

「さようで。しかし内紛がおさまれば、どうなることか」

「ふむ。なるほど」

ありそうな話だと思う。南部家の内情にくわしい母からも、似たような話を聞いている。

「信直という者、なかなかの器量人らしく、南部家をまとめつつあるようですな」

「……そいつはあまりいい話ではないのう」

信直は、以前に大仏ヶ鼻城にいて、津軽郡代をつとめていた南部高信の息子である。

高信は、右京亮に大仏ヶ鼻城を奪われたあと、気力が失《う》せたのか動向を聞かなくなっていた。そして近年、亡くなったらしい。

その息子が右京亮をよく思うはずがない。しかも強大な南部家の宗家を継いだというのだから、先が思いやられる。右京亮は話題を変えた。

「して、安東のほうは？」

「安東は家中の争いはありませぬ。しかし津軽よりも、まずは鹿角にご執心のようで、出兵の仕度に余念がないとか。永禄《えいろく》年中に南部勢といくさをし、鹿角を取りあげられておりますからな、なんとか奪い返したいようで」

「鹿角か。南部と取り合いか」

安東勢にしてみれば、津軽も南部のうちと見えているのだろう。鹿角を奪ってのち、大鰐口をへて津軽へ攻め込む算段かと思われる、と左京は言う。

「これはどうも、用心すべきは南部家より安東家のようですな」

といっしょに聞いていた面松斎が言う。

「内紛に足をとられていないゆえに、安東家はいくらでも外に向かって領地拡大のいくさを仕掛けられましょう。まずは安東家に対して備えるべきかと」

「そうだな。鰺ヶ沢の人数をふやすか」

大仏ヶ鼻と堀越に籠めていた人数を減らし、その分を鰺ヶ沢へ送った。

そうしているうちに、鹿角で安東家と南部家が合戦におよんだ、と聞こえてきた。

勝敗は不明ながら、どうやら安東勢のほうが手負い死人を多く出したらしい。領地も奪えず、鹿角から引き揚げていったという。

「やはり南部勢のほうが強いか」

「領地が広く、しかも兵が強いときておりますからな。安東では歯が立たぬようで」

面松斎とそんな話をしてひと月ほど後、鰺ヶ沢の森岡金吾から早馬がきた。使者は、

「安東勢、およそ千の人数にて鰺ヶ沢の砦を囲んでおります。すぐに援軍をお送りくだされたく」

と言うではないか。

「鹿角で負けたから、今度は西から津軽へ攻め込もうというのか」

安東の思惑が透けて見える。南部勢には勝てないが、大浦家なら攻め潰せると見ているのだ。舐められたものだった。

ともあれ、急ぐ。兼平中書に兵をつけて鰺ヶ沢へ送り出した。

「しかし、このままではいつか息切れするぞ。南部と安東と、両方を相手にするのは無理だ。なにか策を考えないと」

と兼平中書は、出陣前に右京亮に言い残していった。

「そうは言ってもうまい策などあるものか。あったらとうの昔にやっているわい」

右京亮はぼやく。いまが危機なのはわかっているが、これ以上どうしろと言うのか。

面松斎もいい策がないようだった。戦場の駆け引きは喜んで提案してくるが、東西から攻め込まれつつある大浦家が苦境を抜け出す道については、ろくな案を出してこない。そうした大きな駆け引きは苦手のようだ。

頼れる者など、どこにもいない。

右京亮はひとりで考え込んだ。

——いま攻め込んできているのは、南部家のうちでも三戸の息のかかった勢力のようだから……。

以前、大仏ヶ鼻城を攻めとったあとに南部家が攻めてきたときのように、九戸家に頼んで牽制してもらおうか。

だがそれも厳しそうだ。昔とちがって、信直が継いだ三戸家と政実の九戸家とは、他の南部諸家を従えて対立している。ここで九戸が三戸に手を出したら、南部家をふたつに割っての大合戦になりかねない。それは九戸としてもかるがると応じられる話ではないだろう。

——となると、打つ手がない。

このまま攻められつづけて、じわじわと領地を奪われてゆくしかないのか。

考え悩んで、夜も寝られなくなった。おうらに呼ばれても、本丸を訪れる余裕もない。

一方で、家来たちの前では、陽気にふるまっていた。落ち込んでいるところなど見せると、どんなうわさが飛ぶかわからないからだ。そのうわさが家来衆の疑心を呼び起こし、敵に内通する者をつくり出さないとも限らない。そうなれば家中は崩壊する。気をゆるめるわけにはいかなかった。

春がすぎ、田植えの季節になって小競り合いは止んだが、南部勢も安東勢も引き揚げる気配はない。

右京亮の危機はつづいている。

「駄目でも、やってみるしかないか……」

いくら考えても九戸家に頼ることしか思いつかないので、まずは使者を出すことにした。といってもこの場合、尋常な使者では役に立たない。九戸家を説得できるだけの信用と才覚の持ち主でなければならない。

考えた末に、小笠原伊勢守に頼んでみた。家老としての信用もあり、弁もたつので適任だと思ったのである。すると伊勢守は、

「それは、家老の身ですることではござりませぬな」

と渋った。九戸家に達するには、敵地の奥へと踏み入らねばならないのだ。たしかにそれは、忍びの者の仕事である。

「だが、これはお家の大事だからな、話のできる者は家老しかおらぬぞ」

と無理を言って、なんとか引き受けさせた。

伊勢守は小栗山左京の手配で商人の姿になり、大鰐口から出て鹿角をとおり、南のほうから糠部郡にはいって九戸をめざした。

そうして吉報を待ったが、伊勢守はなかなかもどってこない。

十日もあれば用をすませてもどって来られるはずだが、二十日すぎても音沙汰がない。

これは途中で何かあったかと心配していると、ひと月近くたってひょっこりと、大浦城二の丸の搦手門から汚れた旅姿の商人がはいってきた。

痩身の商人は、伊勢守だった。

注進を聞いた右京亮は、すぐに奥の間へ伊勢守を招いた。伊勢守は手足をすすいだだけで、商人姿

のままやってきた。もともと細面だったが、顔がいっそう細くなっていて、目の下に隈ができている。

「いや、ご心配をおかけして面目なし。されど思った以上に厳しい手合いでござってな」

九戸の家老衆と話したが、やはり九戸家は、三戸への出陣を拒否したという。

「何とかならなかったか」

右京亮は不満だった。当初からむずかしいと思ってはいたが、そこを説得するためにわざわざ家老を行かせたのである。

「出陣は、九戸家にとっても大ごとゆえ、いくら頼み込んでも無理でござろうが……」

伊勢守は無精髭の目立つ顔で言う。

「しかしながら、いくさばかりが手立てではござらぬ」

「ん？　と申すと？」

問い返すと、伊勢守は意外なことを語り出した。

「九戸家の面々よりは、和睦をすすめられてござる。和睦ならば、九戸家は無理としても、ほかの南部の諸家のどこかが仲立ちをしてくれるだろうと」

南部の家中では、諸家同士でいくさになった場合、別の家が仲裁にはいっていくさを収めることが慣例のようになっている、という。

「三戸と八戸が争ったときに一戸が仲立ちにはいる、といった具合でござる。わが家も南部の一統であれば、どこかに仲立ちを頼んでいくさを止めるのがよかろう、とのこと」

そこで伊勢守は、仲立ちしてくれそうな家をさがした。

「ところがいまや、南部家は三戸と九戸にほぼ二分されていて、たいていの家はどちらかの味方に色分けされておりましてな」

四戸《しのへ》、七戸、八戸は三戸の一門とされ、北、南、東の三家は三戸の家臣あつかいされつつある。そのほかの家は九戸の味方でなければ、すでに滅びているという。

「なかなか諸家の興廃もはげしゅうて、一戸の総領家など、弟に攻められて滅びてござる。仲立ちしてくれそうな家も、そうは容易に見つからず」

だから長く逗留《とうりゅう》することになった、と言う。

「さんざん聞きまわり申した。引き受けてくれそうなお家は、ただひとつと思われまする」

それは久慈家だという。

久慈家は南部の一族であり、九戸家と親しいが、三戸と領地が離れていることもあり、その仲もそれほど悪くない。しかも右京亮の大浦家は久慈の一族でもあるから、頼めば引き受けてくれるだろうと。

「しかし、久慈の家は……」

「いや、殿が久慈の本家と疎遠になっているのは知っております。されどもはや年月もたっておれば、昔のことをとやかく言うよりも、一族のことを考えて動くだろうと、九戸でも言っておりまする。なんなら口添えしてもよいとも言われてござる」

と右京亮の心配を一蹴してから、

「そこまで調べてから、もどってまいった。このあと、和睦をするかどうかは、殿のお覚悟ひとつにござる」

小笠原伊勢守は、あとは右京亮の仕事だとばかりに口を閉じた。

「和睦か」

右京亮はぽつりとつぶやいた。

和睦という言葉の響きはいいが、攻め込まれて反撃もままならないいま、こちらが和睦を言い出せば、それはほぼ降参を意味する。

すると、頭を下げるだけではすまない。いまはまだそこまで押し込まれてはいないから、この首までは求められないだろうが、かわりに城や領地を要求されるだろう。

また大浦家中でも右京亮への風当たりが強くなる。責任をとらされ、悪ければ切腹、よくても実権を失って隠居、あとはもうすぐ十八歳になる五郎どのにまかせる、ということになるかもしれない。

それはいやだ。まだ三十二歳。隠居などできるものか。

だがこのままでは、東西からじりじりと追い詰められていくのが見えている。どうしようかと迷っていると、伊勢守が言った。

「南部家とのあいだを落ち着かせれば、こちらは兵力を安東のほうへ向けられましょう。さすれば西の方の火も消せまする。東西の火を消せれば、それだけでも大出来だと思いませぬか」

「しかし、南部もただでは和睦するまい」

「さよう。今後の交渉しだいでしょうが、城のひとつふたつは渡さねばなりますまい。その覚悟は肝要にござる」

鹿角から津軽への入り口にある大仏ヶ鼻城あたりを要求してくるのではないか、と言う。

「ふむ。大仏ヶ鼻城か」

大きな痛手だが、どうせこのままでは南部勢に奪われそうだ。そう考えると和睦も悪くはないと思えてきた。

なおも伊勢守と話しているうちに、不意に右京亮の頭にある案が閃《ひらめ》いた。

「おお、そうだそうだ！」

それは、いまの窮地を抜け出すまたとない案と思われた。

「和睦の話、すすめてくれ」

右京亮は断を下した。

「よろしゅうござるか。では久慈家にあたってみまする。それで、条件はいかがいたしまするか」

とたずねる伊勢守に、右京亮はにんまりとしながら言った。

「浪岡城ならゆずってもよい。それで交渉してくれ」

伊勢守は当初、意外そうな顔をしたが、すぐに膝を打った。

「なるほど、それは妙案」

浪岡城は、安東家が狙っているのだ。これを南部家に渡せば、安東家は敵が変わったことにとまどい、津軽への攻勢が鈍るだろう。

南部家としても、もとの浪岡御所が手に入るのであるから、他国への聞こえがよい上に、夷島との交易を押さえられる利点がある。おそらく乗ってくるのではないか。

そうなれば、南部家と安東家を突き合わせることで、両家を御することができる。あとは大浦家中の不満さえ抑え込めれば、右京亮は当座の危機をしのげる。

——少し落ち着けば、あとでいくらでもやりようがあるさ。

右京亮の胸の内にはさまざまな思惑がうずまいている。

伊勢守は、数日の休養ののち、和睦のために久慈へとその痩身を運んでいった。

三

結局、右京亮が膝を屈し、浪岡城をゆずり渡すことで、南部家との和睦が成った。これで津軽の東側での戦いはなくなった。

浪岡城には三戸家当主の南部信直の弟、政信《まさのぶ》という者がはいり、津軽郡代を称した。

仲立ちにはいった久慈家にうながされて、右京亮は浪岡城に出むいた。登城の前に、城内で仕物《しもの》に掛けられぬよう人質を交換しておき、さらに軍兵五百を城の内外に控えさせた。その上で政信と対面して盃をかわす。

以前、大仏ヶ鼻城にいた南部高信の次男であるだけに、政信は高信に似て目つきが鋭い。二十代半ばと見えた。

「そなたも、もともと南部一族じゃ。内輪の争いはやめて、これより宗家に忠節を尽くすがよかろう」

と、政信は鷹揚にのたもうた。

右京亮のほかに浅瀬石城の千徳大和守と、大光寺城を奪い返した大光寺六郎もいて、おなじように盃をもらっていた。この三人を従えれば津軽を治められる、と政信どのは考えているようだ。

降参して臣下の礼をとったようで屈辱ではあるが、

「なに、言わせておけばいい。どうせなにもできぬさ」

と家中の者には言っておいた。津軽内だけの兵力では、まだ右京亮のほうが強大なのだ。頭を下げても浪岡城以外の城はゆずらず、領地も渡さない。名を捨てて実をとったのである。これで一方の敵を抑え込むことができるのなら、安いものだと思っていた。

それより、右京亮は内心、胸をなでおろしていた。十年前に大仏ヶ鼻城を攻めたとき、南部高信が不在でよかった、と思う。もし高信が在城していれば、その首を挙げていただろう。すると右京亮は信直や政信らから親の仇とされて、和睦どころか執拗に首を狙われたにちがいない。こういう形の武運もあるのかと感慨深い。

「よし、これで西浜を攻めるぞ」

南部家との和睦によって大仏ヶ鼻城や堀越の館に兵を籠めておく必要がなくなったので、その兵をまわして西浜の安東家の拠点を攻めることにした。和睦を機に家中から当主の交代をのぞむ声が出る前に、失った威信を取りもどそうという思惑もある。

「鰺ヶ沢へ援軍を出すのでござるな。それは兼平や森岡も喜びましょう。さっそく侍大将を決めて……」

と言う伊勢守に、右京亮は首をふった。

「いや、鰺ヶ沢ではない。攻めるのは深浦だ」

大浦家の本拠である鼻和郡の西にある西浜という地は、鼻和郡や平賀郡などより広大だが、平地は北側にいくらかあるばかりで、多くは深い山地が広がり、西側はいきなり海に落ち込むような地形になっている。ところどころに漁村があるほかは、大きな集落もない。だから多くの兵はおけない。

安東家は、西浜の南方にある檜山と秋田の両郡が本拠地だが、深浦という湊町をふくむ西浜の南側をも支配していた。そこから西浜北部へ兵を出し、さらには東の鼻和郡に侵入しようとしているのだ。

この侵攻を防ぐには、拠点となっている深浦を攻めるのが一番だ。

天正十年の春になると、右京亮は大浦城から兵を出し、まずは深浦を攻めて安東家の勢力を一掃した。大浦家の兵力をこぞって攻めたから、少ない兵しかいなかった深浦の安東勢はひとたまりもなかった。

そして海岸伝いに南下し、檜山郡との境まで進出すると、さらに檜山郡の北端にある八森《はちもり》という地に侵入し、しばらく在陣したのちに引き揚げた。また安東家の動きを牽制するため、比内の浅利家や庄内の大宝寺家など、安東家の領地の近くにあって敵対する領主に使者を出し、ともに安東家と戦うよう要請した。大宝寺家などは乗り気になっている。

「よし、これでしばらくは安東もおとなしくなるだろう」

その見込みどおり、これ以降、安東家は津軽に手を出してこなくなった。東側につづいて西側の脅威も消えたのである。

夏がすぎて秋になると、いくらか風変わりな話が伝わってきた。

「上方のほうで大きな謀叛騒ぎがあったようでござるな」

と面松斎が言うのだ。

「上方で？　謀叛とはなんだ」

「はあ。尾張の織田《おだ》という者が、畿内《きない》から関東、中国路まで配下におさめていたのは、ご存じで？」

「おお、聞いてはいる」

天下をとると広言していた右京亮だが、目の前のことにかかり切りで、畿内や京の出来事など関心の外だった。それでも将軍が京を追われ、織田信長《のぶなが》という者がその版図《はんと》を広げていることくらいは知っていた。

「その織田が、家臣に討たれたそうで」

「いつのことだ」

「さて、六月の初めとか。もう三月前になりますな」

「ほほう」

京の出来事が津軽に伝わってくるのに、三月もかかったのだ。津軽はやはり僻遠《へきえん》の地だなとやや寂しい気持ちになる。

「で、どうなった」

「さあ、まだそこまでしかわかりませぬ。いずれ続報があるでしょうが」

「そなた、それをどこから聞いた」

「は、たまたま故郷から書状がまいりましてな、そこに書いてありました」

「ふむ。こちらになにか関わってくるかな」

「さようなことは、一切ありませぬ」

面松斎はきっぱりと言った。

「新たに幕府ができる、とでもいうのなら、領地を認めてもらうために人を遣わす必要もありましょうが、幕府ができるどころか今後、もっと世が乱れるという話でござる。津軽にはなんの関わりもありませぬ」

それもそうかと思い、織田の件は忘れることにした。

だがこの面松斎の見通しは、大きくはずれることになる。


「みな苦労であった。まずは落ち着いたな」

天正十一年の正月、大浦城二の丸の広間で、上段にすわった右京亮は、左右に居並んだ重臣衆を見わたしていた。

南部家とは和睦が成り、安東家の攻勢も押し返した。いま津軽には、久しぶりに平穏な日々が訪れていた。鰺ヶ沢に張りついていた兼平中書と森岡金吾も大浦にもどってきて、おもな重臣がそろっての寄合となっている。

「お家の一大事でござったが、まずは殿の才覚によって切り抜けてござる」

と小笠原伊勢守が、重臣衆を代表して挨拶をのべる。

「いや、みなが駆け回ってくれたおかげよ。礼を言うぞ」

主従が上機嫌でやりとりしたあと、酒肴《しゅこう》が出て無礼講となった。

「それにしても、南部家をとりまとめた信直という男、それほど器量があるのかな」

雑談の中で、右京亮は気になっていたことをたずねてみた。すると酒で口が軽くなった重臣たちは、口々に言う。

「あの高信どのの倅《せがれ》でござれば、さほどのこともないかと」

「さよう。ただ諸家にとってあつかいやすいゆえ、上に乗っているだけでござろ」

大浦勢は信直の父、南部高信の大仏ヶ鼻城をあっさりと落としているためか、息子まで見くびる気配である。

「年齢は?」

「まだ四十路の前のはず。三十七、八かと。とにかく殿よりいくつか年上でござる」

「武勇も、聞いたこともなし。恐れるほどではないかと」

そんな意見に対し、

「いやいや、それこそ油断であろう。信直という男、なかなか一筋縄ではまいらぬぞ」

と言い出したのは小笠原伊勢守である。

「これは耳にしたうわさでござるが、先代晴政どのの死に、信直どのが一枚嚙んでいる、とも聞こえており申す」

伊勢守が言うには、実子の晴継が生まれたあと、養嗣子《ようしし》に定めた信直が邪魔になった晴政は、信直を亡き者にしようとして人数をひきい、三戸の毘沙門堂《びしゃもんどう》を参詣した信直を襲撃したという。

「しかし信直どのはみずから鉄砲をもちだし、晴政どのの馬を撃って落馬させたとのこと。晴政どのの死はそのあとゆえ、あるいはそのときの傷が響いたのかもしれませぬ」

南部家中の跡継ぎ争いの激しさに、一座はしんとなった。

「まことなら、それなりに修羅場をくぐっているとのことだな」

「さよう。先代の晴政どのは一代の傑物にござったが、信直どのは若いころ、その晴政どのといっしょに安東などと鹿角で戦ってもおりまする。いくさ場も、かなり踏んでいるようで」

伊勢守の話を聞きながら、小栗山左京に命じてもう少し信直のことを調べさせよう、と右京亮は思っていた。

「安東のほうは、どうかな」

右京亮が言うと、それまであまり口を開かなかった兼平中書が、

「そちらは鰺ヶ沢にいたとき我が調べた」

と言い出した。

「いまの当主、愛季《ちかすえ》どのはなかなかの人物だぞ。安東の家は檜山と湊の二党に分かれていたが、それを統一して檜山郡と秋田郡を手にした。それで南部とも張り合える力を備える家になったようだな」

「いくつぐらいの男だ」

「年の頃は四十半ば。劫《こう》を経《へ》た、食えぬ親爺《おやじ》だ。しかも統一するときのごたごたで、庄内《しょうない》の大宝寺

らが手を出してきたのを逆手にとって、由利《ゆり》や比内の地も手に入れたらしい」

由利郡と比内郡は、津軽の南方にある。

「さらに湊をひろげて夷島との交易もふやした。ご当家の何倍も金持ちだろうよ」

最後の言葉に、遠慮のない笑い声が起きた。

「貧乏で悪かったな」

右京亮が混ぜ返すと、笑い声がつづく。

「ではわが家も、そろそろ銭の生《な》る木に手を出すとするか」

右京亮が言うと、重臣衆は、お、という顔になった。

「安東を叩いて、西の方に気をつかわずにいられるようになったからな、次は東だ」

「東とは、南部家といくさをするので」

おどろいたように森岡金吾が言う。

「いや、油川だ。油川城を落とすぞ」

油川は外ヶ浜の付け根にあり、湊がある。鎌倉を起点とする奥大道《おくのだいどう》の終点であり、かつ夷島との交易の拠点で、川を通して内陸部ともつながっている。湊を見下ろす丘に城があり、かつては浪岡御所の支城といった位置づけになっていた。

「しかし……、南部とは和睦したのでは」

重臣たちがざわついた。油川の城主は、もと北畠家臣の奥瀬善九郎《おくせぜんくろう》だが、いまは南部家に従っている。だから油川を攻めれば南部家に楯突くことになる。

右京亮は重臣たちを見まわしてから、真面目な顔で言った。

「なんの、浪岡城をゆずっていくさを止める約束はしたが、油川を攻めないという約束はしてないぞ。

だから和睦の約束を破ったことにはならぬ。そうだろう。我は約束は守る。信義は大切にせぬとな」

重臣たちは一瞬、静まり、そののち首をひねったり、渋面をつくったり咳払いをしたりといった仕草を見せた。だが右京亮に文句を言う者はいなかった。

四

右京亮はまず、油川城に関するうわさをじっくりとあつめた。それとともに小栗山左京配下の商人たちを南部と安東の領内に送り、両家のようすを慎重にさぐった。

「まず、城主の奥瀬善九郎とやらの人となりは、どうかな」

「はあ。商売には精通しておりまするな。夷島と交易する商人から物成をしぼりとるのに長《た》けているようで」

大浦城に報告にきた小栗山左京は、そんなことを言う。だが奥瀬本人に武功はなく、家中にも武勇を誇る侍はさほどいないようだ。

そして、もとは浪岡御所の主であった北畠家の家臣だったので、いまの浪岡城主、南部政信とのつながりは薄く、城を攻められたときに支援はさほど期待できないと怯《おび》えていることも、わかってきた。

「ふむ。では南部のようすはどうだ」

「ま、津軽に兵を出すにしても、九戸を気にしながら出すのでしょうな。それゆえ南部の大軍が津軽に攻め寄せてくることは、まずなかろうと存ずる」

というのが、小栗山の見立てである。

「安東のほうは、どうだ」

「比内に手こずっているようですな」

比内郡はもともと浅利家の所領であったが、安東家が半ば攻めとっていた。いま浅利家が領地を回復しようと旧臣を扇動しており、各地で小競り合いが起きているという。

「その上、安東家中はまとまっているように見えまするが、湊と檜山の両党のあいだにまだ火種は残っているようで。いまは平穏でも、いずれ火を噴くかもしれませぬ」

南部も安東も、内部は大変なようだ。

「なるほど。では仕掛けてみるか」

「油川に兵を出すので?」

「出すが、長々といくさをするつもりはない」

浪岡城には南部家の津軽郡代、南部政信が健在だ。右京亮が兵を出して悠然と城を囲んでいたら、さすがにだまっていないだろう。浪岡城の軍勢がきて背後を衝かれる羽目になる。油川城を落とすには、浪岡城から兵を出す暇もないような早業でなければならない。

そう言うと、それまでじっとふたりのやりとりを聞いていた面松斎が、

「されば、まずは脅してみますかな」

と言いだした。そして絵図を見て周辺の地形を調べ、仕掛けるなら新城《しんじょう》がよい、と見極めた。新城は油川の南西にある在所である。

右京亮が動いたのは、天正十三年になってからだった。

三月二十七日に千三百の軍勢をひきいて大浦を出陣すると、北東へ十里ほども離れた油川城をめざす。途中で一泊し、翌日、油川城の近くの新城へ向かった。

右京亮は本隊とともに在所の手前にとどまり、兼平と小笠原が兵五百をひきいて新城の在所の中心部へとはいってゆく。

しばらくすると、在所の中から炎と煙があがった。風もない日だったので黒煙は高くあがる。見る間に二ケ所、三ケ所と燃える場所がふえてゆく。

「ふむ、いい具合にあがっておりますな」

「ああ、あれなら油川からもよく見えるだろうよ」

黒煙を見上げながら、右京亮は面松斎とそんな話をしている。

「よし、まずはうまくいった。兵どもに弁当を使わせろ」

右京亮は物頭たちに命じた。兵たちは木陰にすわりこみ、笑いさざめきながら腹ごしらえをする。右京亮も近習から握り飯のはいった竹皮の包みをうけとった。

そのうちに、油川へ物見に出た者がもどってきて告げた。

「新城の者たちが油川の城下へなだれこみ、あちこちで、家を焼かれた、大浦の兵がきて乱妨《らんぼう》の限りを尽くしている、いまにこちらへも来るぞ、とわめいております」

「おお、そうか、ご苦労」

右京亮はうなずきながら慰労した。

「打ち合わせどおりにすすんでおりますな」

と面松斎。

「ああ、まずまずだな」

握り飯を食べ終えた右京亮は、水を飲みながら応える。そこへまたひとり、物見の者がやってきた。

「油川の城下にて、あちこちから火の手があがっております。付け火をして回る者がいるように見え

ます る」

「うむ。わかった。さらに物見を頼むぞ」

物見の者を返すと、面松斎が言った。

「念西坊《ねんざいぼう》、命じたとおりにはたらいておるようで」

「そのようだな。褒美を考えておかねばな」

満足そうに右京亮は言った。

昨年、大浦城で小栗山左京と打ち合わせたあと、折笠与七に命じて、新城の名主百姓どもを大浦城に呼び出した。金品を与えて手なずけ、こちらの味方にした上で、大浦の兵に襲われたと言って油川城下へ逃げ込むことと、高台に竹と木を積みあげて煙をたてることを命じ、決行の日時を決めた。

さらに油川城下で味方しそうな者をさがしたところ、常陸国《ひたちのくに》出身の僧侶、念西坊という者を与七が見つけてきた。そこで新城の者たちと日時を合わせ、火付けなどの狼藉をはたらくよう命じた。そして小栗山と折笠与七にこの策全体の指揮をまかせた。

今日が、その決行の日なのである。

なおも待っているうちに、陽が西にかたむいてきた。すると今度は背の高い男がやってきて、右京亮の前に膝をついた。

折笠与七だった。汗みどろの顔をあげて、

「片付いた。城主と侍衆はみな舟に乗って逃げていった。城はもう、空だ」

と告げたので、右京亮は破顔した。

「よくやった！　そなたの手柄が一番ぞ！」

さっそく軍勢をすすめ、空になっていた油川城にはいった。何の抵抗もなかった。

一矢も放たずに、城を奪ったのである。

「はは、策が当たればこんなものか」

右京亮は笑みを浮かべた。

まずは兵を使わず、在地の者どもを駆け回らせて城下を乱し、城の者たちを脅してみよう。奥瀬たちが逃げ出せばもうけもの、城に籠もっていくさ仕度をはじめたなら、戦わずにさっさと引いて別の手を考える、というほどのつもりだった。

しかし奥瀬善九郎が他愛《たわい》もなく策にはまって逃げ出したので、右京亮はまんまと油川城を得たのである。

「これで銭がはいってくるな。家中の者にも多少はお裾分けせんとな」

夷島との交易からはいってくる銭の額を思い、右京亮の頬はゆるむのだった。

そして、この際にまた新たに側室をもうけようと考えていた。

──そろそろもうひとりふたり、男児がほしいものよ。

初音が産んだ長男は平太郎《へいたろう》、およしの産んだ次男は総五郎《そうごろう》と名づけた。いまのところ元気だがまだ子供であり、先々、無事に育ちあがるかどうかわからない。あと二、三人は男児がほしいと、右京亮は少々あせっていた。

新たな側室の目途《めど》はついていた。大浦城に最近、侍女として出仕してきた女で、中堅の家臣、白鳥《しらとり》伊右衛門《いえもん》の娘である。美しさと愛らしい仕草が右京亮の目をひいたのだ。

五

そののち右京亮は油川より北の外ヶ浜の攻略をすすめ、在所の地侍たちを討ちしたがえて北端の湊、三厩《みんまや》まで領地をひろげた。

だが南部家も、右京亮の勢力が伸びてゆくのをだまって見てはいなかった。

ひと月後の四月、大浦城の右京亮のもとに、浅瀬石城の千徳大和守から早馬がきた。

「南部の大軍が宇杭野《うぐいの》に陣をとっており、わが城を攻めようとしておりまする。急ぎ後巻《うしろまき》を願いあげ奉る」

と千徳大和守の使者が告げる。糠部郡から、八甲田山とその南の山々とのあいだを縫う細く険しい山道を抜けて、軍勢が津軽に攻め込んできたというのだ。

浅瀬石城の千徳大和守は、大光寺城が南部勢に奪い返されたあと、大浦側との連絡を断って南部家に寝返っていた。そして右京亮が南部家と和睦すると、おなじように浪岡城の政信どのの許に出仕するようになっていた。

その後、右京亮が油川城を奪うと、小笠原伊勢守に連絡してきて、また大浦側にもどってきたのである。

右京亮はこれを受け入れた。浅瀬石城は津軽の東の入り口といえる位置にあるので、南部勢に対抗するためにも是非とも味方につけたかったのだ。

だがそうしたどちらつかずの姿勢が、南部勢から憎まれたらしい。城が糠部郡から津軽への入り口にあることもあり、まずは最初の標的にされたようだ。

「わかった。すぐに出陣するゆえ、城を堅固に保つよう、大和守どのに伝えよ」

裏切り者とはいえいまは味方である。右京亮は援軍を出すことを応諾し、使者を帰すとすぐ家中に陣触れをまわした。

「南部家中は争いの最中で、津軽に兵を出すゆとりがないのではなかったのか」

「といっても、千や二千の兵は出せるのでしょうな、なにしろ南部は大大名ゆえ」

などと面松斎と言い合いながら、出陣の仕度をすすめる。そのうちに重臣衆もあつまってきたので軍議を開いた。

陣配りなどを話し合っている最中に、物見に出ていた者がもどってきて、

「南部勢、大将は長杭日向守《なぐいひゅうがのかみ》と申す者。人数はおよそ三千と見られまする」

と告げたから、あつまっていた重臣たちはみなおどろいた。

「三千とは！」

大軍である。思いの外《ほか》の危難が降りかかってきた。

「浅瀬石城が落ちぬ前に、城とひとつになって南部勢を討つしかありますまい」

「いや、われらが出陣すれば南部は田舎館や浪岡からも兵を出すはず。すると三千どころか四千、五千となってもおかしくない。されば津軽をふたつに割っての大いくさになる。これは慎重にすすめるべきと存ずる」

重臣たちは口々に言うが、これまでそんな大軍と戦ったことがないので、だれも自信をもって献策できない。結局、その日のうちには出陣できなかった。

とまどっていると、面松斎が言った。

「とにかく軍をすすめましょうぞ。敵のようすを見なければ、陣立てもできませせぬ」

それもっともなので、翌朝、右京亮は千五百の本隊をひきいて大浦を出ると、浅瀬石城より一里ほどのところまで進出した。別に森岡金吾に五百の手勢をあずけ、田舎館城と浪岡城から兵が出てきたときの押さえとして猿賀口《さるかぐち》へ遣わす。

さて、どんないくさになるかと用心しながら物見の者を出してみると、意外にも城の周辺は静かだという。

不思議に思っていると、浅瀬石城から使いの者がきて、南部勢が攻めてきたが追い返した、と言うではないか。

どうやら地の利を生かして大軍を沼地へ誘い入れ、身動きできぬようにしてから矢弾を浴びせ、多くを討ちとったらしい。

浅瀬石城の兵は三百ばかりのはず。それだけの人数で十倍の敵を追い散らしたとあれば、大手柄である。

当初は信じられなかったが、たしかに城の周辺に敵の影はない。使者の言うことは事実のようだ。

「それはあっぱれなことよ。して大和守はどこにいる。ひとこと祝いを言わねばな」

思いもかけぬ形で危難が去ったのだ。安堵した右京亮は晴ればれとした気分になり、塗部地新七と足軽十人ばかりを供に、浅瀬石城内へ馬を乗り入れた。

城内では討ちとった首を中庭にならべて、首帳《くびちょう》をつけている最中だった。首の数はざっと見て百を超えている。勝ったというのは本当だった。

「あっぱれなはたらき、感じ入った」

「なんのこれしき、軽いもので。南部勢も恐れるほどではござらぬぞ」

と千徳大和守と言葉をかわしてから、ふと気づいた。

――よく考えれば、油断ならぬではないか。

十倍の敵を相手に勝つ才覚はもちろん、度胸といい城をまとめる器量といい、たいした男ではある。頼りになるが、いつまでも味方でいるという保証はない。現に幾度も裏切りを繰り返している……。

いま大和守がその気になれば、自分はたやすく討たれてしまう。小勢で城に入るなど、少々浮かれすぎたようだ。

「されば南部の退《の》き陣のようすを見てみるか」

と言い残して、そそくさと浅瀬石城をあとにした。

急ぎ自陣にもどってみると、一行の後方を警固していたはずの塗部地新七が帰ってこない。どうしたのかと思っていると、新七の小者がもどってきて、新七は途中で、逃げ遅れて藪《やぶ》に隠れていた南部勢の者と斬り合いになり、討たれたと涙ながらに告げた。

長年の付き合いである新七の死にはおどろき、衝撃を受けたが、戦場では危険はつきものだ。少し間違えば自分が討たれていたかもしれないとぞっとした。兼平中書からも、

「よく無事にもどってきたな。今後は、軽はずみに陣を出ぬほうがよかろうよ」

と言われた。勝ちいくさに有頂天になり、うっかり危険を冒していたのだが、誤りを認めるのは癪《しやく》だし、威信にも関わる。

「なあに、我が通れば敵も逃げるわい」

と笑い飛ばしておいた。

そののち浅瀬石城から逃れた南部勢は、街道を北へむかった。浪岡城をめざしているようだ。津軽郡代の南部政信といっしょになり、兵力を合わせて大浦勢に立ち向かうつもりだろうと思われた。

そうはさせじと沿道の村人たちを駆り出して、堀を掘ったり関所をもうけたりと、行軍の邪魔をし

た。すると道に不案内な南部勢は、障害をさけてしだいに西へと縒《よ》れていった。

そして「十川《とがわ》の大葹《おおやち》」と呼ばれる沼地へ入り込んでいった。一見、浅そうに見えるがじつは泥が深くて、一度踏み込むと人も馬も沈んでしまう難所である。

それを知らず、向こう岸へ渡ろうとした南部勢は、沼にはまって多くの溺死者を出し、また兵を減らした。かろうじて浪岡城に着いたときには、手負い死人が多くて戦力とならず、大浦への反攻もあきらめたようだ。浪岡城で兵を休めたのち、北方の小湊口から糠部郡へもどっていった。

「いやあ、殿はご武運がお強い」

と森岡金吾などは感心したように言う。無理もない。右京亮がほぼ何もしないうちに、危機は去っていったのである。

——たしかに運があるな。

と右京亮も思う。自分には軍神の加護があるのか。

それはともあれ、こうなったらぼやぼやしていられない。南部家が勝手に転んでくれたいまのうちに、南部勢を津軽から追い出してしまいたい。

まずは、田舎館城だ。

昔とは右京亮の力もちがう。油川城を落とし、外ヶ浜と西浜を手に入れて、懐《ふところ》は潤い、兵も多くなっている。いまなら力攻めしても落とせるだろう。大光寺城と浪岡城のあいだにある田舎館城を落とせば、南部側の両城の連絡を断ち切ってそれぞれ孤立させられる。あとはひとつずつ攻め落としてゆけばいい。そうなれば、今度こそ津軽三郡が右京亮の手にはいる。

南部勢が去っていったあと、ひと月も待たずに右京亮は兵をもよおし、田舎館城を囲んだ。籠もる城兵はせいぜい三百。

右京亮は当然、周辺の地理も知り尽くしており、浅瀬石城を攻めた南部勢のようにはならない。田舎館城主の千徳掃部は浅瀬石の千徳大和守の親戚だが、大和守とちがっていまも南部に忠誠を誓っている勇将だ。城兵の結束も固いが、たった三百ではその抵抗もむなしい。援軍が来ないうちにと、三方から攻め込み、兵たちを急かして一日で落城させた。千徳掃部は燃える城の中で自刃して果て、妻子は落ちのびたようだ。

これで残るは大光寺城と浪岡城となった。

「あとは、ゆるりとやればよい」

右京亮は重臣たちに言った。いずれふたつの城も落とすつもりだが、春から合戦ばかりつづいて、兵も民も疲れ果てている。今年はこれ以上は無理だ。

それよりも、始末をつけねばならぬことがある。それも、急ぐ。

五月雨《さみだれ》の季節となっても、右京亮は城にじっとしておらず、雨の中でも数人の供をつれただけで、せかせかと出歩いた。

津軽一帯は田植えで大忙しとなっていた。蛙《かえる》の鳴き声に負けじと、あちこちから田楽《でんがく》の笛太鼓が聞こえてくる。

そうして半月ほどの日々があわただしく過ぎ、田植えを終えた百姓たちが骨休めをしていた六月初め、蒸し暑い中を大浦城に早馬が駆け込んできた。

またどこかから軍勢が攻め込んできたのかと、城内の者たちは耳をそばだてた。

しかし、そうではなかった。早馬は藤崎の砦からで、使者はこう告げたのだ。

「五郎どの、六郎どの、身罷《みまか》ってござる」

大浦城主だった義父の落とし胤のふたりが死んだというのだ。聞いた右京亮は、

「なんと、まことか！」

と言ったきり絶句した。

使者の話では、あまりに蒸し暑いので近くの平川に舟を浮かべて川遊びをしていたところ、同乗していた家老の某《なにがし》がいきなり脇差を抜き、ふたりを刺し殺したという。

「なんという忘恩、なんという狼藉だ。ええい、許せぬ！」

右京亮はそう叫ぶと、すぐにその家老を成敗するための討手を差しむけた。

「思わぬことになったが、起きてしまったことは仕方がない。今後は大浦のお家の繁栄と長久をはかることこそ、亡き義父上どのと五郎どの、六郎どのへの手向《たむ》けとなろう」

急を聞いてあつまってきた家臣たちに、右京亮はそう説いてまわった。

その日のうちに家老の首が大浦城にもたらされ、悪逆人として城下の広場に晒《さら》された。

かわいがっていた弟ふたりを突然うしない、泣きくずれるおうらには、

「気を落とすな。仕方のないことだ。いずれいいこともあろう」

となぐさめ、その日は暮れた。

数日してから、五郎と六郎を討ったのは右京亮だとのうわさが、大浦家中にひそやかに流れた。家督をゆずるのがいやだった右京亮は兄弟を討った上で、その証拠を消すために、討手となった家老まで殺したというのだ。

事実ならばとんでもない悪業である。

だが正面切って右京亮を問い詰める者はおらず、また右京亮の素振りもふだんと変わらなかったため、うわさはやがて消えていった。

しばらくしてから、右京亮は髭を剃るのをやめた。するともともと髭の濃い質だったこともあって、

すぐに黒々とした髭が五寸ほども伸びて、顎が隠れるほどになった。

そこまで伸びると、かなり目立つ。

右京亮に、なぜ髭を伸ばすようになったのかとたずねた人もいたが、右京亮は微笑むだけで答えなかった。人々は「またなにか企んでおられるのではないか」とか、「いやいや、お家の内外が落ち着いたゆえ、心にゆとりができたのだろう」などと言い合ったが、誰もが納得する理由を指摘できた者はいなかった。

# 第六章　都へ

## 一

天正十五（一五八七）年の春。

堀越城本丸御殿の中庭では、右京亮の長男平太郎十四歳と次男で十三歳の総五郎がともに両肌《もろはだ》脱ぎになり、相撲をとって遊んでいる。

それを見ながら、

「ま、元気に育ったものよ」

と右京亮はつぶやいた。

「まこと、立派に跡取りがつとまりましょう」

と言うのは、平太郎の母である側室の初音だ。そしてこの広間にいる他の三人の側室たちが、それぞれ微笑みながらうなずいた。

みな小袖の上にさまざまな色合いの模様や刺繡《ししゅう》のある打掛を羽織っているので、広間の中は花が咲いたように明るくなっている。

遊んでいる子供たちは、長男次男のほかに女児が四人。そして昨年、もっとも新しい側室、白鳥伊右衛門の娘から生まれた待望の三男が、側室たちのうしろで祖母、つまり右京亮の母に抱かれて眠っている。無事に育てば、この子も家の支えになることだろう。

右京亮の横にすわるおうらは、寂しげな目で子供たちを見ている。あるいは亡くなった弟ふたりを思い出しているのかもしれない。

右京亮は目を細める。その顔は、少し前までとはずいぶん変わっていた。伸ばした顎鬚《ひげ》が顎を隠すどころか胸まで垂れ、頬髯《ひげ》も伸ばし放題なので、顔の下半分がふさふさした黒いもので覆われている。

生やしてみると、髭はなかなか有用だった。

少し笑うと、大黒《だいこく》さまか恵比寿《えびす》さまのような福々しい感じを見る者に与えるらしく、その場がなごむのがわかった。家中では「髭殿《ひげどの》」と親しみを込めて呼ばれるようになっている。

右京亮自身も、髭があるとなぜか安心できた。自分が強くなったような気がするし、また長い髭がこの身を護ってくれるようにも思えるのだ。そして考え事をするときには、髭を弄《いじ》るのが癖になっていた。

さらに初対面の人などは、髭について何と言うかで、その人の興味の持ちようや観察眼の鋭さを推しはかることもできる。

右京亮も、近ごろ人々の自分を見る目が変わってきたことは感じていた。髭のせいだけではない。安東家と南部家を叩き、津軽の過半を押さえて安定させた手腕を認められてのことだった。

領地が広がり懐も豊かになったので、去年から堀越の館の縄張りをひろげて二の丸、三の丸をもうけると同時に、堀を深く土塁を高くして、堅固な城へと造り替える普請をすすめていた。

先日、その落成を家臣たちがあつまって祝ったところだった。

今日は家臣でなく、おうらと側室たち、それに子供らをあつめての祝いである。

ふだんは別の城に住まわせている側室と子供たちを一堂にあつめたのは、新しく城となった堀越の館を見たいという、おうらと側室たちののぞみに応えるためだった。

物珍しげに城を見回った側室たち以上に、右京亮も自分の家族が揃ったのを見て満足していた。これほどの人数ならば、自分の得た領地と権力を着実に子孫に受け継いでいけるだろうと思う。

——そういえば若いころは、天下を望んでいたな。

いくらか苦い思いでふり返る。世間の厳しさもおのれの力量も知らなかったから無理もないが、とんでもない高望みだった。

野心しか持たぬ若者から、大名と言われる身分にはなったものの、はや四十路が迫っている。なのにまだ津軽に残る南部側の拠点、浪岡と大光寺の城を落とす目途も立っていない。これで天下を望むなど、お笑いぐさである。

かなわぬ野心などはさっぱりと捨てて、いまはまず、領地を守るための備えをしなければならない。そこで頼りになるのが城であり、人だ。城を堅固にし、家臣たちはもちろん、家族にも協力してもらわねばならない。この家族なら大丈夫だと思う。

そろそろ子供たちに嫁や婿をとるようになる。となればいっそう家族はふくらみ、強固になるはずだ。そうして津軽の支配をつづけられれば、それで十分だと思う。

なごやかに遊ぶ子供たちや側室たちを見ているうちに、日も暮れてきた。

「よし、夕餉にするぞ。みなあつまれ。今宵は一家で宴だ」

右京亮の号令で、広間に膳が運び込まれる。

深浦からきたにしんの焼き物が皿に盛られ、そこに味噌が添えてある。脇には雪菜《ゆきな》の胡麻《ごま》和《あ》え。そして汁椀にはねぎと豆腐の吸い物が満ち、飯は赤飯だ。二の膳には小えびと人参《にんじん》の煮しめ、すじこがあり、右京亮の膳には酒の徳利《とっくり》ものっている。

側室と子供たちも右京亮の前に神妙に居ならんで、一家の宴がはじまった。

末席にはふたりの男の子が神妙な顔ですわっている。以前、右京亮の身代わりになった田中太郎五郎の遺児である。いまやおうらがひきとって我が子のようにかわいがっているので、特に同席を許したのだ。

「平太郎、どうだ、学問は進んでいるか」

盃を手に、右京亮は長男に問うた。

「はい、庭訓往来《ていきんおうらい》を学んでおりまする」

平太郎は声変わりしたばかりの低い声で答えた。父である右京亮より母の初音に似て、色白で鼻筋のとおった整った顔立ちをしている。右京亮自慢の息子である。

「ふむ。では総五郎はどうだ」

「ただいまは、論語《ろんご》を学んでおりまする」

次男はまだ子供の声だった。目尻が垂れており、これは右京亮に似たようだ。

「子曰《しいわ》く、か。どこまでいったかな」

「巻三の、ええと、公冶長《こうやちよう》まで」

懸命に答える姿が愛らしくて、右京亮は微笑んだ。娘のお富《とみ》、お梅《うめ》、お伊喜《いき》などにも声をかけた。

それぞれかわいい声が返ってくる。

「よしよし。みな丈夫で大きくなれよ」

祈るように言って、右京亮は盃をあおいだ。

翌日、側室と子供たちを帰したあと、堀越城本丸御殿の奥の間に、兼平中書と小栗山左京、そして面松斎の三人を呼んだ。

「けっこうな城でござるな。三の丸まであるとは、ただの城とは見えませぬな」

この城に初めて入る小栗山左京が言う。

「なにしろゆくゆくは津軽を治めるかなめの城にするとおおせゆえ、少しゆとりをもった縄張りにいたした」

右京亮に命じられて城の縄張りをした面松斎が、誇らしそうに答える。

「津軽を治めるなら、こちらがいいだろう。大浦城では少し西に寄りすぎているからな」

と兼平も賛同する。

「そういうことだ。さて、今日は相談がある。聞いてくれ」

そこでひと息おいてから、右京亮は言った。

「京へのぼろうと思うが、どうかな」

小栗山左京は一瞬、目を見ひらき、兼平中書は口をあんぐりとあけた。面松斎だけは表情を変えずにいる。

「京へのぼるとは、殿がご自身で?」

小栗山が疑わしげにきく。右京亮は黒く豊かな顎鬚をしごきながら答える。

「ああ。我が行く。すると留守になるから、いろいろとしておくことがあると思ってな」

「それはまた、思い切ったな」

感心したように言って、兼平は腕を組んだ。右京亮は言った。

「どうも天下は豊臣《とよとみ》のものと定まったようだ。であれば早くお目見えをして、領地安堵の一筆をもらっておいたほうがいい」

南部家や安東家と戦う一方で、森岡金吾をへて最上家からあがってくる上方の情勢を、右京亮は注意深く聞いていた。

上方が乱れていて、奥羽に手を伸ばしてくるような強大な勢力がなければ、気を遣う必要はない。だが最近、関白《かんぱく》となった豊臣秀吉《ひでよし》は一昨年に紀州《きしゅう》と四国を平定した。今年は九州をも討ち平らげるつもりらしい。すると残るのは関東と奥羽両国だが、秀吉の勢いにかなう者は、どこにもいそうにない。もちろん右京亮が逆らうなど考えられない。

となれば、臣下の礼をとるしかない。ひれ伏して、津軽の領有を認めてもらうのだ。もはや天下は望まぬが、津軽は手放したくない。

おそらく南部家や安東家もおなじような考えでいるだろう。遅れるわけにはいかない。

「それはわかるが、使いの者ではいかんのか」

「まあ、それでもいいかも知れんが、天下人《てんかびと》なるものをこの目で見ておきたいしな」

「ついでに都の繁華な町並みや、上方の美女なども見てみたいそうで」

面松斎が言い、兼平と小栗山は吹き出した。

そのときふと右京亮は気づいた。この面松斎、案外と洒落者《しゃれもの》ではないか。自分が髭を生やしたからわかるのだが、あのどじょう髭は、けっこう手間暇をかけて手入れしているはずだ。朴念仁《ぼくねんじん》のようでいて自分がどう見られるかを気にしているとは、面白いやつではないか。おそらく上方には、そんなやつがうじゃうじゃいるのだろう。

「いつから行くつもりだ」

「遅くとも秋口かな。そして春の雪解けを待ってもどってくる」

「冬にはどうせ雪でどこも兵は動かせぬ。となると留守に危ないのは、秋のあいだと春の雪解け後のひと月、ふた月か」

「といっても南部も安東も、おそらく津軽に手出しできるほどの余裕はありますまい」

小栗山が言う。

「南部はあいかわらず三戸と九戸がいがみ合っているし、安東は安東で角館《かくのだて》の戸沢《とざわ》家と開戦の瀬戸際にありまするからな」

「浪岡と大光寺も、三戸の後押しなしに兵を出せるとは思えぬしな」

と兼平。右京亮はうなずき、言った。

「しばらく我が留守にしても、大丈夫だろう」

「なるほど。で、京へ行ったとして、豊臣という天下人に会えるのか。手はあるのか」

兼平の問いに、右京亮は顎をあげて面松斎をうながした。面松斎はひとつ咳払いすると、どじょう髭をひねりつつ言った。

「幸い、豊臣家中にはわが故郷、近江の侍衆が多くおりましてな。知り合いを介せば、何とかなるかと」

「そういうことだ。こやつをつれてゆくから、心配はない」

「……しかし、京まで行けるのか。安東も南部も、道を通さぬだろう」

「もちろん、陸路は無理だ。だから船を使う。船で海を渡るのなら、安東も南部も手出しできまい」

結局、兼平を留守居役として万事をまかせる、右京亮に万が一のことがあったときは長男の平太郎を跡継ぎとし、重臣衆が合議して大浦家の存続をはかる、と決めておいて京へと出立することになった。

八月初め、右京亮の一行は、まず大浦から岩木山の裾野をぐるりと回るようにして北西へ向かい、湊のある鯵ヶ沢に着いた。

そこから船出し、深浦の湊で風待ちをした。深浦には小ぶりながら波静かな湾があって、船を留めておくのにちょうどいいのだ。

鯛《たい》、がさ（めばる）など、毎日浜にあがる新鮮な海の幸も堪能し、海際まで迫る山々と、青い海の上におどる雲を愛《め》でながら、右京亮らは悠々と風待ちをした。そして九月末になると、順風をとらえて南へむかった。

これで楽々と京に近い敦賀《つるが》の湊まで行き着く、と思いきや、船出してすぐに風向きが変わり、さらに悪いことに大時化《おおしけ》となってしまった。

空が灰色の雲にふさがれ、夜のように暗くなった中、大粒の雨が激しく打ちつけてくる。海は暗褐色となり、沸騰する湯のように沸きたって、帆柱《ほばしら》も超えるような大波がいくつもいくつも襲ってきた。

激しい風と大波に、船は持ちあがったかと思うとたたき落とされ、そのたびに波しぶきを浴びる。転覆をさけるため、ありったけの縄を舷側《ふなべり》からたらして船体の安定をはかるが、波に翻弄《ほんろう》され、いまにも覆《くつがえ》りそうだ。

右京亮らはひどい船酔いになり、またいつ海に放り出されるかと生きた心地もない。

「ええい、早く湊につけろ！」

と船頭たちを叱ったが、船頭たちにもどうすることもできない。

右京亮らの乗った船は、三昼夜のあいだ嵐に翻弄されつづけた。波しぶきで全身濡れ鼠《ねずみ》となり、ゆれる船内で船酔いに耐えるという地獄のような日々のあと、四日目の朝にやっと青空があらわれた。

風と波もおさまり、遠くに陸地も見える。船内では「助かった」と歓喜の声があがった。右京亮も、命拾いしたと神仏に感謝したものだった。

そこに小舟に乗った漁師が近づいてきたので、ここはどこかとたずねると、夷島の松前《まつまえ》だと言う。

「なんと、まるで逆の方角に吹き流されていたのか」

歓喜の声は、一気に失望のため息に変わった。しかも松前は安東家の家来、蠣崎氏の拠点である。敵方だから上陸はできない。

やむを得ず、また陸地をさがして海上をさまようことになった。

なんとか外ヶ浜の三厩の湊に着いたのは、深浦を出て二十日もたってからである。

「いやいや、ひどい目に遭った」

三厩から歩いて大浦までもどってきた右京亮らを見て、船で京へ向かったと思っていたおうらをはじめ城内の者たちはおどろき騒いだが、事情を話すと、まずは無事であったことを喜んでくれた。

「やはり海は危ない。今後は陸路を考えねばいかんな」

しばらくして右京亮は兵を出し、津軽から南への出口である碇《いかり》ヶ関《がせき》への道を広げたりした。だがその先には南部家が立ち塞がっているので、陸路では上洛できない。焦りばかりがつのってゆく。

一方、右京亮が海上で悪戦苦闘しているあいだに、隣の安東家では異変がおきていた。

当主である愛季が、出羽仙北《せんぼく》の角館で戸沢氏と対戦中に、陣中で病死したのである。

ひと月ほどで右京亮も知るところとなったその死が、やがて津軽にも暗い影を落とすことになる。

## 二

二年後の天正十七年五月――。

昼下がりの大浦城二の丸広間に、右京亮と家老たちがあつまっている。

「近ごろ安東の家が騒がしいと見てはいたが、さような仕儀になるとは」

森岡金吾が首をかしげている。

「その話がまことだとすれば、当家にとっては都合がよいことではござらぬか」

と小笠原伊勢守は、細長い顔をほころばせる。

今朝、安東家から使者がきて、おどろくべきことを右京亮に告げた。

ぜひ力を貸してほしい、というのだ。

右京亮は面食らった。ここまで安東家とは西浜をめぐって攻防を繰り返してきたのに、いきなり力を貸せとは、どういうことか。

聞けば、安東家は内乱の最中だという。

当主の愛季が亡くなったあと、その子である実季《さねすえ》が十二歳で跡をついでいた。だが幼い当主に家を統制することはできなかった。宗家の弱体化を見てとった従兄弟《いとこ》、愛季の弟の子である通季《みちすえ》が、叛乱《はんらん》を起こしたのである。

当初は実季側が討伐に動いたが、反撃されて敗退し、いまは本拠である檜山に籠城している。兵力は通季側のほうが十倍といわれ、実季は苦戦しているが、それでも城を堅固に保ち、反撃の機会を狙っているという。

その実季側から使者がきたのである。

「で、われらに何をしろと申すのかな」

兼平中書が冷静にたずねる。

「もちろん、檜山の城を助ける兵を出してくれと言うのだが、それが無理なら、津軽でいくさを起こして南部家を牽制してくれ、と申しておる」

「南部を、攻めろというのか」

「ああ。南部家が通季側に加担しているそうでな、対抗するためにわれらを担ぎ出したいようだ」

ふむ、と兼平はうなずいたが、その目は疑わしげだ。

「いま、この北奥羽の地は当家と南部家、安東家がからみあって三すくみのありさまゆえ、当家と安東家が組めば、二対一で南部家を圧倒できましょう。よい機会と存ずる」

伊勢守は乗り気だ。

「しかし実季側が勝てばいいが、負けてしまったら、われらは南部家と組んだ通季の安東家を相手にすることになる。分《ぶ》が悪くなるぞ」

森岡金吾は心配そうに言う。

三人の意見を聞いたところで、右京亮は断を下した。

「そこは賭けだが、いずれにせよ、もう浪岡城は落としておきたい。いまなら南部勢も出て来ないだろうから、いい機会と思う」

浪岡城にいた南部家の津軽郡代、南部政信は昨年病死していた。いまは楢山帯刀《ならやまたてわき》と南右兵衛《みなみうひょうえ》という家臣ふたりが郡代をつとめている。城中の結束は弱くなっていると見ていい。

「浪岡を、やろう。そろそろ南部家を追い出して、津軽一円を手に入れる潮時《しおどき》よ」

右京亮の言葉で、話は決まった。

「だが、ちと気になるな」

と兼平はなおもぶつぶつ言っている。右京亮が聞きとがめた。

「何が気になるんだ」

「近ごろ都の関白さまが気になることを言い出しているようだが、それはいいのか」

「おお、惣無事《そうぶじ》の儀とかいうものか」

「ああ、それだ」

少し前に、関白となって朝廷より天下を託された、と称する豊臣秀吉が、関東と奥羽両国に「惣無事」を命じていた。

惣無事とは勝手にいくさをするなということで、大名同士の紛争は関白である秀吉が裁く。もし言うことを聞かずに私の都合でいくさを起こせば、関白さまが兵を発して成敗する、というのである。

この話は関白さまの使者や徳川《とくがわ》家の使者を通じて、奥羽の大名衆に広まりつつあった。まだ右京亮の許へ直に使者がきたわけではないが、うわさ話は耳に届いている。

浪岡城を攻めるとなれば、南部家と大浦家とのいくさになるから、惣無事の儀に反することになる。

「なに、気にすることはないらしいぞ。関白としての体面を保つために言い出しただけで、いままで咎められた者などいないそうだ」

右京亮は言った。このあたりは上方の話にくわしい面松斎の受け売りである。

「なんだ、そうなのか」

「関白さまもいまはいくさはやめて、都に大仏殿を建てるのに夢中になっておられるというぞ。抹香《まっこう》臭いことばかりに夢中になっていて、成敗のために軍勢を出すなど、しそうにないようだ」

と面松斎から聞いたことを付け加える。

「そうか。ならばいい」

兼平は納得し、広間を去っていった。

このあと右京亮はすぐに兵を起こし、浪岡城を囲んだ。

多勢に無勢の中、城兵も臆せず戦ったが、南部家からの援軍はなく、浪岡城は十日ほどで落城した。ふたりの郡代など、主な侍衆は南部領へ逃げもどった。

これを見た大光寺城もみずから開城し、侍衆は南部領へ引き揚げた。南部家では、津軽からもどってきた侍衆に住処《すみか》や領地をあてがうのに、大わらわになったという。南部の三戸信直は、さぞ悔しがっているだろうと思う。

これで津軽から南部家の拠点は消え、津軽のほぼすべての地が右京亮の手にはいった。

おうらは、

「さすがはわが婿どのじゃ。おまえさまなら津軽をまとめられると思うておった」

と、肉がついて丸くなってきた顔で褒めそやす。兼平も、

「やあ、うまくいったな。家中でももはや叛乱を起こしそうな者はいないぞ」

と認めた。

「津軽が我のものとなったか」

右京亮の感慨も深い。思えば十七の年に身を起こし、以来二十年あまり戦ってきた。四十路になってやっと津軽の領主といえるようになったのである。

あとはこの地を守りつつ、領民が富み栄えるような工夫をしてゆきたいと思う。どんな将来が開けてゆくか、考えるだけで楽しくなる。

秋になると、右京亮が味方した安東実季が反攻に転じ、通季に奪われた城も奪い返して叛乱を鎮めることに成功した。

敗れた通季は南部領へのがれたので、実季側は檜山、秋田、豊島の三郡と比内郡の大部分を征服し、安東家中も安定した。

「そらみろ、思った通りになった」

と右京亮は気分がいい。安東家と右京亮が誼《よしみ》を通じていれば、南部もうかつには手が出せない。おかげで津軽にも久しぶりに平穏な日々がもどってきた。

そうして秋が深まった九月半ば——。

安東家の使者が大浦城にやってきた。火急の用で右京亮と相談したいという。

また家中で叛乱でも起きたのかと思いつつ、右京亮は使者を引見した。

使者はこのあたりでは珍しく、絹の薄茶の肩衣《かたぎぬ》に紺の袴という華やかな姿である。南部宮内少輔《くないのしょう》と名乗った。

「津軽は、久しぶりにござる」

と言うのは、もともと浪岡御所の北畠家に仕えており、御所が右京亮に攻められて滅亡したあと、安東家に仕えたからだそうだ。だから津軽の地に足を踏み入れるのは、十一年ぶりになるのだと。

「それがし、浪岡御所のころから都に出入りしており、安東家に仕えてからも、もっぱら都とのつなぎ役をつとめており申す」

いまも、三日前に都からもどったばかりだという。

ははあ、と右京亮は感心した。北畠や安東といった古くからの家には、そうした役目の侍がいるとは聞いていたが、実物を見るのは初めてである。

「都でちと気になるうわさを耳にしましてな、われらと津軽と、両家に関する話でござる。捨ておけず、相談にまいった次第」

と言うのだが、都で津軽がどんなうわさになっているのか、右京亮にはまったく想像がつかない。

「それは珍しいこと。どんな話かな」

と興味をひかれて先をうながすと、宮内少輔はうたうように言った。

「来春にも関白豊臣秀吉公が、大軍をもよおして出羽と陸奥の両国に出馬、仕置を仰せ付けられるが……」

そう言ってからひと息入れ、右京亮の顔に目を据えてからつづけた。

「その際には、秋田と津軽を成敗するとのこと」

「なんだと！」

右京亮は、思わずおどろきの声を発した。そして次の瞬間、大笑いしていた。

「はは、これはおもしろい。いったい何の咎でわれらは成敗されるのかな」

と言ってから、はっと動きを止めた。

惣無事の儀という言葉を思い出したのだ。

じっと見ていた宮内少輔は、右京亮の内心を見透かしたように言った。

「さよう。惣無事を命じたのにいくさに及んだ、というのが理由にござる」

「まさか……。あれしきのことで」

意外だった。青天の霹靂《へきれき》とはこのことだ。

「しかし、いくさをしたのは事実。これは安易に考えぬほうがようござる」

「……それはそうだが、いままで咎められた者などいないと聞いているが」

「それは去年までの話にござる。たしかに去年までは関白さまも、山形《やまがた》、庄内あたりの境目争いに、使者を発して懇切丁寧に紛争停止を説き、兵を使わずに調停いたした。そのときはだれも咎められてはおりませぬ。しかし、今年になると様変わりしておりましてな」

「様変わりだと？」

「まず米沢《よねざわ》の伊達《だて》どのが、この夏に大いくさをして蘆名《あしな》家の会津《あいづ》を攻めとったことは、お聞き及びでござろう」

「……うわさは聞いているが」

体面を繕《つくろ》うためにそう言ったが、実は知らなかった。津軽までは、なかなか他国のうわさも届かないのだ。

「関白さまはこれをお聞きなされると、おおいにお怒りになられ、伊達どのに会津を蘆名家に返付して上洛の上で謝罪するよう、強くもとめてござる。伊達どのは申し開きをしておりまするが、都では、伊達どのは成敗されよう、成敗されずとも会津は取りあげられようと、もっぱらのうわさで」

「伊達といえば南部以上の大大名だが、それでも成敗されるのか!」

「なんの。関東の北条《ほうじょう》どのなども、上州《じょうしゅう》のちいさな所領のことで関白さまに呼びつけられて、困惑いたしておるようで。北条といえば関東で七ヶ国も八ヶ国も抱える、伊達以上の大大名にござるぞ」

右京亮は腕組みをした。どうやら面倒なことになっているらしいとわかった。

「それにしても、こんな北の果てまで都の軍勢が来るものか」

「関白は、九州の果てまで二十万という軍勢を遣わしてござる。奥羽に来られぬということは、ありませぬ」

右京亮は太い息を吐き出し、長い顎鬚をしごいた。宮内少輔はなおも言う。

「成敗の上、秋田と津軽は関白さまの蔵入地《くらいりち》になさるおつもりとか」

「……しかし、それはただのうわさであろう。それとも確かな話なのか。そもそも我御料《わごりょう》はどこでそれを知ったのかな」

「失礼ながら、貴家は都とのつながりをお持ちでないと見てござる。都としげしげと行き来し、都の貴顕《きけん》とも話ができる者を、養ってはおらぬでしょう」

「……ないな。いや、ひとりいるが、都と行き来はしておらぬな」

面松斎の顔を思い浮かべ、やはりあやつはどこか頼りないと思った。

「そうでしょうな。水軍をもっておらぬお家は、そこが弱い」

たしかに浪岡御所も安東家も、水軍をもっていて船の商売もさかんだった。だから遠い都とも頻繁《ひんぱん》に行き来できたのだ。

「都で貴顕の家に出入りすれば、そうした話はおのずと耳に入ってきまする。そして話の出所も、およそはわかっており申す」

「出所？　どこだ」

宮内少輔は目を左右に動かしたあと、手にした扇子で東の方角をさした。

「東のほう、というと南部か！　南部が都で、われらがいくさをしたと訴えたのか！」

宮内少輔はうなずく。

「南部家は、どうやら前田《まえだ》どのを指南役として頼っているようでござるな」

「前田？　どのような御仁《ごじん》か」

「前田どのは関白さまの盟友ともいえる大大名で、北国《ほっこく》を治めておりまする。南部はその前田どのを通じて、われらを悪し様《あざま》に訴えたところ、関白さまのお耳にはいったようで」

右京亮は、うなった。

「そういうことか……」

自分の足許ばかりを見て、うまくいったと満足していたら、はるかな高みから災厄が降りかかってきた形である。南部家に、三戸の信直に、してやられたようだ。信直はいまごろさぞ高笑いしているだろう。

だがやられっぱなしではいられない。この津軽を奪われてなるものか。

「で、貴家はどうなさるおつもりか」

と問いかけると、宮内少輔は扇子で膝をひとつ打った。

「ご相談は、そこでござる。われら、だまって南部の所業を見ているわけにはまいらぬ。都にて南部の非道を訴え、形勢を挽回する所存。貴家もおなじ立場ゆえ、ともに戦いたいと、わが主は申してござる。ひとつの家だけより、ふたつの家がそろって訴えたほうが、話も通りやすくなりましょう」

右京亮は了解した。安東家は当主がまだ幼少なので、一家だけでは心許ないのだろう。

こちらにとっても悪い話ではない。安東家と組んでよかったと思った。

「しかも、もはや目前に迫った話ゆえ、猶予《ゆうよ》はなりませぬ。すぐにも都にのぼり、われらの言い分を訴えて回らねば。それゆえ、もしご賛同いただけるならば、ともに都へのぼる者を決めていただきとうござる」

「わかった」

右京亮はきっぱりと言った。

「すぐにも出よう。船は、ととのっているのか。どの湊から出るのか」

「は、土崎《つちざき》の湊から……。船はいくらもあり申す。で、どなたが使者になりましょうか。一度、お目にかかって京へのぼる仕度などを話し合いたいので」

「使者？　我御料の前にいるではないか」

「は？」

「我がゆく。そんな大事なことは、自分でやらねばな」

髭だらけの顔が微笑んだ。

三

九月の末に土崎の湊から、右京亮は宮内少輔らとともに船に乗った。

さすがに水軍をもつ安東家の船頭は操船がたくみで、大風で船が吹きもどされるような失敗はなく、あちこちの湊で風待ちをしつつ、するすると海を渡っていった。なるほど、これなら京ともしげしげと行き来できるはずだと感心した。

船が若狭国《わかさのくに》の敦賀についたのは、十月半ばである。

敦賀からは近江国へ出て、鳰《にお》の海《うみ》（琵琶湖《びわこ》）を舟で大津《おおつ》の湊へわたり、歩いて逢坂山《おうさかやま》を越えた。さらに東山《ひがしやま》を越えれば、そこはもう京である。

鴨川《かもがわ》にかかる三条橋《さんじようばし》をわたった右京亮は、笠の端をあげて広い三条通《どおり》をながめ、嘆声《たんせい》をあげた。

「なるほど、人が多い」

真ん中に水路が通る道の両側に、隙間もなく家々が建ちならび、その前を肩が触れんばかりの混みようで人が歩いている。津軽でこれほどの人混みを見るのは、祭りのときくらいだと思う。

人々の装いも、浅黄《あさぎ》や橙《だいだい》、朱《しゆ》など色とりどりで、生地も麻だけでなく絹や木綿が多い。布地の模様も、紅葉や花びらが描いてあったり格子だったりと、さまざまで目を奪われる。生地は麻で紺と茶色の服ばかり目立つ津軽とは大きなちがいがある。

「いやあ、それがしも都は久しぶりゆえ、目が回りまする」

と言うのは面松斎である。

「これが都とは、なんとも」

とうなっているのは八木橋備中守《やぎはしびっちゅうのかみ》という右京亮の家来で、和歌や連歌《れんが》、漢詩などに造詣が深く、学があると家中では一目置かれていた。だから京への使者に起用したのだが、それでも目の前に見る花の都の光景にはおどろいている。

「ささ、立ち止まらずに歩きましょうぞ。三条通ならばこれから幾度も通ることになりましょうから、飽きるほど見られますぞ」

と宮内少輔がうながすので、一行は歩みを速めた。

京に無事に着いたのはいいが、出発前は大変だった。

まずは家中を、右京亮がいなくとも回ってゆくように調《ととの》えねばならなかった。

しかも右京亮が京にのぼることは秘密にしたかったので、表向きは使者として八木橋備中守が出立し、右京亮は依然として大浦城にいるということにした。

姿を見せられないので、右京亮は病気で城の奥に籠もっているとし、家老衆だけが会える体裁にした。正月の家臣たちとの会見には、背恰好《せかっこう》の似た者をほんの短いあいだだけ上段の間に立てる、と決めている。

さらに宮内少輔が、

「こたびの上洛は戦いとなり申す。その武器は弓鉄砲ではなく、金子と土産物でござる。そのふたつをいかにうまく使うかで、勝敗が決まると思し召せ」

と言うので、あわてて金子と土産物を取りそろえた。

金子は、五百両ほどかきあつめた。さいわい奥羽には金山が多いので、津軽の米と交換で金子を手に入れるのは、さほどむずかしくなかった。

土産物の内訳は昆布、干鮭、干海鼠《ほし》など北の海の産物、鷹や熊の皮など山の産物と、さまざまだ。

しかもとにかく量が多い。津軽からは十七名の供の者といっしょに出立したのだが、とても持ちきれず、敦賀で船から降ろしたあと、荷運びの人足五人と駄馬五頭に満載し、京まで運んできたのである。

荷のなかでとくに厄介なのは、鷹狩り用の鷹だった。昔から奥羽は馬と鷹の産地として知られている。そして武将は鷹を贈られると喜ぶのである。

十羽を籠《かご》に入れてあるが、揺れの激しい馬に積むわけにはいかず、鷹飼いの男が心配そうに見張る中、人足が天秤棒《てんびんぼう》の前後に吊《つ》るしてそろりそろりと運んでいる。

まったく面倒なことだが、鷹がもっとも威力の大きな武器になるというので、文句を言うわけにもいかない。

京に着いた翌日から、宮内少輔の指図にしたがって動くことになった。

「まずは、新しい動きを知らねばなりませぬ」

と言って、宮内少輔は右京亮らを案内し、室町通《むろまちどおり》をまっすぐ北に向かう。上京《かみぎょう》に着くと、いくつかの角をまがり、やぶれの目立つ築地塀《ついじべい》に冠木門《かぶきもん》がついた屋敷にはいった。

「西洞院《にしのとういん》さまといって、懇意にしているお公家《くげ》さんでしてな。お公家さんは朝廷ばかりか寺院や侍衆など、いろいろなところと付き合いがあるので耳が早い。いろいろ教えてもらいましょう」

茅葺き屋根の母屋にはいると、庭に面した広間に案内された。

宮内少輔と右京亮、八木橋、それに面松斎がならんで待っていると、やがて袖の大きな狩衣《かりぎぬ》に烏帽子《えぼし》をつけた男がはいってきた。吊り目で、鼻の下に薄く髭を生やしている。年は四十前後か。この屋敷の当主のようだ。

「昨日、京へ着きました」

「お役目ご苦労はんで。短いあいだに国許と往復されるとは精励恪勤《せいれいかっきん》、奉公人の鑑《かがみ》ですな」

などと挨拶をかわしたのち、宮内少輔は右京亮たちを紹介してくれた。

右京亮は正体を隠し、津軽大浦家の家来で南部四郎《しろう》と名乗った。右京亮が京にきていると回り回って南部家に聞こえてはまずいし、また津軽の領主と知れると、惣無事令に違背《いはい》したかどで捕まるかもしれない、と用心してのことである。

昨年、九州肥後《ひご》の大名である佐々成政《さっさなりまさ》という者が、国許で起こった一揆を収められずに関白さまの怒りをかってしまい、詫び言《わびごと》をしようと大坂に向かったが捕まって幽閉され、ついには切腹を命じられたという。そんな目に遭ってはたまらない。

「ほう、津軽のお方とな。それはそれは」

まじまじと顔を見られた。都では、やはり北の果てに住む者は珍しいのかと思ったが、おそらく顔の半分を覆う髭面が珍しいのだろう。しかしさすがにお公家さんは上品なのか、

「武者にふさわしい立派なお髭や」

と言っただけだった。

土産物として干鮭と昆布を贈ったあと、宮内少輔と西洞院のあいだで話がはじまった。

京へきてとまどうのは、やはり言葉である。

——おお、書きものや能狂言とおなじ言葉をしゃべっている。

と右京亮は京へきた当初、思ったものだ。

津軽の言葉と京の言葉は大きくちがうが、能や狂言、平曲などは京でも津軽でもおなじ言葉で語ら

れる。また書物も京の言葉で書かれているから、読み書きを学んだ右京亮は、聞く分には京の言葉もだいたいわかる。

しかし自分が話すときは大変だ。津軽の言葉を、能や狂言で使われていた言葉に直さねばならない。口ごもったり詰まったりするのはしょっちゅうで、話すとなると自然と汗が出てくる。

そう思うと、上方の出なのに津軽の言葉を自在に話す面松斎は、大した才能の持ち主だと感心してしまう。

宮内少輔も当然、京言葉で話している。さまざまな人名が飛び交う。右京亮の知らない名前ばかりということもあり、話についてゆけない。

話が一段落すると、宮内少輔は右京亮を見て言った。

「どうやら形勢は変わっておりませぬな。伊達どのも北条どのも厳しい。まず関白さまが目をつけておられるのはこのおふたり。そのつぎにわれらのようで」

「そんなことが、いまの話でわかるのか」

「ええ。人の動きを聞けば、だいたい見当がつきまする」

右京亮は感心してしまった。こういう有能な家臣がほしいと思う。

「で、われらはどうすればいい?」

「それを、これから相談しましょう」

宮内少輔はまた西洞院に向き直り、話しはじめた。さまざまな人名が出てくるが、やはり右京亮にはわからない。

「……すると前田どのと上杉《うえすぎ》どのはやめたほうがよいと。徳川どの、あるいはお奉行衆に頼みまいらせるのがよい、となりまするか」

しばらく話し合った末に、宮内少輔は結論を出すように言った。

「どういうことだ」

とたずねると、宮内少輔が説明してくれた。

「関白さまに成敗されないためには、弁明して認められねばならず」

しかし直に関白さまに会うことはできず、その前に関白さまの家来に取り次ぎをしてもらわねばならない。

関白麾下《きか》の大名衆のうち、奥羽の大名衆の取り次ぎをする者はおよそ決まっていて、前田どの、上杉どの、徳川どのの三者。このうちのだれかを頼るのがよいとのこと。

「一、二年前までは、関白さまの異父弟であられる大和大納言秀長《やまとだいなごんひでなが》どのとお茶頭の利休《さどうのりきゅう》どのも有力でござったが、なぜか近ごろでは力を失っていて頼りにならないようで。あとは関白さまのお側《そば》近くに仕える石田《いしだ》、増田《ました》、浅野《あさの》らの奉行衆もおりまするが、近づくのはなかなかむずかしいとのこと」

「なるほどな。取り次ぎか」

別に珍しい話ではない。どこの家でもある仕組みである。ただ今回の場合、だれを頼るかが重要な話になる。

「安東家は、どうしておられるのか」

「それが、情けないことに」

宮内少輔は渋面を作る。

以前、織田家が畿内を支配していたころ、安東家は織田家中枢と通じていて、天下の動きにも明るかったのに、七年前の本能寺《ほんのうじ》の変で織田家が衰退したため、人脈が絶えてしまった。そののち豊臣家が覇者になってからは出遅れて、いまだに頼むお方がいない。だから南部家にいいようにやられたのだという。

「いまやお家の浮沈は、いくさの強弱ではありませぬ。いかに関白さまに取り入るかにかかっておりまする。ゆえに頼むお方を選ぶのは、いくさより大事なこと」

力を込めて宮内少輔は言う。おどろく右京亮に、西洞院が追い討ちをかける。

「ひとたび頼むお方を決めれば、あとで代えるわけにはまいりませぬからな。そのお方が栄えればこちらも栄え、力を失えばこちらも沈んでゆく、と考えねばなりませぬ」

大和大納言秀長どのを頼っていた大名衆は、大和大納言が失脚寸前となって、いまごろあわてているだろう、だからしっかりとした力をもつ者を選ばねばならない、と言う。

「ははあ、なんとも難儀な話よな」

ほんのひと月ふた月前まで、草深い津軽で南部家との抗争に明け暮れていた右京亮にとってみれば、まったく別の世界の話としか思えない。天下はいつの間にそんなことになっていたのか、と目が回るようである。

西洞院が言うには、前田どのにはすでに南部家がついているので論外。上杉家も前田どのに近く、南部家の味方をするだろうと。

すると残るは徳川どのか奉行衆となる。

「徳川どのは度量の広いお方で、頼み甲斐があるそうな。ただ、少し前まで関白さまと争っておられたお方ゆえ、先々まで大丈夫かと申せば、少し危うく感じられまするな」

宮内少輔は首をひねっている。

右京亮は、関白さまの立場を自分の身に置きかえて考えてみた。

少し前まで争っていて、いまは味方になっている徳川どのは、津軽でいえば浅瀬石城の千徳大和守だろう。昔、敵対していた千徳大和守を末々まで信頼できるかといえば、無理だ。またいつか裏切るかもしれないと思っている。

関白さまも徳川どのを、心の底では用心しているのではないか。

と考えると、徳川どのを頼るのは危ういと思えてくる。

その点、奉行衆は関白さま子飼いの武将たちだから、長い付き合いだ。自分の身に照らせば十二矢又五郎や兼平中書などだろう。

苦楽をともにしてきたやつらなら、末々まで頼りにできると考えるのは、関白さまもおなじはずだ。

「やはり奉行衆であろう。奉行衆を頼るのがよいのではないか」

右京亮が言うと、宮内少輔もうなずいた。

「それがしもさように思いまする。どれ、明日からでもあたってみましょうかの」

## 四

宮内少輔は毎日どこかへ出かけては、疲れた顔で帰ってくる。

関白さまの奉行衆と面会すべく、知り合いにあたりはじめたのだが、なかなかうまいツテが見つからないという。

「奉行衆は強い権限をもっておりますので、袖の下をつかませて優遇してもらおうとする輩が多いとか。関白さまはそうしたことを嫌うので、奉行衆も会う人には用心しているらしゅうござるな」

と言いつつも、手ぶらでは会える人にも会えないとかで、出かけるたびに土産の干鮭や昆布をもってゆくので、さすがに大量にあった荷もどんどん減っていった。

面松斎や八木橋も、それぞれツテを探しに出かけてゆく。右京亮は都にツテなどないので、有名な寺社に参ったり五条河原《ごじょうがわら》の見世物小屋をのぞいたり、あるいは畠山辻子《はたけやまのずし》や五条東洞院《ひがしのとういん》の遊女屋へかよって暇をつぶした。

「京のおなご衆は、色の黒いのを化粧でごまかしているな。これなら津軽のおなご衆のほうがよいわい」

というのが、遊女屋通いの末の結論である。

そうしているうちに、十一月も半ばをすぎてしまった。

「いや、これは大変なことになり申した」

その日の夕方、外出から帰ってきた宮内少輔が暗い顔で言う。なにごとかと思えば、

「このほど上州で新たにいくさがあったとて、関白さまが激怒しておられる。いくさを仕掛けたのは、前々から関白さまが咎めていた北条家で、重ねての狼藉にはもはや成敗するしか手立てがないとて、諸大名に出陣催促をなさるとか」

と言う。ここまで我慢してきたのに、関東や奥羽の大名たちが一向に言うことを聞かないので、ついに関白さまも堪忍袋の緒が切れた、ということのようだ。

「われらも早く申し開きをしなければ、北条家といっしょに攻め潰されましょう」

と頭を抱えている。

その翌日、やっとよいツテを見つけたと宮内少輔が勇んでいうので、昼すぎから八木橋、面松斎らとともに出かけていった。

「増田右衛門《えもん》どのと申す奉行衆の、家来のおひとりでござる。事情を話して右衛門どのに取り次ぎを願うことになりまする」

京でも西にある聚楽第《じゅらくだい》の近くに、その屋敷はあった。敷地は広いがかなり古く、どうやら以前は公家の屋敷のようだった。

広間に通されて面会した侍は、恰幅《かっぷく》がよくて絹物の小袖と袴をつけており、宮内少輔の話を親身に聞いてくれた。南部家の不当なやり方を訴えると、力を込めて相づちを打つだけでなく、「ほお、それは大事じゃ」などと感嘆し、こちらに同情するようすだった。

「ゆえに、関白さまにお目通り賜りたく、お骨折りを願いまする」

と宮内少輔が結ぶと、侍は深くうなずいた上に、

「ようわかった。主に取り次ぐことといたそう。前もってそれがしより主に話しておくゆえ、安心召されよ」

と言うではないか。

「かたじけなし。このご恩は忘れませぬ」

と宮内少輔が頭を下げるので、つられて右京亮たちも深く一礼した。すると侍は言った。

「ときに、主に取り次ぐにはそれ相応の費《つい》えがかかってな」

増田右衛門は各地の検地《けんち》や関白蔵入地の年貢収納、侍衆や百姓からの訴えを裁くなど多くの仕事を抱えており、いそがしい。それぞれの仕事には実務をこなす係の者がいる。その者たちに秋田と津軽の件を優先してあつかわせねばならないが、何もなしというわけにはいかない。

「そこで黄金《こがね》の重みが決め手となるのだわ」

ついては金子三百両ほど都合せよ、それがしが要路に配ってやる、と言う。

「三百両！」

と声を出したのは、面松斎である。右京亮は思わず面松斎をにらみつけた。

宮内少輔は動ぜず、

「承知いたした。いまは手持ちがござらぬが、明日にもお持ちいたすゆえ、よしなに願いまする」

と言って、その日の会合を終えた。

「まことに三百両を渡すのか」

帰り道に右京亮がたずねると、宮内少輔は答えた。

「三百両ですめば安いもの。それがしはもっとかかるものと思うておりました。なにしろお家の存続がかかっておりますからな。千両、二千両と言われても文句は言えませぬぞ」

「しかし、奉行衆に取り次いでもらうだけで三百両では、この先、いったい何百両かかることか」

「少し前に、関白さまが金賦《かねくば》りと称して金子銀子《ぎんす》を大名衆や公家衆にばらまきましたでの、侍衆も少しくらいの金子では動かぬようになっておりまするな」

宮内少輔の話は想像を絶していた。関白さまはこの五月、各大名にひとりあて金の大判《おおばん》数百枚から千枚、つまり数千両から一万両もの金銀を配ったという。

「すると三百両というのは、ずいぶん遠慮したものかな」

「ええ。それがしはそう思いまするぞ」

よくわからぬまま、右京亮は半額の百五十両を負担し、宮内少輔は翌日、三百両をもって出かけていった。

受け渡しが無事にすみ、数日がすぎたが、くだんの侍からはなんの音沙汰もない。

遅い、といって催促に出かけた宮内少輔は、昼すぎになって青い顔でもどってきた。

「あの屋敷、もぬけの殻でござった！」

どうやら騙されたらしい、と言う。お家存続にあせる田舎侍は、都の者にとっていい鴨に見えたようだ。

宮内少輔はぐったりとし、翌日から寝込んでしまった。

「都ってのは、恐ろしいところだな」

啞然とするしかない。津軽ではさまざまな手管で敵を欺いていくさを勝ち抜いてきた右京亮も、この都では手もなく騙されてしまったのだ。

「さあ、どうする。どう切り抜ける。知恵をだせ、知恵を」

右京亮は面松斎と八木橋にもとめた。八木橋は困った顔をするばかりだったが、面松斎は待ってましたとばかりに言う。

「では、数日待っていただきましょうかの。知り合いにあたってみまする」

京へきて以来、知り合いをたずねては関白さまへ取り次いでもらえる道をさぐっていたという。しかし宮内少輔のほうがうまくいきそうだったので、ここしばらくはだまって見ていたとか。

「奉行衆には近江の出の者が多いとか。それがしの知り合いをたどれば、なんとかなりましょう」

と、なにやら頼もしい。

言葉通りに二日後、いい話をもってきた。

「それがしが子供のころ、通っていた寺でいっしょに学んでいた者が、石田治部少輔《じぶしょう》どのという奉行衆の家来を知っているとのこと。紹介状を書いてもらってたずねていったところ、使者の素性をたしかめた上で治部少輔どのに会わせてもよい、と言われましたぞ」

「おお、それはでかした!」

右京亮は思わず大きな声をあげた。京へきて以来、よい方向へことが運びそうになったのは、初めてだ。

「しかし、石田治部少輔どのはなかなか厳しいお方と聞いておりますぞ。われらの味方となってもらえるかどうか、安心はできぬと思いますがの」

と、聞いていた宮内少輔は、心配げに言う。

「あるいは、関白さまが惣無事を命じたのに、それを無視した不届き者として罰せられるかもしれず」

「そうなったらそれまでよ。われらに武運がなかった、ということだ」

宮内少輔をだまらせてから、右京亮は八木橋に命じた。

「そなた、まずは使者として治部少輔どのの家来に会ってこい。そして話がうまく進みそうなら、我が京にきていると告げよ。津軽の領主、南部右京亮が、治部少輔どのに直にお目にかかり、申し開きをしたいと言っているとな」

「いやそれは……、ちと危のうありませぬか。殿はいま、奉行衆からは罪人と見られているのでは」

八木橋は止めるが、右京亮は聞き入れない。

「そこをうまく切り抜けるのが、使者の役目よ。ことは急ぐ。ぐずぐずしていたら、われらの言い分が関白さまに届く前に、成敗の軍勢が出陣してしまうわい。そうなったら取り返しがつかぬぞ」

八木橋は険しい顔になったが面松斎は、

「ま、なんとかなりましょう」

と、どじょう髭をひねりながら言った。

その三日後、右京亮は聚楽第の近くにある石田治部少輔三成《みつなり》の屋敷にきていた。

八木橋の訴えはすんなりと通り、右京亮は治部少輔に会えることになったのである。

聞けば、治部少輔も奥羽のことは気にかけており、事情を知りたがっている、とのことだった。津軽の当主みずからが出向いてきているのなら、会って確かな話を聞きたいと言われたとか。

「されば礼金を積まねばなるまい。どれほど贈ればよいのか」

と面松斎にたずねると、

「ああ、それは無用でござる」

と涼しい顔をしている。

「無用ということはなかろう。津軽がかかっているのだぞ」

と念を押したが、

「それがしの友には昆布と干海鼠を渡してござる。治部少輔どのは、そうしたものを嫌うお方ゆえ、なにも渡さぬのがよいようで。ただ、北奥羽のようすを知りたい、とおおせだと聞いておりまする」

と言う。呆気《あっけ》にとられたが、世の中には無欲な者もいるのだと信じる他はなかった。

屋敷では、薄暗い部屋に案内された。部屋は板敷きで、畳も円座もない。もちろん茶も出てこない。じっとすわってひとり待っていると、さまざまな思いが胸中に去来する。

この三日のあいだに石田治部少輔のうわさを聞きあつめたが、あまり評判のいい人物ではないようだった。

いわく、少しでもそむけばたちまち身に障りをなす仁《じん》である。人を人とも思わず、大大名と会っても挨拶もしない。何でも理詰めで解決しようとし、情けというものがない……。

その権勢は大名たちを恐れさせるほどで、なおかつ、かなり傍若無人な男らしい。

しかし、九州の島津《しまづ》家などは治部少輔に心服し、領内の政務について指図をあおぐばかりか、家中の台所事情まで相談しているほどだという。敵が多い反面、味方となる大名もあるということだ。

そんな実力者なのに、いくさでの武功はほとんど聞かない。

槍ばたらきでなく、いくさにかかる資金を捻出したり、味方の連絡を保ったり敵を寝返らせたりといった、いくさの前に仕掛ける策謀や、兵糧の確保と搬送など、軍勢の後方での仕事が得意な人物のようだ。

「武功もないのに、どうして大きな顔をしていられるのでしょうな」

と八木橋は不思議がるが、右京亮はわかる気がした。

「槍ばたらきをする侍はいくらでもいるが、どこからか銭をひねり出してくる侍は、なかなかいないぞ。そりゃあ関白さまの覚えもめでたくなるはずだ」

いくさの前の仕掛けや兵糧の確保こそ、大将の仕事である。それができるとは、治部少輔が切れ者であることは確かなようだ。

——津軽じゃあまり見ない類《たぐい》の男だな。

強いて似ている男をさがせば、右京亮自身かもしれない。

そんなことを思いつつ、右京亮はじっと待っていた。

半刻もすぎただろうか。

静かな足音がして、小柄で才槌頭《さいづちあたま》が目立つ男が部屋に入ってくると、右京亮の正面にすわった。

「これはお待たせいたした。この屋敷の主人、治部少輔でござる」

と男がまずは口をひらいた。が、それだけだった。愛想のない男のようだ。

「挨拶いたみいる。南部右京亮と申しまする。以後、見知りおきくだされ」

と、右京亮も簡素に答えて平伏した。内心、治部少輔の若さにおどろいていた。

奉行として大大名をも動かすというからには、四、五十代の老練な者だと思い込んでいたのだ。だが目の前の小男は肌つやもよく、三十路《みそじ》に達するかどうかという若さである。

「話は承《うけたまわ》ってござる。関白殿下は津軽と秋田の兵乱にお怒りになり、兵を向けて成敗いたす所存でおられる。ここに申し開きをなされたい、そのために危険を冒してご自身で上洛なされた、とのことじゃな」

治部少輔の声は大きく、よく響く。

「おおせの通りにござる」

「では、その申し開きを聞かせていただく」

そう言ったあと、じっと右京亮の目を見詰めてきた。余分なやりとりをする気はないらしい。

右京亮の髭については何も言わないし、注目もしていない。まったく関心がないようだった。ここまで髭に関心を示さない人間もめずらしい。もしかすると治部少輔は、人間そのものに興味がないのかもしれない。

ここが勝負だと、右京亮は腹に力を込めた。

「そもそも、こたびの出来事、安東家において内紛が起きたのが始まりでござる」

安東家の当主が亡くなり、跡を襲った嫡男が幼少で安東家が乱れたことから、南部と津軽の昔からの対立、安東家に頼まれて、右京亮の領地である津軽に（とあえて言った）城をかまえていた南部家の者たちを攻め、城を奪ったことまでを説明していった。

「前田どのから聞いていた話と、かなりちがうな」

と、聞き終えた治部少輔は首をひねっている。

「安東家は、南部家の家来ではないのか」

なにを言い出すのかと、今度は右京亮がおどろく番だった。

治部少輔が言うには、南部家が前田どのに伝えたのは、こんな話だった。

秋田、檜山など安東家の領地はもともと南部家のものであり、安東家は南部家の家来で、南部家から領地を奪ったものの、いまや家中で内紛が起きている、津軽も南部の領地で、近ごろ家臣が反逆を起こした、と。

「そうではないのか」

「まったく違いまする」

右京亮は首をふった。

「安東家は昔より北奥羽から夷島までを治めており、南部家の下についたことは一度もないと存ずる。いまも南部家とは比内、鹿角をめぐって争う仲でござる」

「さようか。そこからして違っておるのか」

治部少輔は感心したようだった。

「道理で、安東が家来ならば同伴して上洛せよと命じたら、南部家がだまってしまったはずよ」

「……それは、無理なこと」

右京亮は呆れた。どうやら三戸の信直は所領安堵だけでなく、関白さまの力で安東家の領地まで奪おうとしたらしい。

「はは、さようか。よくわかった。して、そなたは南部と名乗っておるゆえ、南部の一族なのじゃな。それで南部の宗家から津軽を奪ったのかな」

きたか、と思った。

「それがしは南部一族の血を引く者でござる。しかし、宗家から津軽を奪ったわけではありませぬ。義父の領地をひろげていっただけにすぎませぬ。そもそもいまの当主、三戸信直こそ南部宗家を奪った者でござるぞ」

ここが肝心なところだと思い、諸家が争い合う南部家の事情と、自分が津軽の中で歳月をかけて領地を拡大していったこと、さらに三戸信直が南部諸家の争いを制して当主となったいきさつを語った。

「ゆえにいまや津軽はわが手に帰し、南部宗家の三戸は津軽でなんの力ももってはおりませぬ。津軽を三戸が治めると言い出したら、大きな騒動になるのは必定にござる。北奥羽はまた乱れ、戦国の世にもどりましょう」

「ふむ。それがまこととすると、南部家も、いや三戸どのか。三戸どのも前田どのにずいぶんと大風呂敷を広げたようじゃの」

治部少輔は納得したようだった。その上で言った。

「われらは、だれがどのようにその地を得たのかについては、興味がない。昔からの由緒を聞かされても、それが正しいかどうかは判断できぬのでな。それより大切なのは、いまなのじゃ。いまだれがその地を領有しているのか、しっかりと治めているのかを知りたい。その地を争いもなく治めているのであれば、関白殿下はその者に領有を認めなさるであろう。満天下を治めるには、それがもっとも公平で確かなやり方よ。そうは思わぬか」

「まことにおおせの通りで」

一城主の入り婿の身から津軽一円を奪いとった右京亮にとっては、都合がいい方針だ。

「さればいま、津軽はそれがしのもの、秋田、檜山、豊島の三郡は安東家のものにござる。決して三戸家のものではござらん」

これは確かなことであるから、胸を張って主張した。

「申すことは承った。それが真実であるかどうかは、調べればわかる。調べたのち、また話すこともあろう」

どうやら言い分は聞き入れてもらえたようだ。右京亮は深く一礼し、屋敷から退出した。

五

十二月に入ると石田屋敷から使者がきて、

「話は通してあるから、木村弥一右衛門《きむらやいちえもん》に殿下に贈る鷹を託しなされ。それで殿下から一筆が下りるはず」

と告げていった。木村弥一右衛門とは、奉行衆のあいだで奥羽両国の奏者をつとめる者だという。

教えられたとおりに木村屋敷をおとずれ、よしなに取りなしをと頼んで鷹二羽を託すると、年末近くになってから本当に関白秀吉の朱印を捺《お》した一筆が下りた。

内容は、鷹を贈られたことに対する謝礼にすぎないが、宛名が「南部右京亮とのへ」となっていた。これで右京亮は、関白さまから大名として存在を認められたのである。関白さまに成敗されるおそれは当面、薄れた。

「まずはひと安心かな」

面松斎、八木橋とともに喜びあったが、喜んでばかりもいられない。

「まだ油断はならんぞ。治部少輔どのだけでは、あとで話をひっくり返されるかもしれん。どうせ春まで京にいるのだからな、せいぜい津軽の名を売っておこう」

と面松斎らと話し合って、奉行衆のほかの実力者へ渡りをつけ、鷹を贈呈しようと、ツテを探すことにつとめた。

その甲斐あって、織田信雄《のぶかつ》という関白秀吉の主筋にあたる大大名と、秀吉の後継者と目されている豊臣秀次《ひでつぐ》どのに、それぞれ鷹を贈ることができた。

「よしよし、これで津軽といえば南部右京亮、と認めてもらえよう」

ひと安心し、少し羽を休めるか、とばかり芝居小屋やら遊女屋やらに出入りして遊んでいると、どうやら小田原《おだわら》の北条征伐が本決まりになったようで、京の町中に兵の姿が目立つようになってきた。

そして三月一日を境にして、京の町は急に人通りが少なくなった。

秀吉が三万二千の兵とともに出陣し、小田原をめざして東海道《とうかいどう》を下っていったのだ。

「よし。ではわれらも引き揚げるとするか」

冬のあいだは閉ざされていた海路も、もう再開されたはずだと思い、津軽へもどろうとしていると、しばらく別に行動していた宮内少輔があわてて止めにきた。

「それは危のうございましょう。どうやら近ごろ奥羽の大名衆に、領主自身が小田原攻めに参陣せよ、参陣しないまでも関白さまに顔を見せに来い、という触れが出されたようにござるぞ。参陣しないと、いまの所領を認めてもらえぬそうな」

「なんだと。それはまことか！」

右京亮は面松斎と顔を見合わせた。

「まことにござる。奥羽の大名衆は、小田原に参陣して関白さまにお目見えしないと、所領を認めてもらえないそうな」

宮内少輔の言葉は衝撃的だった。

「すでに関白さまが出陣なされている以上、もはや一日も猶予はなりませぬぞ。安東のお家はあるじが幼少ゆえ、誰か代わりの者を出すしかありますまい。貴家も急がれたほうがよろしかろう」

おどろいて木村弥一右衛門の家人に――本人はすでに出陣していた――確かめると、

「そのとおりじゃ。貴家も早く参陣なされ」

と言われてしまった。なまじ京にいただけに、国許に向けた触れには気がつかなかったようだ。なんとも間の抜けた話である。

「となれば一日も早くお目見えせねば。三戸の信直どのが先にお目見えすると、津軽はわがもの、右京亮は反逆者、などと言いだしかねませぬゆえ」

面松斎に言われるまでもない。

「どちらが早いか。これは勝負だ」

右京亮は急いで京を出立した。

しかし街道は、大軍に兵糧や武具をはこぶ人馬でごった返しており、焦ってもなかなか進めない。それどころか宿さえなかなかとれず、やむなく百姓に頼み込んで納屋《なや》を貸してもらったり、それもかなわなければ野宿しなければならぬ始末だった。

もう若くもない右京亮にはつらい道中だったが、さいわい関白さまの進軍も遅々としており、十日ほどで追いつくことができた。

だが関白さまの宿所の周辺は、雲霞《うんか》のような大軍に囲まれている。

「これは申し入れをするだけでも大仕事だな」

と困惑してしまった。頼みの石田治部少輔はすでに関東のほうへ出張っており、関白さまの周辺にはいないらしい。申し次ぎを頼めそうなのは木村弥一右衛門だけとなる。必死になって木村家の陣所をさがした。

数日のあいだ行軍に付き合いつつさがして、やっと見つけたのは三月二十六日。駿州《すんしゅう》は沼津《ぬまづ》でのことだった。

津軽の領主、南部右京亮と名乗り、弥一右衛門に礼として金十両を贈って関白さまへのお目見えを申し入れると、

「遠路の参陣、殊勝である。目見えの機会をさがすゆえ、しばらく待ちなされ」

と言われて木村家の陣に招き入れられた。どうやらお目見えはかないそうだ。

聞けば関白さまは三枚橋《さんまいばし》城に入っており、そこで諸将と軍議を重ねているらしい。

「して、南部の三戸どのはいかがか。よもやすでに目見えをすませてはいまいな」

と弥一右衛門にたずねても、なにしろ行軍中なので、くわしくはわからないと言う。

もし南部家のほうが早く目見えしていれば、右京亮は反逆者として捕縛され、首を討たれるということも考えられる。

不安に苛《さいな》まれつつ待っていると、翌日、登城することになった。それはいいが、

「お目見えがかなうのでしょうかな」

と案内する木村家の家人にたずねても、

「さあ。それがしは城に案内せよと命じられたのみで」

と頼りない。お目見えか捕縛か。ふくらむ不安を抑えつつ搦手門から三枚橋城内に入った。

城内は馬や甲冑武者で充満しており、まさに戦場である。その中を、門を通るたびに名乗らされ、刃物をもっていないかと体をあらためられながら、奥へ奥へと案内された。

半刻ほどもかかって本丸の門もくぐり、とうとう御殿前の庭——小ぶりな築山と池があり、広縁の前には白砂が敷かれている——に着いた。するとそこに弥一右衛門がいた。

「これはこれは。案内いたみ入り申す」

とほっとして笑顔で近づいたが、弥一右衛門は厳しい顔をしており、会釈もせずに言う。

「あそこにすわりなされ」

御殿の広縁前の白砂を示されて、右京亮は動きを止めた。

仮にも三郡の領主である。地面にすわれとは屈辱的なあつかいだ。

――これは遅かったのか。反逆者として討たれるのか。

そんな思いが頭をよぎる。だがいまさら逃げるわけにもいかない。ままよと腹を決めて白砂の上にすわり、目を閉じて待った。

――まさに、命と所領を失うかどうかの瀬戸際だな。

そう思うと顔が熱くなる。

どれほどの時がすぎたか。小半刻ほどにも感じたが、半刻はすぎていたかもしれない。

足音が聞こえて目を開けると、鎧直垂姿の者や素襖袴姿の者など数人が、目の前の広間に入ってくるところだった。さらに、

「殿下のお成りぃ」

と声がした。御殿の奥から小柄な男がせかせかと渡殿《わたどの》を歩んでくる。緋《ひ》色の鎧直垂を着て、小姓《こしょう》をふたり従えていた。

内心で、この小男が天下の関白さまかとおどろきながらも、右京亮は平伏した。

関白どのは足音も高く庭に面した広縁に出ると、そこに腰を下ろした。右京亮を見下ろす気配だ。

「陸奥国は津軽の領主と申し立てております、南部右京亮にてござりまする」

と木村弥一右衛門が声をあげた。

「面《おもて》をあげい」

と言われて顔をあげた。広縁にすわる小男と一瞬だけ目が合った。関白どのは赤ら顔で、目に異様な力がある。

「ほほう、津軽の者は、みなそうして髭を生やしておるのかや」

という声は大きく、よく通る。しかし同時に子供のように無邪気な響きも感じられた。

「いえ、津軽といえど、人々の姿は都と変わりませぬ。これほど髭をたくわえているのは、津軽でもそれがしぐらいにござりまする」

右京亮は慎重に答えた。

「なんだ、さようか。ふむ。領主として威厳を保つには、髭がよいのか」

と関白どのはつぶやく。頭の回転が速いな、と右京亮は感じた。

「で、そなたが津軽を治めておるのか」

「は。津軽三郡に西浜、外ヶ浜を治めておりまする」

「津軽とはどんなところじゃ。ひと言で申してみよ」

そんなことを問われるとは予想していなかったので、一瞬、とまどった。しかしすぐに言葉が流れ出てきた。

「津軽には岩木山という美しい山がござる。岩木山を真ん中にして、東と北に肥えた野が広がり、南と西は豊かな山々があり申す。冬の雪と寒さは格別なれど、それだけに野に花が咲く夏の爽やかさは申しようもありませぬ」

貧しさを訴えたほうが、あとあと得ではないかという気はしたが、やはり津軽を悪く言うことはできなかった。

「ほう。ここでお国自慢を申すか」

今度の声にはおどろきと軽い揶揄《やゆ》が混じっていた。言いすぎたかと後悔したところに、

「そのほう、去年、謀叛を起こして三戸家から領地を奪ったと聞こえておるぞ。惣無事の命《めい》に逆らったのは重罪じゃ。それをぬけぬけとここまで推参するとは、なんと申し開きをいたすつもりじゃ」

との声。これは関白どのではなく、そのうしろに控える近習らしい者の問責だ。

右京亮は静かに反論した。

「それはうそでござりまする。それがしは義父の跡をついで津軽を治めており申した。そこを三戸の者より攻められ、一部の領地を奪われ申した。しかし数年前にその大半を取り返してござる」

「いや、去年のことをきいておる」

「去年は、最後まで残っていた三戸側の城を始末しただけ。おのれの領地の中を掃き清めたにすぎませぬ。三戸家はわが所領を奪ったことを告げず、奪い返されたことだけを声高に申すようにござりまするな」

「津軽は、三戸家の領地ではなかったのか」

この問いにも、右京亮は首をふった。

「南部家の所領ではござった。しかし南部家には諸流があり、三戸家はその中のひとつにすぎませぬ。近ごろ三戸家は南部の宗家を名乗っておりまするが、それも本来の宗家の跡取りが亡くなったため、強引に跡を乗っ取っただけでござる。よって津軽が三戸の所領だったとは言えませぬ。津軽は以前より、南部家の分家でもあるそれがしの所領でござる」

このあたりは、いくらでも言い方があると思っていた。領主など移り変わるものなのだ。

「三戸がそのまま南部家ではないと申すか」

問うた者がぶつぶつ言っている。

「まあよい。いまはそなたが津軽を治めておると申すのじゃな」

関白さまが話をひきとった。

「御意《ぎょい》にござりまする」

「で、治めて、どれほどになる」

「さよう、二十年ほどに相成りまする」

ここが切所《せっしょ》だと思い、力を込めて言うと、関白さまは顔を皺《しわ》だらけにして笑った。

「はは、それほど力まずともよい。髭が逆立ちしそうな顔をしておるぞ」

どっと笑い声が起きた。それが転機になったようだ。関白さまの声が明るくなった。

「のう、津軽の髭殿よ、そなたがいま津軽を治めておるとは、治部少輔より聞いておる。それがまことで、わしの言うことに従うならば、あとは細かいことじゃ。どうじゃ、わしの指図に従うか」

子供に言い聞かせるような、やさしい声である。あたたかさに包まれるように感じ、右京亮は自然に頭を下げていた。

「は、お下知に従い、忠節を尽くしまするゆえ、よろしくお引き回しくださるよう、願い上げ奉りまする」

「よしよし。ならばよい。これで決まりじゃ。遠路、苦労であった。下がってよいぞ」

会見はそれで終わりだった。小男の関白は、あらわれた時とおなじようにせかせかと広間の奥に消えた。

——どうやら間に合ったようだな。

三戸信直より早かったようだ。乾坤一擲《けんこんいってき》の勝負に勝ったのだと思いつつ、いつの間にか始まっていた胴震《どうぶる》いを止められなかった。

右京亮の一行はそのまま関白さまに同行し、小田原に到着した。そしてそこに三月ほど滞陣し、小田原城攻めを見物した。

矢弾が飛び交う合戦があったのは最初のうちだけで、あとはただ関白さまの大軍が城を包囲しているだけだった。だが城主の北条氏を痛めつけ、かなわぬと悟らせるには、それで十分だったようだ。

七月五日に北条氏は降伏、小田原城はその門を開いた。城内からは、降参した将兵が続々と出てきた。

北条一族のうち、強硬に合戦を主張した氏政《うじまさ》と氏照《うじてる》のふたりが切腹し、当主の氏直《うじなお》は高野山《こうやさん》にのぼることになった。

翌六日、三戸信直がやっと小田原に着き、関白さまにお目見えしたと聞こえてきた。

三月末に前田家の使者から小田原参陣をうながされ、四月初旬に三戸を出立したのだという。お目見えが右京亮よりあとになったので、関白さまから津軽を領地と認めるとの言質《げんち》はとれなかったようだ。

「よし。これでわが津軽は安泰、今後はいくさもなくなって安穏に暮らせるぞ」

と面松斎らと喜び合った。みな関白さまのおかげだ、万々歳だと思った。

「どれ、信直どのに挨拶するかな。もはや敵でもあるまい」

と右京亮は考えていたが、南部領を長く留守にできないとのことで、信直はすぐにもどっていってしまい、声をかけることはできなかった。

関白さまは七月十七日まで小田原にいて、関東を徳川家康《いえやす》に与えるなどの処置をしたあと、つづいて奥羽へと軍を向けた。

七月二十七日、下野国《しもつけのくに》宇都宮《うつのみや》に着いた関白さまは、北関東と奥羽の諸大名を呼びあつめた。そして伊達、最上、佐竹《さたけ》、南部などの諸家に所領安堵を申し渡した。だがその中に津軽の右京亮の名はなかった。

「おい、どうなってるんだ！」

話がちがうと不安になったが、

「先に関白さまと連絡をつけた家か、所領の大きな家から安堵しているようですな」

という面松斎の意見に慰められ、まだつづきがあるといううわさにも支えられて、右京亮はじっと待つことにした。

八月九日、関白さまは会津黒川《くろかわ》にいたり、ここでふたたび奥羽大名衆の所領安堵を発表した。

津軽は、右京亮のものとなっていた。

そして他の大名衆についても、およそはいまの領主がそのまま認められており、三戸信直は「南部のうち七郡」の領有を、安東家も従来からの地を安堵されていた。

これが正式の発表だから、右京亮はやっと胸をなで下ろすことができた。

だが中には所領を認められなかった大名もいた。大崎《おおさき》や葛西《かさい》といった、小田原に参陣しなかった大名の領地が、関白さま側近の浅野長吉《ながよし》の預かりとなっていたのだ。大名家からすれば、討伐されたも同然の措置である。

「危険を冒しても上洛して関白さまにお目見えする、という決断ができなかった者は、罰されましたな」

面松斎の言葉に、右京亮はうなずいた。

「いち早く上洛して、よかったわい」

のちに大崎と葛西の地があの木村弥一右衛門に与えられたと聞き、仰天することになった。それまで弥一右衛門の所領は五千石ほどだったはずなのに、一躍、三十万石ほどもある領地の主となったのである。破格の出世だ。

「関白さまのやることは、わからん」

と首をひねるしかなかった。

もうひとつ気がかりだったのは、九戸政実の立場だ。

ここに名前がないのなら、大名として認められなかったのだ。すなわち三戸信直の臣下という立場が決まったのである。

それで九戸家が納得するだろうか。

大崎や葛西の件といい、関白さまの強引な線引きは無理があると思わざるを得なかった。このままですむとは、到底思えない。

しかし当面は、他家のことなどかまっていられない。関白さまは、これより奥羽両国を「仕置」するというのだ。当然、津軽も「仕置」される立場である。

「仕置」とはどうやら、関白さまの下知が行き届くよう、各大名家の統治の仕組みを変えることのようだ。

その大きな柱は検地、刀狩《かたなが》り、城破《しろわり》、そして京枡《きようます》の使用の四つである。

さらに領主とその足弱衆《あしよわしゆう》の上洛も、もとめられた。

足弱衆とは女子供を指す。大名衆の妻や子を京に連れてこいというのだ。人質にするつもりなのは明白だった。

こうした一連の措置のために、検使《けんし》が津軽へくるという。

――おやおや、窮屈なことになったものよ。

右京亮はおどろくとともに内心、苦々しい思いでいた。

三年前に堀越城で家族の宴をひらいたとき、目の前にならんだ妻子の多さに満足したものだ。あのときは、妻子を人質として京へ送るなど、考えてもいなかった。大名として自立しており、だれにも従う必要などなかったからだ。

いまや津軽の領地を他家から侵されるおそれはなくなった。しかしわが領地を他人が検地するというのに、拒《こば》むこともできない。さらに人質として妻子を京へ送らねばならない。強大な関白さまを前にしては、ひれ伏して言うことを聞くしかないのだ。

――世の中、よいことばかりはないものよな。

いくさがなくなると喜んでいたが、領地を失うまいと必死で戦っていた以前の状況と、どちらがよかったのかはわからない。

会津黒川から津軽へ向かいつつ、右京亮は妻子の顔を思い浮かべて、だれを上洛させようかと頭を悩ませていた。

# 第七章　西へ東へ

## 一

津軽の所領が安堵されてひと月後の天正十八（一五九〇）年八月――。

右京亮は百名あまりの兵をつれて、朝から津軽南方の関門である碇ケ関の関所にきていた。すぐ先にある矢立峠を越えれば、そこはもう南部領の鹿角郡である。

兵をつれていても、甲冑はつけていない。それどころか大紋《だいもん》の直垂に烏帽子をつけ、正装に準ずる姿である。

「どうだ。まだ見えぬか」

「まだのように見受け申す」

羽州街道を少し上っていった十二矢又五郎が、もどってきて答える。

右京亮は、関所の掘っ建て小屋のなかで衿元をかき合わせた。山あいの地だけに、仲秋八月といっても風は冷たいほどだ。

少し前に、矢立峠へ通じる広い新道を開いておいた。都へのぼるのに必要だろうと考えてのことだったが、結局、上洛には使えなかった。今日は、逆に都からの軍勢を迎えるために使うことになっている。

当初の志とは違う仕儀となったことに少々戸惑いはあるが、いまはそれどころではない。自分が津軽の領主でいられるかどうかの瀬戸際である。

「軍勢、ただいま到着！」

と見張りに出ていた足軽が告げたのは、巳刻《みのこく》（午前十時）すぎだった。

右京亮は掘っ建て小屋を出て、

「みな、仕度はいいな」

とふり返って兵たちを見た。兵たちは槍の石突《いしづき》を地面につき、整然と佇立《ちょりつ》している。

「粗相のないようにいたせ」

と言っているうちに、槍をもった数名の足軽と騎馬侍が姿をあらわした。その槍の長さときらびやかな鎧を見れば、上方勢だとすぐにわかる。

右京亮はゆっくりと歩み寄っていった。

「遠路はるばるのご来臨、ご苦労の段、感謝に堪えませぬ。これは南部右京亮と申し、津軽を統べる者にござる」

と語りかけると、先駆けの将とおぼしき五十絡みの男が下馬して右京亮の前に立ち、

「当主みずからのお出迎え、痛み入る。それがしは前田慶次郎《けいじろう》と申す者。以後、見知りおきを。わがあるじ父子もすぐに到着いたそう」

と挨拶を返してきた。言葉だけは丁寧だが、目は落ち着かず、あたりを窺っている。まったく油断していない。ただ、

「見事な髭でござるな」

と言ったときだけは顔がゆるんだ。

慶次郎の話では、筑前守《ちくぜんのかみ》こと前田利家《としいえ》、利長《としなが》の父子と自分の三人が、手分けして津軽の「仕置」

にあたるという。ほかに目付として関白さまの側近である片桐市正《かたぎりいちのかみ》と小野木縫殿助《おのぎぬいどののすけ》という者がきているとのことだった。

前田家が津軽を「仕置」する検使になると通達があったのはひと月ほど前だ。安東家の秋田などをへて津軽へ来るという。

その名を聞いた右京亮は、跳びあがったものだ。

「よりによって前田どのが津軽に来るのか！」

前田どのは、三戸の信直が頼みとする大名である。

南部家には浅野長吉が向かったと言うから、「仕置」は北奥羽の諸大名すべてに対するもので、津軽を特別あつかいしているわけではないようだが、やはり前田家はまずい。信直からあれこれと右京亮の悪口を吹き込まれているにちがいない。そんな先入観で「仕置」されてはたまらない。

重臣たちに相談したところ、

「さような理不尽な話は受け入れられぬ。断固、打ち払うべし」

と激高する者がいたり、

「上方勢がわれらにあれこれと指図するなど言語道断。もし攻めてくれば籠城して戦う」

と勇ましい意見もでた。しかし兼平中書が、

「いや、いい機会だと思う。前田どのがわが領地に来るなら、近々《ちかぢか》と話をしてこちらの事情をわかってもらおうじゃないか」

と提案すると、賛同する者が多かった。みな本音では上方勢相手に合戦などしたくないのだ。それを見て右京亮は、

「さればまずは穏やかに受け入れよう。もし理不尽な仕置を押しつけてくるなら、そのときは津軽の

名誉にかけて戦おう」

と話して重臣たちを納得させ、迎え入れの準備をさせたのである。

多くの重臣たちとおなじく、他国の者に「仕置」されるなど、右京亮も御免だった。形の上では従うように見せておき、家中にあまり手を突っ込まれぬよう、うまく誤魔化して早々にお引き取り願おう、と考えていた。

「お手を煩《わずら》わせまするが、なにとぞお手柔らかに」

と右京亮は慶次郎に頭を下げる。へりくだるだけなら、兵の血は流れないし兵糧もいらない。これくらいは安いものだと思う。

そののち、続々と到着する軍勢を見て、右京亮と兼平ばかりか、連れてきた兵どももだまり込んでしまった。

長蛇の列が峠道を埋め尽くしている。

その数、およそ一万。

しかも甲冑は彩り鮮やかで、槍や弓も新しくてきらびやかだ。鉄砲も多い。ここから見えるだけで数十丁は数えられる。軍勢全体では、おそらく数百丁になるだろう。

右京亮の軍勢は、すべてかき集めても三千ほどであり、鉄砲は百丁もない。

「やはり、天下に覇を唱えるだけのことはありまするな」

と十二矢又五郎が言ったが、右京亮もおなじ思いだった。

「これは敵に回せねえぞ」

「ええ。何とかうまくやり過ごすしかないでしょうな」

そんなことをひそひそと話していると、前田利家、利長の父子が姿を見せた。

父子の姿をひと目見て、右京亮はほほう、と声をもらした。どちらも大男なのだ。とくに父親の利家のほうは、六尺は優にあると見えた。右京亮も大柄なほうだが、これには圧倒された。

「南部右京亮どのか。これよりちと、世話になりまするぞ」

と利家は嗄《か》れた大きな声で言う。面長で鼻筋が通った端整な顔だった。若いころはさぞおなご衆に騒がれただろう。しかし顔にも手にも古傷があり、戦場での槍ばたらきも相当なものだったのだろうと見える。

頭を下げる右京亮に正対し、ふさふさと伸びた髭をいぶかしげに見ていたが、それでも髭には触れずに、

「さっそくじゃが、この近くでお国がすべて見渡せるところはないか。山の頂に登れば、見えぬことはあるまい」

と言う。まずは接待をしようとして、掘っ建て小屋の中に湯茶の用意をしてあるのだが、右京亮がそう申し出ても、湯茶など不要、山の頂に案内せよと言い張る。挨拶もそこそこに仕事にかかろうというのか。

言われたとおりにするしかない。

「はあ……。ここからだと、ちと峰が重なって見通しが悪うござる。もう少し道を進んだところで、眺めのよい頂にご案内いたしまする」

右京亮は前田父子らを先導し、軍勢をぞろぞろとひきつれて歩く。

大鰐まできたところで脇の山に登った。

山頂に達し、見通しのいい尾根の縁《へり》に出ると、眼下に津軽の緑野が広がっていた。

北の方角はどこまでも平らで、ここからは見えないが、端の方は海になっているはずだ。そして左

手に裾野を広げて蒼《あお》くそびえているのが岩木山。右手に見える低い山々は、浪岡の背後だから梵珠山《ぼんじゅさん》のあたりだ。ところどころに銀色に光る長い筋は、川である。

「おお、これならばよく見える」

利家が言う。

「ここから見える地はすべてわが領地にて、手前からまっすぐあなたに流れる川が平川、左手から流れてくる川が岩木川、左手の高い山が岩木山でござる」

右京亮が手をふって説明すると、前田父子と慶次郎の三人は緑あふれる津軽の野をながめつつ、

「ずいぶんと広い野だが、森が多いな」

「森や荒れ地の中に田畠が点々としかない。なんともったいないことよ。拓《ひら》けばずいぶんと米もとれるだろうにな」

などと話しはじめた。

「これだけの広野ならまず二十万石と言いたいが、森ばかりではな」

「さよう。いいところ十万石といったところでしょうかな」

慶次郎と利長が話している。どうやら津軽全体の石高を値踏みしているようだ。それを利家が聞いていて、

「なにを言う。これなら四、五万石じゃろ」

と最後に断を下すように言った。

「右京亮どの、お家ではご自身の高をどれほどと踏んでいなさるのか」

と慶次郎がふり返って問うてきた。

「さよう、年により違いがござるが、まず四、五万石といったところで」

と右京亮は用意してきた答を返した。すると三人はそれぞれに、

「まあ寒い国ゆえ、むずかしいところもあろうな」

「いや、それはちと少なすぎよう」

「ま、そんなところじゃ」

などと話している。

実際は、右京亮の所領の穫《と》れ高は十万石を超えている。そこに夷島との交易の利潤が加わるので、右京亮の大名としての実力は十数万石といったところだろう。

だがほんとうのところは隠したい。気になるうわさを聞いているのだ。それが「仕置」を急ぐ理由ならば、認められる石高は少ないほうがよい。だからまず、少なく言っておいたのである。

「これは最初に申しておくが」

と利家は右京亮を見下ろして言った。

「殿下よりは、こたびの仕置は大事である。隅々まで厳しくおこなうべし。拒む者がいれば、侍ならば城に押し込め、百姓ならば村に押し込めて、ひとり残らず撫《な》で斬りにするも苦しからず、と命じられておる」

「………」

「これは言葉の遊びではない。われらの仕置に逆らう者はすべて斬る。一村が逆らえば一村ことごとく、一城が逆らえば一城に籠もるすべての者の首をはねる。そのつもりでわれらも多数の兵をつれてきた。右京亮どのも、覚悟してあたってもらいたい」

うわべは従順でも、腹の中は煮えくりかえっているこちらの思惑などすべてお見通し、逆らえるものならやってみろ、と言いたげだ。

「いや、もちろん殿下に逆らうようなことはいたしませぬ。存分になされませ」

脇の下に汗を感じつつ、右京亮は言った。

「ふむ、ならばよし。そなたの城へ案内してもらおう」

右京亮と利家らは山を下り、軍勢とともに大浦城へ向かった。

だが一万の軍勢は大浦城にははいりきれない。結局、利家が大浦城に、慶次郎と利長が堀越城に、目付のふたりが浅瀬石の城にはいり、軍勢も分散してそれぞれの城に収容することで、やっと落ち着いた。

その一方で、城を明け渡した住人たちは他に住処を探さねばならず、往生した。

大浦城から押し出された形となった右京亮とおうら、それに各城にいた側室たちは、やむなく藤崎の古い城にはいった。長く使われていないため傷んだ建物を手直ししながらの、不便な暮らしがはじまった。

「なぜ城まで明け渡すのかえ！」

生まれ育った城を追い出されたおうらは不満たらたらだ。津軽を出たことのないおうらには、上方勢の強さと恐ろしさがわからないようだった。右京亮はなじられたが、

「一万の軍勢にはかなわん。命が惜しければ従うしかない」

となだめる他はなかった。実際、右京亮にもどうしようもないのだ。

数日後、大将の前田利家と利長は、ほとんどの軍勢とともに加賀《かが》へもどっていった。

一万もの軍勢に兵糧を差し出しつづけたら、津軽全体が飢えてしまうと恐れていたので、これには右京亮もほっとした。

そして居残ったわずかな軍勢と前田家臣によって、津軽の「仕置」がはじまった。

最初にとりかかったのは検地だった。津軽の村々の田畠や屋敷地の広さを算出しようというのだ。といっても、竿《さお》と縄をもって実際に田畠の広さを測るのではなく、村々の領主に持ち高を申告させる「指出検地《さしだしけんち》」である。

自分の領地は田が何反何歩、畑が何反何歩か、屋敷はいくつあるのかなど、書状に書いて出させる。それを合計して村高《むらだか》を、村高を合計して郡の高《たか》を、郡の高を合わせて津軽全体の高を算出するのである。

前田家の侍たちが奉行となり、その下に右京亮の家来衆がついて村々にはたらきかけるのだが、始めてみると、最初からつまずいた。

前田家の侍たちと津軽の者たちとのあいだで、話が一向に進まないのだ。

右京亮や重臣衆は、読み書きを習うときに上方の言葉にふれるし、また上方から流れてくる猿楽衆や連歌師などとも付き合うので、少し気をつければ上方の言葉も理解し、話すことができる。

しかし下士や百姓たちは上方の言葉にふれる機会がほとんどないので、当然のように津軽の訛《なま》りとお国言葉で話す。一方で前田家の侍たちも能登《のと》や加賀、尾張、美濃《みの》の出身でそれぞれ訛りがある。

両者が話をすると、お互い初めて聞くお国言葉や訛りに仰天し、話が通じなくて何度も聞き返すことになる。

この障害を乗り越えるには、互いに読み書きで習った言葉や能・狂言で使われる言葉を思い出して使うか、筆談をするかだが、下士や百姓の中には読み書きのできない者もいるし、能や狂言など見たこともない者がほとんどだ。結果として細かい話はなかなか伝わらず、検地作業は遅々として進まない。

こうした混乱は、右京亮も事前に予想していたが、あえてなにも手を打たなかった。というより、ひとつの武器だと考えていた。

自分の領地をあまり精密に検地されても困る。言葉が原因で検地ができないうちに冬になって、時間切れで検使が去ってくれればそれが一番いいと思っていたのである。

結局、検地は遅々として進まず、右京亮のもくろみ通りになりつつあった。

ほかに「仕置」の条目のひとつである城破《しろわり》は、領主の城以外の城——つまり家臣の城——を破却することだが、城をすべてなくしてしまうと家臣の住処がなくなるので、堀や土塁を壊して防御の拠点とならぬようにすることでよしとした。

並行して刀狩りもおこなわれた。

おもに百姓らから刀をとりあげ、侍と身分の区別をつけるのと同時に一揆を起こせないようにするのが目的だ。

こちらは検地とちがって単純な話なので、まずまず順調にすすんだ。

年貢の検量に使う枡を京枡にあらためる件は、命じられたとおりに各地に京枡を配った。しかしいままで使っていた枡よりやや太い（大きい）と百姓たちから文句が出ているという。心配だが、これは無理にも押しつけるしかなかった。

さらに家臣たちの足弱衆、つまり女房子供を大浦城下にあつめるようにも要求された。こうしておけば領内で家臣の反逆が起こりにくくなるからである。

理屈はわかるが、すると大浦城下に多くの屋敷を建てねばならず、すぐに進むものではなかった。

八月から始まった「仕置」は、そのような理由で十月にはいっても終わらなかった。

「しかしまあ、よく考えてあるな」

一連の作業を見た右京亮は、感心して面松斎に言った。

「検地で年貢の出所を押さえて、刀狩りで百姓どもに一揆を起こさせないようにし、城破と足弱衆をわが城下にあつめることで、家臣も反逆できぬようにする。すると家中はいつまでも平穏なままになる、ってことだ」

これは右京亮にも益《えき》がある。領地の中では、大名ただひとりが強い権力をもつようになる仕組みだからだ。

いまはまだ各地の城や館に拠《よ》る国人の力が強く、右京亮は大名といっても国人の同盟中の盟主といった立場だが、関白さまの命じたとおりにすれば、国人たちはみな大名の家来とならざるを得ず、大名、すなわち右京亮は領内でただひとりの主君となる。

「悪くないではないか」

思いもかけぬ関白さまからの贈り物である。だが面松斎は言う。

「関白さまの知恵でしょうな。惣無事を命じたからには、どうしてもいくさが起きないようにしたいのでしょうが、ちと強引すぎるように思われますな。果たしてうまくいくかどうか」

その不安は右京亮も感じていた。津軽ではまだなにも起きていないが、すでに仕置を終えていた仙北、由利のあたり——津軽の南にある安東家の領地の、さらに南に位置する——では早くも一揆が起きており、もっと南の庄内に波及しそうになっていた。

「頭を押さえられて息苦しくなれば、侍でも百姓でも反発するのは当然のこと。わが家中ではさようなことがないようにしなければ」

といっても前田家のやることは止められない。反逆すれば一城、一村丸ごとの撫で斬りが待っている。右京亮や重臣たちは、ただ見ているしかなかった。

しかし案ずるまでもなく、津軽では騒動は起きなかった。

右京亮が家中の者たちに、前田家の者には決して逆らうなと厳命していたのと、前田家の者たちがあまり厳しく「仕置」をせず、ことに検地は、領主たちの出してきた書きものをあつめただけに終わったからだ。

寒風が吹きはじめた十月には作業を手じまいし始め、十一月になると居残っていた前田慶次郎やわずかな軍勢も、津軽を去ると言い出した。

「ご苦労さまにござりまする」

と右京亮は礼をのべ、別れの宴を開きたい、と申し出た。

「ありがたいがな、その前に右京亮どのに伝えておかねばならぬ」

検地の結果を伝える、というのだ。実地での算出は進まなくとも、結論だけは出していたらしい。

右京亮も興味を持って聞いた。実のところ、右京亮も津軽全体の正確な高は知らない。自分の蔵入地はともかく、家臣の領地は検地などできない。ひとつひとつの村の高を、およその目積もりでこのくらい、と算出して合算すると、合わせておよそ十万石くらいだろうと見ていただけなのである。

前田家は、津軽をどう見積もったのか。

「右京亮どのの領地は、全部で四万五千石と見積もった」

と言う。それはまた内輪に見たものだと思った。検地といっても言葉もなかなか通じない面倒な作業に辟易《へきえき》して、わかったところだけ合計したのだろうか。

それとも、八月に前田利家を碇ヶ関の近くの山に案内した時、そこから見下ろして目積もりした値を使ったのか。

よくわからないが、前田家の者たちは案外と手加減というものを心得ていたし、心配していた三戸家の告げ口の影響も、なかったようだ。ともあれ、まずはその少なさにほっとした。

このころ、関白さまが唐入りを企てている、といううわさが流れていた。日本の軍勢をこぞって出陣させ、朝鮮《ちょうせん》を経由して大明国《だいみんこく》に攻め込む、というのだ。

そのために全国の大名衆に出兵を命ずるが、出兵数を決めるのに使うのが、検地で算出した石高だった。各大名に、領地百石につき何人出せ、と下知がくるのだ。百石につき四人となれば、十万石の大名は四千人をひきいて出陣しなければならない。

だから所領の石高が少ないほうが、負担が少なくてすむ。どこにあるのかわからない明国など行きたいと思わないし、領地も欲しくないから、手柄を立てようという気にもならない。所領の石高が少ないのはありがたいことだった。

右京亮は内心で、うまくいったものだと安堵していた。

しかし、それだけでは終わらなかった。

慶次郎はつづけて言った。

「このうち、三ガ一（三分の一）を殿下の蔵入地とする。ゆえに右京亮どのの取り分は三万石じゃ」

え、と声を出すところだった。

つまり所領の三分の一を関白さまに奪われる、ということだ。

「殿下にはそのように申し上げるゆえ、心得ておいてくだされ」

唖然とする右京亮に、能面のような硬い表情の慶次郎はつづけて、

「三ガ一ですんでよかったと思いなされ。去年のいまごろは、津軽はみな蔵入地にするとの話もあったほどじゃ。それと」

と言って右京亮をにらんだ。

「わざと言葉のわからぬ下士ばかりを検地に立ち会わせ、仕置を邪魔したこと、わからぬわれらでは

ない。それも殿下に伝えておくから、覚悟しておくがよい」

「いや、そんなことは！」

おどろきあわてて抗弁する右京亮を無視し、慶次郎はさらに言った。

「これで仕置は終わったゆえ、右京亮どのと足弱衆は、われらとともに上洛すべし。足弱衆を京に上らせるのも、関白殿下のお下知じゃでの。急ぎ仕度をなされ。雪で峠が閉ざされる前にここを出立せねばな」

二

津軽を出立した右京亮が京に着いたのは、天正十八年十二月の初めである。

今度は船ではない。足弱衆――右京亮の母と子――と供の家臣たちで数十人にふくれあがった一行は、前田家の軍勢といっしょに越後から越前《えちぜん》、近江へと陸路をたどった。

途中の仙北あたりでは、今度の「仕置」に不満を爆発させた一揆の軍勢が出没する不穏な場所もあったが、前田勢が鉄砲の火縄をくすぶらせて用心しつつ行軍したせいか、無事に通過できた。

仙北ばかりか、大崎や葛西、稗貫《ひえぬき》といった南部家に近い在所でも一揆が起きているという。それどころか、南部家の本拠である糠部郡内も、一揆が起きそうな気配らしい。

小田原に参陣しなかったというだけの理由で所領を奪われた侍たちも、いきなり上方のやり方を押しつけられた奥羽の百姓たちも、ともに怒りに満ち、一戦して理不尽な運命を打ち払おうとしているのだ。

だが右京亮にとっては、他領の一揆を思いやっている暇はなかった。京への道中、右京亮は馬上でもじっと考えに沈んでいることが多かった。

津軽の三分の一を御蔵入地として奪われたことは衝撃だった。御蔵入地も実際は代官として右京亮が統治するとはいえ、入ってくる年貢は確実に少なくなる。

その上、前田どのにはこちらの企みを見透かされ、機嫌を損じてしまった。今後は前田どのだけでなく、前田どのから報告をうける関白さまからも疑惑の目で見られそうだ。気が重いことである。

それ以外にもこの一年のあいだに、悩ましいことばかりが増えていた。

今回の上洛にしても、多数の土産物と数十人の旅費は馬鹿にならない金額になる。そして妻子を京に住まわせるとなると、また大金がかかる。領内の家臣たちの妻子を大浦城下にあつめるのも、骨が折れそうだ。

領地を奪われた上に、出費と仕事と気苦労ばかりが増えるのである。

京で宿に着いても、前田どのに連れられて聚楽第に挨拶にあがった日以外、じっと部屋にこもっていた。先のことを考えると憂鬱になり、外出する気力が湧いてこないのだ。

「お珍しいことで。具合でも悪いのでしょうかな」

と面松斎が部屋に顔を出したのは、年の瀬が迫ってからだった。

それまで快活に領内を飛び回っていただけに、部屋に籠もりきりの右京亮が意気消沈しているように見えるのだという。

「意気消沈か。まあそうかもしれんな」

正面から言われると、苦笑するしかない。

「この一年、いろいろあったからな。来年は我も四十二歳になるが、厄年《やくどし》とはこういうことを言うのかな」

「いや、さようなことではないと思いまするが。殿は凶事に遭ってはおりませぬゆえ」

と真面目な顔で言う面松斎を、少しからかってみたくなった。

「ところで、そなたは何を楽しみに生きているのかな」

と問うと、面松斎は案に相違して待ってましたとばかりに、

「それがしは、おのれの学問を深めるのを終生の課題としておりまする。津軽では、書物で得た学問を実践で生かす方法を、ずいぶんと多く学んでござる。今後も学問に精進いたしまするゆえ、必要な時にはぜひそれがしをお用いくださるよう、願い上げ奉りまする」

とすらすらと答えるものだから、右京亮は鼻白《はなじろ》んだ。

「……そなたはいつも元気がいいのう」

皮肉交じりに言ったのだが、面松斎には通じないようだ。

「は、ありがたき仕合わせ」

と感謝されてしまった。思ったより芯の強いやつだと、いまさらながらに気づいた。面松斎はさらに言う。

「ところで、この機会にいろいろとやることがあると存じまするが、いつから始めまするか。年の瀬とはいえ、世間は忙しく立ち回っておりまするぞ」

「……まあ、そうだな……」

たしかにいつまでも思い悩んではいられない。芯の強い面松斎に尻をたたかれる恰好で、右京亮は籠もっていた部屋から出た。

この上洛においてやるべきことは、たしかに数多くあった。

まずは、つれてきた母と子を住まわせるための屋敷を持たねばならない。しかも今後は右京亮自身も国許と都とを行き来しなければならぬようだし、上方の情勢を探り、連絡を保つ要員も置かねばならないので、屋敷はそれなりの広さが必要になる。

とりあえずは京に置くとして、大坂にもひとつほしい。しかし用地をさがして建物普請の手配をするのは、知り合いの少ない都では大仕事である。

ここで助けになったのが、石田治部少輔だった。

上洛の挨拶に屋敷をおとずれると歓迎してくれて、昨今の天下の情勢や関白さまへの仕え方など、親切に教えてくれた。

「なんにせよ誠実にお仕えすれば、殿下はよくしてくださる。道を外さぬことこそ、肝要と心得なされ」

と、才槌頭をふりながら説教されるのには閉口したが、どこを見ても味方がいないと思っていた京で、どうやら味方してくれる者を見つけたらしいと心強く思った。

京での屋敷地についても世話をしてくれることとなり、そちらの心配もせずにすみそうになったのも、ありがたかった。これからは奉行衆、なかでもこの治部少輔どのを頼ることにしようと思う。

──そうだ。ならば、ここで……。

気になっていることも、片付けてしまおう。

右京亮は深く一礼し、口を開いた。

「さまざまにお心遣いをたまわり、まことにかたじけなし。重ねてお願いをいたすのは心苦しゅうござるが、ぜひとも無理を聞いていただきたく」

「ほう、いかがなことかな」

「じつは、それがしには元服を控えた息子がござる。今般、都につれてきましたゆえ、ここで元服させたく、ついては烏帽子親になっていただけませぬか」

烏帽子親になれば、実の親とおなじで終生その子——烏帽子子という——の面倒を見るのが習いである。現実には臣下になる、あるいは親戚のようなつきあいをする、といった意味合いがふくまれる。右京亮からすると、跡取りである長男の平太郎の烏帽子親をたのむとなれば、家の将来を治部少輔に賭けるに等しい。双方ともに大きな決断になるところだが、

「それは名誉なこと。よろしい。承った」

と治部少輔はその場で快諾してくれた。

このさわやかな応対ぶりに、さすがは天下の奉行、切れ者だと思い、右京亮は感心しつつ屋敷をあとにした。

今回、右京亮が足弱衆としてつれてきたのは長男の平太郎と右京亮の母である。

本来なら正室のおうらが上洛すべきだろうが、おうらは京へのぼることを頑として拒んだ。人質になるのはいやだし、都より津軽がいい、と言うのだ。

右京亮はいまでもおうらには頭があがらないので、ほとほと弱っていると母が、

「都なら、わらわをつれてゆけ。昔、行ったことがあるでの、役に立つこともあろう」

と言い出した。

「昔行ったときはあれもしたい、これもしたいと思いつつ、できなかったことも多いでの。いい機会じゃ」

母はもう六十に近い身だが、まだまだ足腰はしっかりしており、目も耳もたしかだ。なにより本人が行く気満々である。

実の母なら人質として十分、正妻のかわりになる。前田どのとも相談し、許しを得てつれてゆくことにしたのである。おうらより、年寄りの母のほうがよほど新しい世になじみそうだと、おかしく思いもした。

あわただしく年がすぎてゆき、正月もあちこちに年賀におとずれたり、挨拶をうけたりするうちにすぎていった。

その間、都で聞く奥羽の状況は、悪くなる一方だった。

関白さまの大軍が引き揚げたあと、あちこちで一揆が蜂起《ほうき》し、手がつけられなくなっている。ことにひどいのが大崎と葛西の一揆で、残った上方勢——木村弥一右衛門らである——の城を囲んで気勢をあげているという。

——ま、無理もないわな。

右京亮は思う。大崎と葛西の侍衆は、小田原に参陣しなかったというだけの理由で領地をとりあげられている。それで侍たちが納得するはずがない。領地を奪い返そうとするのは当然だと思う。

津軽のことも気になるが、留守居を頼んだ兼平中書からは、いまのところ何の便りもない。津軽で一揆が起きたとのうわさは聞かないから、大丈夫なのだろうと思うばかりだ。

そうして小正月もすみ、平太郎の元服も石田治部少輔の屋敷で行われて平太郎は治部少輔の烏帽子子となり、両家の絆《きずな》ができた。

そんなある日、母が輿を用意してくれと言い出した。

「輿でどこへ?」

とたずねても答えてくれない。

「悪いようにはせぬ。まかせておきなされ」

と言い、侍女と侍衆をつれ、津軽から持参した干鮭や干海鼠などをもって外出していった。何をするつもりかといぶかしく思っていると、昼すぎにもどってきて、

「やれ、近衛《このえ》どのと話をつけてきた。そなた、明日にも近衛どのの屋敷へ出向きやれ」

と言うから、おどろいてしまった。

近衛どのといえば公家の中でも最高の家柄で、当主は摂政《せっしょう》や関白にまで昇る。そんな高貴な家とのあいだで、母はいったい何をしてきたのか。

聞けば、近衛どのの屋敷に乗りこみ、

「わが家はみちのくにあれど、近衛家とは血縁があるので挨拶いたしたく」

と言い、近衛家の家礼《けらい》の者と会ったという。

「その昔、大浦家の先祖は都から落ちてきた近衛家の娘御《むすめご》を妻とした、という言い伝えがあるのは知っておろう」

と母は言う。右京亮は額に手を当てた。

「はて、聞いたこともないが……」

「あるのじゃ。そなたが知らぬだけよ」

と母はいたずらっぽい目で言う。どうやら母のでっちあげた話らしい。

「公家の筆頭格である近衛家と縁者とは畏《おそ》れおおいが、さような言い伝えがある以上、家系の端につらなる者として、今後、よきにご指南くだされ、と頼んでおいた。明日そなたが行けば、近衛家のご当主さまにお目通りがかなうはずじゃ」

と言う。そのときにはお馬代《ばだい》として金十両を忘れずにもっていけ、そうすれば歓迎してくれるはずだと。

「はあ……」

右京亮がその強心臓ぶりに呆れていると、母は押しつけるように言った。

「われらはもう、南部家とは縁を切ったほうがよいと思うぞ。南部の一族ゆえ、三戸はわれらを謀叛人として非難しておるし、上方勢の中にもそう見ている者がいるのじゃろ」

右京亮はうなずく。たしかにそのとおりだ。

自分で南部の一族だと言っている限り、宗家の三戸家からは謀叛人だと非難されてしまう。上方衆の中からも、前田どののように三戸家の声に賛同する者もでてくる。

「南部の一族でなければ、謀叛人とは言われぬ。逆に、三戸がわれら先祖伝来の所領を侵したと言える。ただ南部家と縁を切るならば、別の家系を作らねばならぬ。そうじゃろ」

母は真面目な顔でつづける。

「南部家と縁を切って別の家を立てるとなれば、まずは家の由緒が必要じゃ。そこでわれらが近衛家の連枝《れんし》となれば、氏《うじ》は藤原《ふじわら》よ。南部家は甲斐源氏の血筋ゆえ、われらははっきりと別の家と言い切れる。な、悪い話じゃなかろう」

母の満足げな笑みに右京亮も、

「なるほど、それは名案」

と手を打った。南部家から謀叛人呼ばわりされるのを避けられる上、天下の名門近衛家に直につながる血筋となるのだから、まことに都合のよい話である。南部一族の父祖に申し訳ないとちらりと思ったが、なに、子孫繁栄のためだから許してもらえるだろう。

「さて、そうなると南部右京亮ではまずいな」

右京亮は伸びている髭をしごいた。南部家は奥羽の名家として天下に隠れもないので、通りがよい。

そこでこれまで都では南部姓《せい》を名乗っていたが、縁切りとなれば別の姓にしなければならない。

しばし考えた末に、右京亮は宣言した。

「よし、今日から我は津軽を名乗る」

領地を姓にするのは、武士の習いである。これまでは大浦を名乗っていたが、いまでは津軽と名乗ってもおかしくない。しかも津軽は日本の北の果ての地として有名だから、都でも通りがいいはずだ。なにより愛する津軽を姓として名乗れるのは気分がいい。

「南部でも大浦でもなく、津軽右京亮為信よ。氏は藤原、姓は津軽。これでいこう」

母と右京亮はうなずきあった。

翌日、上京にある近衛家の屋敷をおとずれた右京亮は、当主の信輔《のぶすけ》と対面した。上座にすわる摂関家の当主は、狩衣に立烏帽子《たて》という公家らしい姿だった。

型通りの挨拶をかわしたあと、右京亮の髭面をまじまじと見た信輔が、

「津軽の者はみなそのように髭を伸ばしているのか」

と問いかけてきた。右京亮は、

「冬の寒さをしのぐために、かように」

などと答えてとぼけておいた。まともに答えるのも馬鹿らしいと思ったのである。

そののち家礼の者と会って、毎年相当の金品を贈るかわりに近衛家と津軽家の縁をみとめ、紋所《もんどころ》の使用を許してもらうようかけあった。

「いやそれは、前例もないことゆえ……」

と家礼の者は渋っていたが、後日、許すとの返答が届いた。お馬代十両と、毎年金品を贈るという提案が効いたようだ。公家は気位ばかり高いが、所領を侍に奪われて台所は火の車なのである。

家紋も大浦家代々の「丸に桔梗《ききょう》」から、近衛家の牡丹《ぼたん》の紋にあらためることにした。ただし近衛家の紋は牡丹の葉が片側九枚だが、津軽家は遠慮して七枚とする。

これで南部一門の大浦家は、近衛家の親族である津軽家に変貌した。あとはおいおいと津軽の名を天下に広めてゆくばかりだ。

一月末には、石田治部少輔から屋敷地として、下京《しもぎょう》の釜座通《かまんざどおり》に面した地を紹介された。ちょうど昨年、関白さまの命で新たに造られた通りにそった町で、空き地なので自在に作事《さくじ》してよい、とのことだった。番匠《ばんしょう》も紹介してくれたので、さっそく方角を見て屋敷の縄張りをするよう、面松斎に命じた。

懸案がいくつか片づき、また二月になったので帰国の仕度にかかっていると、関白さまの茶頭である利休が蟄居を命じられた、とのうわさが都をかけめぐった。何が起きたのかと見ていると、しばらくして利休は切腹を命じられ、本当に果ててしまった。

これは権力争いの一環で、石田治部少輔ら奉行衆が裏で暗躍していた、といううわさが聞こえてくる。

――いや、治部少輔どのを頼んでよかったわ。

どうやら力強く頼もしい者を味方にしたようだ。わが家の前途がいくらか明るくなったと、右京亮は安堵した。

そののち南奥州の大大名である伊達政宗《まさむね》が、関白さまに呼びつけられる形で上洛してきた。なんでも、大崎・葛西の一揆を扇動しているのではないかと疑いをかけられ、その申し開きをするためだとか。

少し前に咎められたときは、小田原攻めの騒ぎもあって不問に付されたようだが、今度はそうもいきそうにない、とのうわさだった。

奥羽はいまや、あちこちで一揆の炎が燃えさかっている。

昨年起きた大崎・葛西や和賀《わが》・稗貫の一揆も収まっていないのに、三月の半ばには「糠部中錯乱」と都に聞こえてきた。九戸家が、三戸信直に不満を抱く諸家と語らい、蜂起したのだ。その勢いは三戸家をしのぎ、南部家中の過半が九戸家に味方しているらしい。

「ふん。信直め、ざまをみろ」

と右京亮はひとりごちた。このまま九戸家が南部家を掌中《しょうちゅう》にしたら、どれほどいいことかと思う。そうすればとなり同士、仲よくやってゆける。愉快な気持ちになっていると、

「九戸の家、大丈夫かの」

と右京亮とは逆に、母は心配している。

「昔とはちがうぞ。三戸に逆らうとは、いまでは関白さまに逆らうことじゃ。小田原の北条家のように潰されねばいいが」

いずれにせよ、いつまでも京にいるわけにはいかない。母と子を京に残しておいて、右京亮は海路、津軽へもどった。

三

帰りついた津軽は、平穏だった。

兼平ら三人の家老衆が、しっかりと家中を押さえていたのである。右京亮はほっとしたが、家老たちはそれ以上に安堵したようだ。

「じつは九戸家から使者が幾度もきて、困っていたところで」

と、帰ったばかりの右京亮に不安を訴える。

となりの南部家中は、混乱の極みにあった。

去年の夏に、すでに九戸側と三戸側は小競り合いを始めていた。冬になって雪で身動きがとれなくなり、いくさは止んでいたが、この正月に九戸側の者たちが三戸城の恒例の年賀式に登城しなかったことで、九戸側の叛意《はんい》が明らかになる。そして三月十三日に九戸側の櫛引《くしびき》、七戸の軍勢が三戸側の苫《とま》米地《べち》城を攻めたのを皮切りに、九戸勢が三戸側の城をつぎつぎに攻め落としていった。

「九戸側からわが方に、味方してくれと使者がきてな」

留守居役をつとめた兼平中書が、重臣たちを代表して説明する。

「こちらはあるじが上洛中だからと言って返事を延ばしていたが、何度も使者がきて、ほとほと参っていたのよ。ま、それだけ九戸側のほうも大変なのだろうが」

「いっしょに蜂起せよというのか」

「そういうことだ。なにせこれまでの因縁があるからな」

右京亮が九戸家に助けられたことは、一度や二度ではない。いまこそ恩を返せ、というつもりだろう。しかも右京亮の母は九戸の縁者である。

「で、家中の者たちは何と言っている」

「やはり京儀《きょうぎ》（上方のやり方）は気に食わぬ、九戸といっしょになって上方勢を打ち払い、もとの世の中にもどすべし、という者もいるが、多くは、もはや世の中はもとにもどらぬと思っている。だから九戸に付き合うなどやめるがよい、と思っているだろう」

「そうか……」

右京亮の心も千々に乱れる。信直の三戸家が存続するより、九戸家に南部家の当主になってもらったほうがいい。

しかし母も言うように、三戸家はいまや関白さまから庇護《ひご》される立場だ。下手に三戸に敵対して九戸家に味方すると、関白さまから咎められる。果ては大崎や葛西のように領地を取りあげられ、家臣ともども浪々《ろうろう》の身となってしまうだろう。

せっかくここまで家を大きくしたのに、義理に縛られてすべてを失っていいものか。

ここは容易に手出しできないと感じて、いくらか良心の呵責《かしやく》を感じつつも、右京亮は九戸家からの依頼を無視しつづけた。

そのあいだに南部領では、九戸側の攻勢に三戸側は押されっぱなしとなっていた。

五月、ついに三戸信直が上方勢に支援を頼むため、重臣と自分の息子を京へ送ったと聞こえてきた。もはや三戸家だけでは九戸家を抑えきれなくなったのだ。

「ま、信直どのは利口者よ」

皮肉を込めて右京亮は言う。

「婿入りして三戸家を乗っ取っただけでなく、他人の力を借りて南部家全体をわがものにしようとしているからな」

聞いていた兼平が忍び笑いする。そういう右京亮も人のことはいえないと思っているとは、想像がつく。

むっとしたが、咎めはしなかった。

南部領との境目をかため、はらはらしながら見守るうちに、浅野長吉から使者がきた。ただの使者ではない。関白さまの書状を捧《ささ》げていた。

書状には、奥州奥郡の仕置のため、徳川、上杉、そして自分の後継者である秀次らの軍勢を派遣する、右京亮は大谷吉継《おおたによしつぐ》の指図にしたがい、南部家中で逆意をくわだて一揆を起こした者たちを成敗せよ、と書かれていた。

「出兵か……」

使者が帰ったのち、右京亮は嘆息した。

おそらく関白さまは、九戸家と右京亮との関係を承知の上で命じてきたのだ。

「九戸の味方をするどころか、成敗する側にまわらねばならなくなったわい」

右京亮は兼平と面松斎を城に呼び出し、ふたりの前でこぼした。

「関白さまや上方勢に悪く思われないためにも出陣せざるを得ぬが、出陣したらしたで、津軽は義理も人情もないのかと言われるぞ」

「やむを得まい。この書状のとおりなら、天下の軍勢が九戸を攻めるのだろう。もし従わなければ、その軍勢がこちらへも来ることになる。進んで地獄へ落ちることはないわ」

兼平は仏頂面で言う。

「長いものには巻かれろと申す。しかも関白さまのお指図ですからな、公儀の命令でござる。これは従うにしかず」

と面松斎も言う。右京亮も結論はわかっている。津軽家は出陣せざるを得ない。

「しかし、相手は九戸だぞ。これまでよくしてくれたのに……」

話しているうちに、なにやら胸がいっぱいになってきた。さらに自分の不甲斐なさも胸に刺さってきて、こみあげてくるものがある。

右京亮は大きくため息をつき、御座《ござ》の間から広縁に出て空を見上げた。

兼平と面松斎のふたりは、そんな右京亮をただ見ているばかりだった。

四

天正十九年八月、右京亮は二千の軍勢をひきいて大浦城を発《た》った。

めざすは九戸城である。

大浦から北上し、平内《ひらない》小湊口から南部領にはいり、名久井《なくい》という地で陣を敷いた。ここでしばらく友軍を待つことになる。

この数ヶ月で、奥羽の情勢は大きく変わっていた。

先に勃発した大崎・葛西の一揆は、七月初めに鎮圧された。京へ呼びつけられた伊達政宗が、自国へもどって大軍をもよおし、数日のうちに一揆勢の籠もる城をみな落としてしまったのである。政宗自身が大崎・葛西の一揆を扇動したという嫌疑は、これでうやむやになった。

大崎・葛西より北の和賀・稗貫で起きた一揆も、北上してきた豊臣秀次がひきいる上方の軍勢に平定された。残るは九戸の一揆だけ、という状況になっている。

一揆を平定するために派遣された軍勢は、
白河《しらかわ》口からは豊臣秀次、徳川家康。

仙北口には上杉景勝《かげかつ》、大谷吉継。

相馬《そうま》口に佐竹、宇都宮、石田治部少輔。

そして伊達、最上ら奥羽の大名衆は、これら諸将の指揮下にはいることになっていた。その数、合わせて六万とも十万ともいう、途方もない大軍である。

八月とはいえ、夜は冷える。幔幕《まんまく》を張り巡らせた本陣で焚き火をかこみながら、右京亮は家老たちと明日の行動について打ち合わせをしたが、それが終わったあとで森岡金吾が、

「なにしろ他人の領地に軍勢を入れるのですからな、三戸どのに挨拶ぐらいはしておくべきかと」

と言い出した。大名同士であるし、礼儀はきちんとすべきだと言う。

「いや、本来なら、向こうから幾重にも膝を折って礼にくるべきだがな」

兼平中書が言う。自領の不始末のために他家をわずらわせるのだから、当然だと言う。

「こちらから挨拶するなど、無用のこと」

と言ったのは、小笠原伊勢守だ。

「自分の家中を治めきれず、近隣諸家に迷惑をかけているのは三戸どのであり、当家は何も後ろ暗いところはありませせぬ。当家がここにいるのも公儀の命令によるもの。遠慮などいらぬことにござる」

反論する隙もない正論である。

「まあ、そうだな」

と右京亮も言わざるを得ないが、今後はそれではすまない、という気がしてならない。関白さまが天下を征した以上、もはや戦国ではないのだから……。

そう言おうとした右京亮は、小笠原伊勢守の言葉にはっとした。

「挨拶どころか、陣のまわりを警戒したほうがようござる。すでにここは敵地でござるぞ。三戸どのが攻めてくるかもしれず」

信直はこちらを恨んでいるはずだ、と言う。

思えば右京亮が二十二歳のとき、大仏ヶ鼻城を襲撃して信直の父、高信を津軽から追い出したのが、南部三戸家との対立の発端である。信直も父の仇として右京亮を恨む理由があるのだ。

「わかった。ともあれ油断なく、お下知にしたがって行軍しよう」

と言ってその場はおさめた。いくら三戸信直が恨んでいるとしても、天下の軍勢が見ている前でこちらに攻めかかってくるとは思えなかった。

九月一日には、南から押し寄せた蒲生氏郷《がもううじさと》の軍勢が、九戸城の前衛となる姉帯《あねたい》城と根反《ねぞり》城を攻め落とし、ついで一戸城へ攻めよせた。一戸の者たちはかなわずと見たか、城を焼いて九戸城へ駆け入った。

これで九戸への道がひらけて、上方の軍勢は南方から九戸へ進撃し、城を包囲した。

九戸城は馬淵川《まべちがわ》と白鳥川《しらとりがわ》を天然の濠《ほり》とする要害で、丘の上にある本丸、二の丸、三の丸のほか、石《いし》沢館《ざわだて》や若狭館《わかさだて》という曲輪も別にあって、広大な構えをもつ。

右京亮は北から九戸へ進軍し、秋田家——安東家が姓を変えた——や小野寺《おのでら》家といった羽州の軍勢とともに、城の西側にあたる穴手と呼ばれる高地に陣をかまえた。

南部家は、すぐとなりに陣をかまえている。

小笠原伊勢守がうるさく言うので、陣地には櫓をあげ柵で囲い、見張りを厳重にした。

主力となる蒲生勢や堀尾帯刀《ほりおたてわき》勢は城の南に、徳川家の井伊《いい》勢は真東に陣を敷いた。

その日の夕刻、穴手の高みから九戸城と包囲した軍勢を見下ろしていて、右京亮は気づいた。

「まったく隙がないな」

攻め手の軍勢は、本当に隙間なく城を囲んでいる。空いているのは西側だけだが、そちらは馬淵川が流れているので攻められないし、逆に城から出ることもできない。

「さよう。不思議な構えですな。ふつう、攻められて逃げ場所のない城兵が死に狂いにならないよう、一方は空けておくものですが」

と面松斎が言う。

なぜそんなことをするのかと少し気になったが、明日から城攻めが始まるとあってはそれどころではなく、竹束や楯を用意したり飯を多めに炊いたりと、仕度に追われた。

九戸城の攻撃は、九月二日から始まった。

城を隙間なく囲んだ軍勢は、鬨の声をあげ、いっせいに鉄砲を撃ちかける。

城兵は、門を開いて打って出てきた。

槍を手にさんざんに荒れ狂うが、寄せ手は多勢である。つぎつぎに新手を繰り出してくるので、城兵はしだいに討ち減らされ、ついには門内に退いていった。

右京亮の津軽勢も戦いにくわわり、幾人かの討死を出した。

翌日は上方の軍勢が竹束を前にして城にちかづき、鉄砲を撃ち浴びせる戦いに終始した。

その戦い方を見ていて、

――恐ろしいものだな。

と右京亮は思った。どこが恐ろしいかといえば、鉄砲の数がちがうのだ。

右京亮が経験した奥羽の戦いでは、鉄砲がどん、どどんと鳴ったら、しばらくは静かだった。弾込めに手間がかかるからだ。

だが上方勢は、数多くそろえた鉄砲を交互に撃つので、耳が痛くなるほどの轟音《ごうおん》が間断なくつづく。

その間、どれほどの鉛玉が敵に浴びせられていることか。

おそらく九戸城では、飛んでくる鉛玉の嵐に恐れおののき、戦うどころか、身を隠すことに懸命になっているのだろう。

鉛弾を浴びせる一方では、和議の交渉も行われた。果たして九月四日には和議がまとまり、九戸の当主、政実と櫛引清長《きよなが》のふたりが頭を剃り、白衣を着て城を出てきた。

作法どおりの降参の仕方である。

九戸城は囲まれてから三日で落ちた。戦力に大差があるから、無理もないことだった。

「ま、九戸も命があってよかったではないか」

と右京亮は兼平らに語りかけた。

和議をへて降参したからには、命は助かるのだろう。うまくすれば、九戸政実もまた南部家の臣として仕えることができるかもしれない。そう考えると、親しかった九戸家を裏切った罪悪感が少しは和らぐようで、右京亮もほっとしていた。

だが、上方勢は甘くなかった。

総大将の中納言秀次の陣につれていかれた九戸政実らは、そこですぐに斬首された。

城に残っていた兵たちは二の丸に押し込められ、火をかけられて皆殺しの目に遭った。

右京亮は後始末のために滞陣していたが、二の丸にあがった煙と悲鳴を聞いておどろき、足を止めた。そして事情を知って愕然《がくぜん》とし、しばらく動けなくなった。

「それで城を隙間なく囲んだのか!」

やっと上方勢の意図がわかった。最初から一揆勢を皆殺しにするつもりだったから、逃げ道を空けておかなかったのだ。

津軽を「仕置」した前田利家の言葉を思い出した。

「仕置」に逆らう者がいたら、一村でも一城でもみな撫で斬りにすべしと関白さまから命じられている、と言っていたではないか。

その言葉にうそはなかった。たしかにいま、上方勢は一城を撫で斬りにした。

「……九戸は、見せしめにされたのか」

「そのようにございますな。これでもう、一揆を起こそうとする者は出ますまい」

面松斎も沈鬱な顔でいる。

「これが京儀か……」

天下を制した者の正体を見た気がして、背に寒気を感じた。


いくさは終わったが、無人となった九戸城を改築する手伝いをせよとの話があったので、その後も陣で下知を待っていると、浅野長吉から使者がきて、対面した右京亮に勢い込んで告げた。

「疾《と》く帰国なされませ」

「ん？　城普請を手伝わなくてよいのか」

問い返す右京亮に、使者は首をふる。

「じつは、かような話がござって」

なんと三戸信直が、右京亮を誅伐《ちゅうばつ》したいと言い出しているという。

反逆者である九戸家を誅伐したのだから、この際、おなじく南部家に反逆して領地を掠《かす》めとった右京亮も退治すべきだ、との理屈である。

「わがあるじは、津軽家は関白さまに認められたお家ゆえ、誅伐などもっての外と三戸どのを諫《いさ》めておりまするが、納得されていないようす。ゆえに不測の事態を避けるため、疾く疾く陣払いし、帰国なされよ」

使者は強くすすめる。これには右京亮も憤然《ふんぜん》とした。

「信直め。恩も義理も知らぬ男と見える」

家中の一揆を鎮めるためにわざわざ出兵してきてやったのに、礼をするどころか誅伐するだと。

――三戸と仲直りするなど、こちらが甘かったようだ。

人の恨みとは恐いものだと思う。こちらがそれほどたいしたことだと思っていなくても、相手はいつまでも執拗に憶《おぼ》えていて、晴らす機会をねらっている。

新しい世になったからとて、古いしがらみが消えるわけではないのだ。

ここは右京亮も意地になった。

「であれば、なおのこと陣払いできぬな」

そののち、あてつけのようにわざと三日のあいだ滞陣した。そして浅野長吉より再三の勧告をうけてやっと腰をあげ、津軽へと帰陣していった。道中で右京亮は、

「こんなこと、一文の得にもならぬがな。我も津軽のじょっぱりが身についてきたか」

と自らを嗤《わら》った。

火縄をくすぶらせた鉄砲足軽を先に立てて万全の備えで行軍し、隙を見せなかったせいか、はたまた浅野長吉に遠慮したのか、三戸勢は手出ししてこなかった。右京亮は何ごともなく大浦城へ帰り着いた。

# 第八章　南へ北へ

## 一

天正二十（一五九二）年の三月。

右京亮は津軽からつれてきた手兵《しゅへい》とともに、京の聚楽第近くの馬場に立っていた。

あたりは人馬に満ち、甲冑の触れあう音や話し声、馬のいななきなどで騒がしい。

「いやいや壮観壮観。これは学ぶことが多うございますな」

面松斎は、先刻からあちこちと歩き回り、じっとしていない。矢立と懐紙をとりだし、なにやら書き込んだりもしている。少し落ち着けと命じたところだったが、

「それぞれの兵にもお国ぶりが出ておりまするし、旗印と御大将のようすなどもこの際、見覚えておきたくもあり、かように」

と高ぶった顔つきで言う。

面松斎が興奮するのも無理はなかった。

いま聚楽第の前には前田家、徳川家、佐竹家など東国《とうごく》の軍勢が勢ぞろいしていた。十年前ならば、一堂に会するなどとても考えられなかった面々である。

好奇心旺盛な面松斎には、旗印ばかりでなく、兵のつけている甲冑や槍、弓など得物のちがい、兵力の大小など、知りたい事柄がいっぱいあるようなのだ。

居ならぶ諸家の軍勢の中でもひときわ目立っているのは、伊達家だった。

紺地に金の日の丸を捺した幟《のぼり》をもち、金の星が描かれた黒い胴丸をつけた足軽や、朱鞘《しゅざや》の太刀に銀ののし付きの脇差をさし、高々と尖った笠をかぶっている足軽がいるかと思えば、騎馬侍はみな金の半月が描かれた黒母衣《くろほろ》を背負い、馬には虎や豹《ひょう》紋の革鎧《かわよろい》をつけ、さらに孔雀《くじゃく》の尾や熊の皮などで飾り立てていた。あまりのきらびやかさに、伊達勢だけが諸軍から浮き上がっているように見えた。

「あそこは領内から金が出るからな、裕福だろうな」

と右京亮はつぶやく。くらべて津軽家の軍勢は地味だった。

幟旗は、白地に墨で卍《まんじ》をふたつ描いただけという簡素なものだし、足軽の胴丸も、侍衆の鎧も統一されておらず、それぞれ使い古したものをつけている。

騎馬こそ二十騎そろえたが、馬鎧《うまよろい》もつけず、乗る侍衆もそれぞれくすんだ色合いの甲冑をつけ、自分指物《さしもの》を背負っているだけだ。

ほかには弓鉄砲足軽七十五、雑兵《ぞうひょう》三百ほど。天下の大名が群れつどう中にあっては、いるかいないかわからないような存在だった。

——まあ、これがわが津軽家だな。

いくらか忸怩《じくじ》たる思いも抱いてしまうが、それでも津軽は広やかで美しい在所だと誇りをもっている。

出立の時刻となったようだ。前のほうが騒がしくなり、軍勢が動き出した。

先頭は前田どの。二番に徳川どの、三番が伊達、四番が佐竹。続々と西を目指して行軍してゆく。

行く先は肥前名護屋《ひぜんなごや》。九州である。そして九州からはさらに、朝鮮をへて唐国《からくに》まで渡ることになっている。

日本は新関白の秀次にまかせ、自分は唐国を征してそこの関白になる、と太閤《たいこう》さま——秀吉は昨天正十九年の末に、関白の座を養子の秀次にゆずって太閤と呼ばれるようになっていた——は言うのだ。いくさで手柄をたてた大名には、褒美として唐国の地が与えられるそうである。

太閤さまの気宇壮大《きうそうだい》さには、あきれるばかりだった。

だが奥羽仕置で太閤秀吉の実力と強引さを思い知らされたあとだけに、あながち大法螺《おおぼら》だとも思えない。

「ま、ついてゆく方は大変だが」

つい愚痴が出る。右京亮にしてみれば、日本の北の果てから南の果てまで移動することになる。領内を治めるだけでも大変なのに、太閤さまの無茶に付き合わねばならないのである。

昨年九月に九戸の乱が終わって津軽へもどってから、右京亮も忙しかった。

まずは居城《きよじょう》を、大浦から堀越へ移すことにした。

津軽全域を治めるためには、大浦城の位置は西に寄りすぎている。どうせ城下に家臣の妻子を住まわせる屋敷を建てねばならないのだから、この際、以前から考えていたとおり、津軽の中央近くにある堀越を本拠にしようと決断したのだ。

となりの南部家も、九戸の乱で攻め潰された九戸城を改修し、居城として三戸城から移るようだったから、それを見習ったという面もある。

家臣たちに、堀越城下に屋敷を建てるよう尻をたたいていると、太閤さまから、津軽の鷹を保護し、商売に使わないよう命じる書状が届いた。

使者から話を聞くと、太閤さまは十月から三河や尾張で、鷹狩り三昧の日々を送っているとのことだった。

九戸政実の無残な最期を思い起こすと、なにやら腹が立ったが、太閤さまには逆らえない。使者に承諾の返事を託し、丁重に送り返したものだ。

そうして堀越へ移る作業であわただしい中、新しい関白の秀次さまから出陣の触れがあった。やむなく移転の作業を中断して兵をととのえ、雪の積もりはじめた矢立峠を越えて京へ急いだのだ。

しかも出陣前にひと騒動あった。

当初は右京亮自身が出馬するつもりはなく、小笠原伊勢守に出陣を命じて、右京亮自身は津軽か京にとどまるつもりだった。

しかし伊勢守が、自分はもう五十を超える老齢であり、遠国《おんごく》への出陣は勘弁してほしいと言い出したのだ。

たしかに元々痩身の伊勢守は老いてさらに痩せ、顔色もなめし革のようになって生気がない。遠国へ行くのはつらそうだ。

とはいえ家老の職にある以上、主の代わりをつとめるのは当たり前である。押し問答をしたが、伊勢守はどうしても承諾しない。

「さようか。ならばちと考え直すか」

と右京亮は穏やかにひきとったが、腹の中は煮えくりかえっていた。

——これからの世で、遠国へ行かずにやっていけるか！

太閤さまが天下を治めて以来、世の中は変わってしまったのだ。津軽家も大名である以上、もはや北奥羽にとどまってはいられず、太閤さまのお下知ならばどこへでも行かねばならない。大名がそうである以上、家臣も同様な覚悟でいなければならないはずだ。

なのに行きたくないなど、わがままにもほどがある。小笠原家は家老として三千石もの禄《ろく》を食《は》んでいる。その大禄《たいろく》に見合うだけのはたらきをするべきではないか！

右京亮は、この機会に家臣たちのはたらきについてじっくりと考えてみた。

いまの小笠原、森岡、兼平の三家老は、先代の為則公から引き継いだものだ。津軽を切りとり、隣国と争っていた時には役に立ったが、これからはどうか。

もう隣国と合戦をすることはないだろう。かわりに上方の大名衆とやりとりし、太閤さまの機嫌をとって家を保っていくようになる。そのために大切なのは、合戦で軍勢を指揮する腕前ではなく、上方衆と如才なく付き合っていくための知識や、京や大坂の屋敷を維持する資金を稼ぐ知恵だ。

伊勢守にそれがあるか。

おそらくない。年齢もあるし、そもそも上方のことなどまったく知らない。津軽を平定するまでは大きなはたらきをしたが、今後は役に立たないだろう。

そうなると、三千石という大禄が無駄に消えていることになる。上方にのぼるだけでも大金がかかるのに、そんな無駄をほうっておいては家が立ちゆかない。

世の中が変わる以上、家中も変えていかねばならない。

——とすれば……。

熟考した末に、馬廻り衆をみな呼んで腕の立つ五名を残し、あとは合戦仕度をして自分の屋敷で待つように命じて帰した。

そうしておいて、小笠原伊勢守を城に呼びよせた。いつものように登城した伊勢守に、

「名護屋への出陣の件、あいわかった。行きたくないというなら、やむをえぬ。代わりの者を出そう」

と言った。それを聞いて神妙な顔で平伏する伊勢守に、つづけて、

「ただし役を果たさぬのであるから、家老の職も退いてもらう。所領も召しあげる。仕事をせぬ者に禄をわたすほど、我の家は豊かではないのでな」

と言い渡した。

「そ、それはあまりにも無体《むたい》な！」

と抗弁しようとする伊勢守の前に、馬廻り衆が駆けつけ、刀に手をかけて取り巻く。呆然とする伊勢守に、右京亮は冷たく言った。

「そなたには蟄居を命ずる。なに、心配するな。ちゃんと暮らせるだけの禄と屋敷は与える。これまで苦労であった」

伊勢守はそのまま宿川原の西にある居士《いっち》という山の中へ蟄居させ、伊勢守の屋敷には馬廻り衆の軍勢を差しむけた。一戦も辞さぬ覚悟だったが、伊勢守が抵抗するなと言《こと》づてしたため、こともなく屋敷と所領を召しあげることができた。

いまのところ、伊勢守はおとなしく蟄居暮らしに甘んじている。元来、欲の少ない男なのだろうと思う。あるいは、もはや老いて逆らう元気もないのかもしれない。

伊勢守の代わりには兼平を出そうと思っていたが、諸大名家はみな当主自身が出馬すると聞いて、やむなく自身で出てきたのだった。

だが文句も言っていられない。前田勢や徳川勢などは、半年前には日本の北の果てで奥羽の一揆勢を攻め潰したばかりなのに、今度は南の果ての九州へ行こうというのだから、右京亮などよりもっと忙しかったはずだ。

右京亮は知らなかったが、奥州仕置のかなり前から、太閤さまは唐入りを言い出していたようだ。九州や四国の大名衆などはすでに肥前名護屋にあつまり、その中には先陣として朝鮮へと出立した軍勢もあると聞く。

大軍を遣わして九戸の一揆を短時日で押し潰したのも、唐入りを急ぐためだったらしい。

――九戸家は、こんなことのために潰されたのか。

そう思うと言いようのない虚《むな》しさを感じ、また怒りを覚えた。だが右京亮の力ではどうすることもできない。世を渡ってゆくとは、理不尽の海を溺れぬよう、あえぎながら泳いでゆくことか、と思うばかりだ。

「南部の軍勢も、さほど目立ちませぬな」

と、馬廻り衆から重臣に昇格している十二矢又五郎が言ったので、右京亮は我に返った。

三戸信直がひきいる南部勢が進発《しんぱつ》したところだった。人数は数百といったところで、軍装《ぐんそう》も統一されておらず、また紺や黒の色合いの甲冑が多くてくすんだ印象だった。伊達勢の派手さとはくらべものにならない。

「ま、自分の領地の一揆を鎮めるのに天下の軍勢に助けてもらっておいて、ここで目立つ恰好などしたら、満天下からどんな悪口を言われるかわからぬからな」

と言って、右京亮は溜飲《りゅういん》を下げた。

そろそろ津軽勢も進発である。

「さあて、いったい何が出てくることか」

九州の地で、いや朝鮮や明国で何が待っているのかわからない。右京亮の胸中には不安の黒雲がうずまいていた。

肥前名護屋に着いたときには、四月になっていた。

「これはこれは、つつがなくお着きで。まずはお祝い申し上げまする」

細い目をいっそう細くして言うのは重臣のひとり、三河兵部《みかわひょうぶ》だ。小兵《こひょう》ながらがっちりした上体と太い腕をもっている。三月ほど前に、名護屋へ先発させておいたのである。今日は城と城下町のある台地の入り口まで迎えにきていた。

「いやしかし、立派な城が建っているな」

挨拶もそこそこに、右京亮は言った。

名護屋に着いてまずおどろいたのは、五層の天守をもつ大きな城があることだった。京の聚楽第にも、大坂にも高い天守があるが、それに勝るとも劣らない高さなのだ。城の縄張りも、ひどく広い。

「あれは九州の大名衆が、半年ほどで造り上げたものだとか」

と聞かされて、もう一度おどろいた。あんなものが半年でできるのか。

もちろん天守はどこかの城のものを移築したらしい。でなければとても間に合わない。

なんでも九州の大名衆は太閤さまが派遣した普請奉行から、割り普請といって石垣二十間とか堀五十間、塀三十間というように普請すべき箇所を割り当てられたのだとか。

そして他の大名衆に遅れまいと、競うようにしてはたらいた結果、おどろくほど短い期間に城ができたのだという。

「太閤さまのご機嫌を損じたら、身にどんな禍《わざわい》がふりかかるかわからぬので、みな必死に取り入ろうとしているようで。それゆえ無理に無理を重ねてはたらいているとか」

三河兵部の言葉にうなずきながら、内心、困ったことだと思っていた。その、必死に取り入ろうとする大名衆の中に、これから自分も加わらねばならないのだ。とてもそんな気にはなれないが……。

「で、わが屋敷はどうなっている」

まず気がかりなのは、つれてきた手兵を収容する屋敷が出来ているかどうかだ。

城も立派だが、城のまわりには諸大名衆の屋敷がびっしりと建っており、隙間もないほどだ。商家も多く建ちならび、職人の町もある。まるで京の一画のようで、これではよほど城から遠いところしか土地が確保できなかったのではないかと思われた。

だが三河兵部の返事は意外だった。

「は、よき土地を見つけ、作事もあらあらと終わっておりまする」

「ほう、それは手早いな」

苦労苦労と言いつつ案内されて見ると、なんと、屋敷は城のすぐ西側にあった。屋敷の東が外堀に面しており、近々と天守が見える。

敷地の周囲には堀と土塁がめぐっており、粗末ながら門があった。中には茅葺きで軒の低い長屋が五棟と厩、台所、そして中心に母屋らしき大きな建物がある。

「それがしが着いたときには、すでに西国の大名衆があちこちに屋敷を建てておりましたが、運よく空き地がありましたゆえ」

と三河兵部は誇らしげに言う。なにかの手違いか、あるいは城の縄張りに変更があったかで、空き地ができたようなのだ。それを普請奉行が津軽家に割り振ってきたのである。

「うむ。それはでかした」

と一応は褒めておいたが、城に近い屋敷が吉と出るか凶と出るか、まだわからない。

ともあれ兵を屋敷にいれ、名護屋での暮らしがはじまった。

二

その冬、十一月半ばの昼下がり。

母屋の奥の間で右京亮は、面松斎と三河兵部、そして十二矢又五郎と向き合っている。

「お腹立ちはよくわかりまするが、今後のためを思えば、仲直りするのがよろしいかと」

と大柄な又五郎は言う。

「もはや戦国の世も終わり、矛《ほこ》を交えることもないと思えば、国境を閉じていても何の益もありませぬ。仲直りして悪いことは何もないかと思いまする」

小兵の三河兵部も言う。

「まあ、その通りではあるが」

と言いつつ、右京亮は長い顎鬚をしごいている。

「合戦にならぬまでも、闇討ちされるかもしれぬぞ」

「それは、こちらが用心すれば何とかなりましょう。常に近習、馬廻り衆をそばに引きつけておかれればよろしい」

「いや、合戦もあるかもしれぬ。南部も屋敷に兵の百や二百はおいているからな」

「だからこそ、早く手打ちをするべきでは」

「さようさよう。ここで合戦になっては、どちらが先に手出ししたとしても、両家にお咎めがありましょう。下手をすると取り潰されるかもしれませぬ」

重臣ふたりの言葉に、右京亮はうなずく。

いま右京亮らは、南部家と仲直りの交渉をするかどうかを議論していた。名護屋での暮らしの中で、南部家といがみ合いつづけていては、いろいろと差し障りが出るとわかったのである。

当地には天下の大名衆がみな屋敷をかまえており、当然、南部家の屋敷もある。それも津軽家の屋敷から三町（約三百三十メートル）ほどしか離れていない。あいだには片桐家と木村家の屋敷があるだけなのだ。

外出先で行き会うこともしばしばで、そのたびに供の侍衆同士が刀の柄《つか》に手をかけ、厳しい視線を飛ばし合ってすれ違うことを繰り返していた。

こんなことをつづけていては、いつか兵たちが暴発しそうだ。そうなってからでは遅いので、至急に手を打つ必要がある。

四月に名護屋に着いたが、朝鮮への渡海《とかい》は命じられず、当面、することはなかった。

太閤さまは、右京亮ら東国勢より十日ほど遅れて京を出立、四月の末に名護屋に入城した。さていよいよ総勢で朝鮮に渡るのかと名護屋にいた諸将はみな緊張したが、太閤さまはなかなか渡海せず、城にとどまったままだった。

九州や四国など西国の大名衆はすでにほとんどが朝鮮へ渡っており、連戦連勝の戦果をあげていた。五月の初めには先陣が早くも朝鮮の都、漢城《かんじょう》まで達している。

「この分ならば、西国の軍勢だけで唐国まで征してしまうのではないか」

といった声まで聞こえてくるほどだった。

そうした戦況もあってか、東国の大名衆は多くの軍勢を名護屋にとどめておく必要はない、手回り勢だけ残してあとは帰国させてよい、というお触れが出た。

これはありがたいと、津軽家も三百人近くを帰し、百五十人ほどを残すだけとした。

七月には、朝鮮の王は逃したが、王子をとらえたとも聞こえてきた。これはもう朝鮮は片付いた、つぎはいよいよ唐入り、つまり明国へ討ち入るのかと思っていると、日本勢はそこから先には進まず、朝鮮にとどまっている。どうやら日本の諸将が寄り合って相談した結果、都以外の朝鮮各地を「経《けい》略《りやく》」、すなわち占拠して民を手なずける必要があるとされて、軍勢を散らしたようだった。

さらに明国から朝鮮を助ける援軍がきたらしい。その攻勢は一戦してはね返したものの、朝鮮の軍勢も立ち上がり、日本勢も連戦連勝とはいかなくなっているようだ。

太閤さまも、船がととのわぬとの理由でずっと名護屋にいる。

すると七月の半ばすぎに、太閤さまの母上が危篤《きとく》との報が入ってきた。

太閤さまはあわてて大坂へもどった。母上が身罷られたあともそのまま大坂にいて、ふたたび名護屋に顔を見せたときには、十一月になっていた。

そのあいだ半年ほど、右京亮らはすることがなかった。

退屈をまぎらわせるため磯へ魚とりに出かけたり、鉄砲をもって山へ猟に入ったりし、またなれぬ茶会をもよおしたり、酒宴を開いたりして日々をすごしてきた。

だが諸将の中には、忙しい者もいた。

徳川家や前田家など、諸大名を「指南」する大大名の屋敷にまいり、ご機嫌伺いをする者たちである。

諸大名家では、連歌会や茶会に他の大名を招いたり招かれたりする。付き合いが多い大名衆は、そうした会に出席するだけでもけっこう忙しくなる。

しかし「指南」をうけるとなると、他の大名に膝を屈することになるので、右京亮はあまり好きではなかった。

だから大名衆との付き合いには深入りせず、どちらかといえば避けてきた。わずかに石田治部少輔ら奉行衆の屋敷に挨拶まわりをしたくらいだが、奉行衆は船や兵糧の手配で忙しく、あまり相手にはしてくれない。しかも奉行衆は軍監として渡海するらしく、その用意にも暇がないありさまだった。当然、連歌会や茶会なども催しておらず、誘いもない。

一方で南部（三戸）信直は、上方の大大名家に指南をうけることをためらわず、茶会や連歌会にも出入りしているという。

そして出入りするうちに、仇敵《きゆうてき》であるはずの秋田（安東）家と顔を合わせるようになり、いつの間にか友誼《ゆうぎ》を結んだ、といううわさが聞こえてきた。

これには右京亮もあせった。

津軽家も秋田家とはつきあいがあるが、まだ当主の顔さえ知らない。下手をすると津軽、秋田、南部の三家のうち、津軽家だけがのけ者になってしまう。

北奥羽で孤立するのは、どう考えても得策ではない。

そこで気はすすまないが、南部家と手打ちをするかと考え、重臣たちに意見を聞いてみたのだ。

「南部と手打ちをすれば、いろいろ益があるのは間違いないが」

それは確かである。まず大きいのは、明らかに自家より強大な相手と張り合わずにすむことだ。もうひとつは、南部領を通り抜けできるようになること。奥大道が使えるようになれば関東や東海道の各国、ひいては京へ行くのに便利になる。

「手打ちといっても、むこうがどう出てくるか。それを考えると、うかつに言い出せぬと思うが、どうか」

右京亮が問いかけると、ふたりはだまった。南部家がこちらと仲直りするつもりがあるのかどうか、いまのところ不明なのである。

「そなたはどう思う」

と、ここまでひと言も発していない面松斎にたずねてみた。

「いや、それがしも仲直りすべきと思いまする。味方をふやし、敵を減らすのは軍略にもかないまするので」

と面松斎は、どじょう髭をひねりつつ言う。

「むこうさんがどう思っているのかわからないなら、直に問い合わせるのではなく、あいだに人を立てる、という手もありましょう。幸い、ここには退屈している大名衆がどっさりおられますからな」

奥羽の大名衆を指南する立場である徳川家か前田家に頼んでみては、と言う。

「それがいいかもしれんな」

さっそく進めてみることにした。もちろん前田家は避けて、徳川家に仲介を頼んでみた。

面松斎が使者となり、南部家とこれまでの恩讐《おんしゅう》を捨て去り、隣同士としての付き合いを始めたい、ついては仲立ちになってはもらえまいか、と申し入れる。

うまくいけば両家に恩を売ることになるので、徳川家としても悪い話ではない。すぐに聞き入れてくれ、先方にあたってみるとの話になった。

「ふむ。徳川どのは頼れそうだな。ひとつ、息子たちも託してみるか」

この際、徳川家との結びつきを太くしておくのも悪くないと思い、次男と三男を小姓として使ってくれるように申し入れると、これも快諾してくれた。それではというので、国許に使者を出して息子たちに仕度させることと、江戸に屋敷をもうけることを命じた。

——これで南部家との長年のいがみ合いもなくなるのか。

そう思うと、心にかかる重荷が消えるようで、ほっとする。

だが、しばらく待っても音沙汰がない。

「こんなことに手間暇はかからぬはずだが」

「おおかた、申し入れられた南部家のほうで迷っているのでは」

などと面松斎と話しているうちに十二月になった。ここは津軽より寒くないとはいえ、さすがに晩冬となると雪も降る。外出せずに屋敷に籠もりがちとなった。

「いや、あの件でござるが」

とある日、面松斎が浮かぬ顔で言う。南部との仲直りのこと、徳川家に催促に行ってきたという。

「どうもうまくいかぬようで」

「うまくいかぬ？　なにがあった」

さては南部家が断ってきたかと思っていると、ちがうと言う。

「ならばなんだ」

「それが……。申し上げにくきことなれど」

徳川家の者に言われたのは、こういうことだった。

奥羽の大名衆への指南は、徳川家だけでなく前田家もしているので、徳川家から前田家に、津軽家からこういう申し入れがあったが、世話を焼いてよいかどうかと確認をしてみたという。すると前田家の返事は、

「津軽右京亮は表裏《ひょうり》の仁《じん》ゆえ、油断めさるな」

というものだったとか。

「……我が表裏の仁だと？」

表裏のある者、すなわちあまり信用ならない男、ということになる。

「はあ。徳川家の者からそう聞いてござる」

前田家から言われて、これは津軽家に深入りするなという忠告と思い、徳川家は南部家への申し入れを見合わせているらしい。

「いかがいたしまするか。押して頼み込んでみましょうか」

「……」

なぜそんな嫌われ方をするのか。右京亮には思い当たる節がない。前田家とのあいだで紛擾《ふんじょう》などはなかった。検地のときに少々手こずらせたことくらいだ。となればおそらく前田家は、南部家がこちらの悪口を言ったのを真に受けているのだろう。

「つまらぬ理由で中断することもないかと思いまするが……」

「ふざけるな！」

右京亮は大声を出した。怒りで震えそうだ。

「なにが表裏の仁だ。我はいつも誠心誠意、つとめを果たしてきたわい」

「いや、まことにそのとおりで」

「それを勝手に表裏の仁と決めつけるとは……。前田どのもお里が知れるわ。ええい、そんな者に頼む必要はない。この件、もう捨てておけ！」

面松斎を怒鳴りつけて、南部との仲直りは沙汰止《や》みとなった。

三

年が変わって文禄二年三月のこと――。

「わが名がない！」

右京亮は思わず叫んでしまった。

太閤さまから触れ出された朝鮮出陣の陣立て書――「覚《おぼえ》」と題されている――に、右京亮の名がないのだ。

その書には、名護屋在陣のほとんどの大名衆に「もくそ城取り巻き人数」、「一備《いちのそなえ》」、「釜山海《ふざんかい》にこれある衆」など何らかの役割が割り当てられている。しかしどこを見ても、津軽右京亮の名がないのである。

「これは……、どうしたことだ」

ここに名がないとは、渡海しなくてよいということなのか。それとも何かのまちがいで名が記されなかっただけで、これから訂正されるのか。

「遠国ゆえ渡海まですることはない、名護屋に残って城を守れということでしょうかの」

と三河兵部が言う。そのために城の近くに屋敷地を賜ったのではないかと。

言われてみれば、城の近くに屋敷を持つのは数万石の小名《しょうみょう》が多く、中には右京亮同様、「覚」に名のない者もいる。

しかし南部家も秋田家も、由利郡の小名たちもみな出陣することになっている。北奥羽の大名で出陣しないのは、仙北郡角館の戸沢家と蠣崎家――夷島の松前に本拠をもつ。安東家から独立した――

と津軽家くらいだ。

しかし戸沢家の当主は名護屋にくる途中、播磨国で病死したと聞いているし、蠣崎家は一度名護屋にきて太閤さまにお目見えしたものの、北辺の守りをかためよと言われてすぐに帰国してしまった。在陣していないのだから、名がないのは当然だ。

「覚」では奥羽の大名衆は、南部家が前田どのの配下、秋田家は木村家の配下など、大大名や奉行衆の配下としてあつかわれている。奥羽の大名衆は太閤さまの幕下《ばっか》にはいってまだ間がないので、独立して行動させるのは覚束《おぼつか》ない、というところからの配慮と思えた。

すると津軽家を受け入れてくれる上方の大名がいなかった、ということかもしれない。

としたら、それはなぜなのか。

思い当たる理由は、ひとつだけだ。

——前田どのに嫌われたからだな。

前田どのの「表裏の仁」という言葉が、本人が知らぬうちに、上方の大名衆に行き渡っているのではないのか。

そんな大名を配下に置きたくない、と思われたのではないか。

憮然とした。

自分としては、ただ領地と一家を守りたい一心で動いているだけなのだが、それが讒言《ざんげん》と偏見によってねじ曲げられ、おかしな見方をされてしまったようだ。

——仲間はずれ、か。

孤立するのは、大名として生き残るためには決していいことではない。うすら寒いものがじわじわと這い寄ってくるようだ。

この「覚」を発した奉行衆に、名前がのっていない理由を問い合わせようかと思ったが、結局はやめた。

「まあよい。様子を見てみようではないか」

べつに朝鮮へ出陣したいわけではない。日本勢が朝鮮で苦戦に陥《おちい》っていることはうわさで聞いている。渡海しなくてすむのなら、それに越したことはない。それに出陣させてくれと頭を下げるなど、願い下げだ。

「こういうときこそ、腹を据えて世を渡っていかねばな」

天地人に制せられず、と右京亮は若き日に会得した悟りを思い出した。いまこそ自分の腹の据わり具合が試されていると思った。


しかし「覚」が出たあと、すぐにも渡海するかと思われた諸大名衆は、そののちも名護屋を動かなかった。

実際に出陣したのはわずかな人数で、出陣するはずだった南部家や秋田家も、右京亮とおなじく名護屋にとどまっている。

どうやら明国との和議がすすんで、朝鮮での戦線を縮小する方向のようだった。明国の使者で「遊《ゆう》撃《げき》将軍」なる者が名護屋にくる、とのうわさが広まっていた。明国が太閤さまに詫び言をして、朝鮮の半分を日本のものにすることで勘弁してもらおうとしている、というのだ。

朝鮮の半分を得るだけでは、「唐天竺《てんじく》まで成敗する」といった太閤さまの当初の大言壮語とあまりに違いすぎる結果となる。

しかしそれを非難する声はなく、むしろ明国の詫び言が受け入れられれば渡海せずにすむ、とほっとする空気が、大名衆から下々の者たちにまで流れていた。もちろん右京亮も安堵していた。

朝鮮の戦場の悲惨なありさまは、名護屋在陣の者たちに知れわたっている。合戦で死ぬより、飢えと寒さで病を得て死ぬ者の方がよほど多いという。華々しく戦って討死するならまだしも、異国で餓死や病死など、だれもしたくない。

この異様ないくさを止めてくれるかと、明国の使者への期待は高まっていった。

実際に明使が名護屋に到着したのは、五月なかばである。

明使との交渉を見守るつもりでいると、在陣の大名衆は太閤さまに命じられ、明使に悪口を言わぬようにする、という誓紙を書かされた。これは右京亮にも声がかかり、誓紙に名をつらねた。すべてに仲間はずれというわけではないとわかって、ほっとしたものである。

そんな中、宴席への誘いがあった。それもなんと、前田どのからである。

どうやら手待ちとなって退屈している北奥羽の大名衆をあつめて、酒でも酌みかわしつつ忠誠心を確かめよう、との意図のようだ。

——さあ、どうするか。

右京亮は、迷った。

明らかに南部びいきで、こちらを表裏の仁と見ている前田家に大きな顔で指図されるのは、愉快ではない。その上、北奥羽の大名衆をみな呼んでいるようだから、秋田家や南部家とも顔を合わせることになる。

また前田どのは徳川どのと仲がよくない。太閤さまの下で互いに派閥をつくって牽制し合っているとも見える。この名護屋でも、足軽同士のいさかいから、家同士の合戦に発展しそうになったりもした。

右京亮は徳川家に出入りをしているから、前田どのは津軽家は徳川家の下についている、と思っているだろう。

等々考え合わせると、宴席といっても敵地に乗りこむ覚悟が必要なように思われる。

面松斎や十二矢又五郎に相談すると、

「まあ、断る理由も見つかりませぬし」

「さよう。ここで波風をたてることもありますまい。案外、顔を合わせればあっさりと話が通ずるかもしれませぬぞ」

と、出た方がいいと言う。言われてみれば、断る理由もない。

「ま、逃げたと思われても業腹《ごうはら》だしな」

腹を決めて出席することにし、伝えられたとおり午刻（正午）ごろに前田屋敷を訪れた。

前田家の取り次ぎの者に、屋敷内を案内されながら教えられたところでは、広間と控えの間をぶちぬいたその場には南部、秋田の両家はもちろん、由利郡の小名たち、仙北郡の本堂《ほんどう》家などが来る、とのことだった。

——さあて、なにが起きるか。

少々緊張しつつ、右京亮は広間に足を踏み入れた。

上座から広縁まで、二列に円座がおかれている。その数、ざっと十五、六か。

まず上座にはだれもいない。あとから前田どのが来るのだろうか。

席についている者は、まだ半分ほど。

「津軽どのは、こなたへ」

と前田家の若党に案内され、右京亮も席についた。中央よりやや上座寄りだった。

一座を見渡す。

近隣の大名といっても、名前は知っていても顔は見たことがないのだが、席次と年齢でおおよその見当はついた。

下座で数名、緊張した顔ですわっているのは、由利郡の小名たちだろう。互いに顔は見知っているようだが、目を合わせず話もせず、仲がよいとは思えない態度だ。

上座に近い席にすわっている五十絡みの男は、おそらく南部信直だろう。顔の輪郭と目のあたりが父の高信に似ている。少々不自然なほど背筋をぴんとたてすわったまま、ぴくりとも動かない。目が合わぬよう、ちらりと見ただけで視線をはずした。腰に帯びているのは脇差だけだから、よもや斬りかかってくるとは思えないが、用心はしておかねば、と思う。

「これは、津軽どの」

と声をかけられた。ふり返ると、丸顔の男が笑みを浮かべていた。

「前田家中で奥村主計《おくむらかずえ》と申す者、以後、御見知りおきを」

「これは丁重なるご挨拶、いたみいる。津軽右京亮にござる。よろしゅうお引き回しくだされ」

奥村主計は、二年半ほど前の奥州仕置のとき、津軽にきていたという。そのせいか、右京亮の髭についてもとくに関心を示さなかった。

「津軽は広やかで美しき国にござりまするな」

などと言ってくれる。

今日は各大名にひとりずつ前田家の者がついて、世話をするとか。

「それは親切なるお計らい、ありがたきこと」

と右京亮は応えた。戦場に出るような覚悟でいたので、正直なところ、やや安堵した。南部家と喧嘩になりそうになっても、仲裁してくれそうだ。

考えてみれば、ここへ来ている大名衆はみな数年前まで、互いに食うか食われるかの争いをしていたのである。危ないのは、なにも自分と南部家だけではないのだ。前田家も用心したのだろう。

ややあって座がほぼ埋まったころ、大勢の足音と笑いかわす声が聞こえた。

「おお、やっとあるじのお出ましじゃな」

と奥村主計がにこやかに言う。その言葉が終わらぬうちに、長身の前田どのがぬっと部屋に入ってきた。上座にすわると上機嫌で、

「これはみなの衆、ようござった」

と言って、まずは広間を見渡し、ひと息おいてから話しはじめた。

「在陣も長くなり、退屈なされておる向きもござろうゆえ、今日はひとつ、きたる出陣に備えて語り合うのもよかろうと思い、招いた次第じゃ。お隣同士で顔も知らぬでは、戦場で差し障りがあるかも知れぬでな。酒で心をほぐして、昔のことは忘れ、語り合おうではないか」

そういう趣旨だろうと思ってはいた。戦場へ出て味方の顔を知らないのはまずい。

「それ、料理と酒をつかまつれ。みなの衆、遠慮はいらぬ。たんと召し上がれ。今日は無礼講じゃ」

と前田どのが手を振ると、さっと襖が開いて、若党が数人、膳をささげて入ってきた。

右京亮の前にも膳がおかれる。さらに二の膳も。

本膳には鮑《あわび》の蒸し物、小鯛の焼き物、青菜の和え物、そして鶴の吸い物。

二の膳には飯と香の物のほか、酒の徳利と盃がおかれている。

名護屋の城下町には商人が多く店を出しており、酒であれ魚鳥《ぎょちょう》であれ、銭さえ出せばなんでも手に入る。料理人がいれば、都のような馳走をあつらえるのも無理ではない。

最初はみな行儀よく黙々と食べていたが、やがて隣同士でぼそぼそと話しはじめ、しばらくすると酒が回ったのか、だんだんと声高になってきた。

「貴家には、腕のいい料理人がいると見えまするな」

と右京亮はとなりにすわる奥村主計に話しかけた。

「都でも、なかなかこれほどのものは食べられぬ」

実際には、津軽の食べ物とくらべると味が薄すぎてうまいと思えないのだが、都の料理らしいといえばらしいので、お愛想を言ったのである。

「畏れ入ってござる。ま、いくさ場では食べられぬものではござるな」

奥村主計と他愛もないことを話しているうちに、座は盛りあがって話し声が交錯し、大声を出さないと話ができないほどになった。徳利をもって席をはなれ、酒を注いでまわる者も出てきて、酒宴真っ盛りといった態だ。

右京亮も前田どのと浅野どのに挨拶をしようと思っていたが、ふたりの前にはお流れをちょうだいしようとする者が常に二、三人いて、隙がない。空くのを待っていると、

「津軽どのにござろうか」

と若い男が酒臭い息を吐きながら歩み寄ってきた。顔に赤い面皰《にきび》が見える。澄んだ目と肌理《きめ》の細かい頬から、まだ二十歳にも達していないと見えた。

「これは秋田藤太郎《とうたろう》と申しまする。若輩者ではありまするが、以後、よろしゅうご指南くだされ」

と言うではないか。

津軽の南にある秋田家の当主である。実名はたしか実季のはずだ。秋田家がまだ安東家と名乗っていたころ、従兄弟の通季と家督をめぐって争ったのを、右京亮が助けたのだった。だから家同士の通

交はあるのだが、当主と顔を合わせるのは初めてだ。

「これは挨拶いたみいる。津軽右京亮にござる。以後、見知りおきを」

聞けば、秋田藤太郎実季は十八歳だという。

「その年で一家を治めるのは大変であろう。我が十八のときなど……」

大浦家に婿入りしたばかりで、右も左もわからなかった、と正直に話した。

「ははあ、そこから津軽一帯を押さえるまでお家を大きくされたのでござるな」

神妙な顔で右京亮を見ている。どうやら右京亮に悪い印象はもっていないようだ。それどころか、戦国の世を実力でのしあがったやり手、という目で見ているらしい。

右京亮も、まんざらでもない。南部家とちがって秋田家に対しては、太閤さまの出現という突然の事件に力を合わせて立ち向かった仲間、という思いが強く、親近感がある。

――これは、近くに盟友をつくるよい機会かもしれぬな。

右京亮は思う。南部家との対立は解けそうにないから、秋田家との仲を深めておくことは重要だ。そのためにも、と一歩踏み込んで提案した。

「これからも昵懇《じっこん》に願いまするぞ。どうかな、ひとつ縁辺《えんぺん》の儀などとり結ぼうではないか」

嫁取り婿取りをして、両家の仲を強めようというのだ。右京亮には三人の息子のほか、未婚の娘もいる。

「それは望むところにござる」

と藤太郎も言うが、藤太郎自身の正室はすでにいるので、兄弟姉妹のことを考えたい、と言う。もっともな話である。

いずれ家老同士で話し合わせることにして、その場は別れた。

その後もどっかりとすわって酒を飲んでいると、体格のよさと見事な髭面が引き寄せるのか、由利郡の小名たちが寄ってきて、挨拶を交わすことになった。

「戸沢どの、無念なことにござった」

「まことに。人の定命《じょうみょう》はわからぬもので」

と、ここに来る途中で亡くなった近隣の者を悼《いた》む話になる。他人の不幸が明日はわが身に降りかかる、という思いはだれしも抱いているのだ。

——この数年で、いくさも暮らしも様変わりしたからな。

すべて太閤さまのせいである。太閤さまが天下を統一しなければ、右京亮はあるじとして津軽にひとり君臨していられたはずだ。九戸に出陣することも、津軽から九州まで長い旅をすることもなく、指南する前田どのや浅野どのに頭を下げる必要もなかった。

太閤さまに、ひどく余分なことをさせられているという思いが、ふつふつと湧きあがってくる。酔いもあってか、無性に腹が立ってきた。するとその時、

「そろそろ空きそうにござる。わがあるじに挨拶なされてはいかがかな」

と奥村主計にうながされた。見れば前田どのの前には南部信直ひとりがすわっているだけだ。それも腰をあげかけている。

挨拶か、と思った刹那、前田どののこれまでの仕打ちを思い出し、腹が煮えた。

——なぜ表裏の仁などと言われねばならぬのか！

自分の領地を勝手に検地され、その三分の一も奪われた。その上に表裏の仁だと。そんなやつにへいこらしたくない。

「挨拶など、無用であろうて」

そううそぶくと、奥村主計がおやという顔になった。

「いや……、一度は挨拶をせねば……。亭主と顔も合わさぬ酒宴など、あり得ませぬぞ」

「さような酒宴も、よいであろう」

右京亮は腰をすえたまま飲みつづける。

「前田どのには、津軽で懇意にしてもらった。いくさ場に出て顔を見まちがえることはなかろう」

「しかし、みな挨拶しておりまする」

「みなはみな、南部は南部、津軽は津軽だ。真似《まね》をすることもない」

右京亮はつづけた。

「どうせ我は表裏の仁でござってな、前田どののお気に召さぬようだ。顔を見せては前田どのが不快になるだけでござろう」

奥村主計が渋い顔になり、ため息とともにつぶやいた。

「これだから田舎者は始末におえん」

その言葉が右京亮の胸に刺さった。ますます腹がすわった。

「ああ、津軽は田舎だ。日本の北の果てだ。だから都ぶりの礼儀は知らぬ。悪かったな」

「ここではそれは通じませぬぞ。わがあるじに逆らうことは太閤さまに逆らうことじゃ。その身に災いがおよびましょうぞ」

奥村主計の目が意地悪く光る。

——なぶるつもりか。

それでなくとも、奥羽の大名は上方衆に下に見られている。負けじと言い返した。

「なあに、前田さまと太閤さまが一緒であるものか。そもそも、我は前田さまを頼んで太閤さまにお目通りしたわけではない。脅しても無駄だぁ」

奥村主計がむっとしたのがわかった。

「わがあるじが、奥羽の大名衆を助けようとしているのがわからぬのか。検地にしても、実地に縄を打てばよいものを、ざっと見ただけですませ、ごく少なめの石高にしておいた。それゆえ、御辺《ごへん》がこの地へつれてくるべき兵数も、少なくてすんでおろうが」

「そいつは御礼つかまつる。しかし、我が頼んで検地をしてもらったわけではないでの。あまり恩着せがましくしないでもらおうか」

「恩着せがましいなどと、あるじのなされることを貶《けな》すとは無礼であろう」

「無礼というなら、家臣のそなたが大名の我をなじることこそ無礼だろうが！」

次第に声が高くなっていたのか、ふたりのやりとりを周囲の者が目を丸くして見ている。注目されていることに気づいた奥村主計が、威厳を保つように言った。

「……とにかく、礼儀は守ってもらいたい。北辺の者とはいえ、礼を失しては世を渡ってはいけませぬぞ」

一座に響くような声だったが、右京亮はもはや反応せず、奥村主計を無視して、むっつりと正面を向いて盃をあおるばかりだった。

——だめだ。太閤さまの世はうまく行かぬ。

虎の威を借る狐《きつね》とは、こうした者のことをいうのだろう。太閤さま自身は英雄だが、その下の大名たちはろくでもない者ばかりだ、と思う。

酒宴ののち右京亮は、前田家と浅野家との行き来を断った。そして南部家をのぞく近隣の大小名衆と、次、三男を託すことにした徳川家とだけ交際をつづけた。

結局、それでなんの不都合もなかった。

右京亮は悠々と名護屋での日々を送っていった。

四

文禄二年の秋には朝鮮でのいくさが落ち着きを見せたので、名護屋にとどまっていた諸大名衆に帰国の許しが出た。

太閤さまは世継ぎとなる男児が生まれたというので、ひとあし先に大坂へもどっている。もはや諸大名が名護屋にいる意味もなくなっていた。

右京亮は秋の終わりに名護屋をはなれた。やっと足枷《あしかせ》を解かれた気分だった。領主として父として、やらねばならぬことが心にかかり、早く帰国しようと気ばかりあせる。

まず京へ出て母に会った。しばらく見ぬうちに母の髪は真っ白になり、口元に皺がふえて腰も曲がりかけている。耳も遠くなり、幾度も聞き返されるのには閉口した。

「ここの暮らしは楽しいがの、そろそろ津軽へ帰りたいぞ」

と弱音を吐くのは、やはり老いたせいだろう。

「ならば少々お待ちあれ。奉行どのへ掛けあってみるほどに」

母は人質なので、勝手に帰国させるわけにはいかない。豊臣家の奉行衆と話したところ、代わりの足弱を出すなら帰国してもよいと言われたので、側室のだれかを上洛させることにした。それまで辛抱するよう、母に話して京を発った。

そののち越後から海沿いに北上し、秋田領をへて将兵とともに津軽へ帰り着いた。

「いやあ長かった。もう二度と津軽の土は踏めぬかとも思ったが、どうやら運がよかったようだな」

と久しぶりの大浦城で、雪で白くなった庭を見ながらつぶやいた。

ほぼ二年ぶりに顔を合わせたおうらは、

「おまえさまの運が強いのは先刻承知じゃ。きっと帰ってくると信じておりましたぞ」

とにこやかに言ってくれる。亭主がいないうちに羽を伸ばしたのか、ますます太って顎の下に肉がついている。

右京亮がいなくとも、兼平ら家老たちの手で津軽はよく治まり、とくに事件もなかったようだ。おうらも、夫の留守を別に不満に思っていなかったように見える。

それが少々寂しい気もするが、なにか事が起きて領内が乱れるよりはずっといい、と思い直した。

「さあて、やることはいろいろあるな」

数日骨休めをしてから手を付けたのは、やりかけていた大浦城から堀越城への引っ越しだった。

来春に移転することとし、家中に触れをまわすとともに仕度にかかった。おうらは気に入らないようだったが、右京亮はかまわずすすめた。

文禄三年の正月は無事に明け、堀越への移転の仕度をすすめていたとき、太閤さまから下知が届いた。

「またか……」

一読し、ため息が出る。伏見《ふしみ》城の普請を手伝え、とのことだった。日本中の大名を自分の家来として使ってやろう、という太閤さまの魂胆が透けて見える。

「異国へ出陣のつぎは城普請だ。これからどれだけ課役《かえき》を命じられるのか、いやはや、きりがない」

城に招いた兼平中書と小栗山左京を前にして、右京亮はこぼす。

「太閤さまとの間合いを、よく考えぬとな」

と兼平は言う。

「べつに太閤さまの下で出世したいわけではあるまい。となれば、いかに太閤さまに嫌われずに課役を少なくするか、と考えたほうがよかろう」

「それはそうでしょうな。太閤さまより、その下の奉行衆とねんごろになっておいて、手加減してもらうのが一番でしょう」

と小栗山も言う。右京亮はうなずきながら聞いている。やはり、このふたりが相談相手として一番しっくりくると思う。

「奉行衆で頼るのは石田どのだが……」

才槌頭の小男を思い浮かべた。だがあの男は親切ではあるが、太閤さまには忠実だ。取り入ったとしても、手加減してくれるとも思えない。

「……まあ、むずかしいな」

太閤さまの世で生き抜いてゆくのは、戦国の世と同様、いやそれ以上に厳しいと感じる。

とにかくまずは堀越への移転をすすめた。多少遅れたが、四月になんとか大浦城から家財を運び込んだ。おうらも不満顔ながらついてきた。

城下を町割りして家臣たちに城の近くの土地を与え、屋敷を建てるよう命じる。さらに商人や職人たちの住む地域を定め、寺院にも土地を与え、移転をすすめた。

そうしておいて、夏の終わりに右京亮は上洛した。

次男の総五郎と三男の平蔵《へいぞう》もいっしょに出立し、越後で別れて供の者とともに江戸へ向かった。名護屋で約束したとおり、徳川家康の小姓として仕えるためである。

また母の代わりにと、長男平太郎の母である初音を京へつれていった。これで母を津軽へつれて帰ることができる。

京に着き、足を休める間もなく伏見へ行ってみると、すでに縄張りが終わった広大な敷地で、途方もない数の人足たちが半裸姿で立ちはたらいていた。

ここには太閤さまの隠居所《いんきょじょ》として小さな城があったのだが、それを濠を掘りひろげ石垣を積み、大きな城に造り替えるというのだ。

――また無駄なことを。

大坂城も聚楽第もあるのに、さらに大きな城を欲するとは、どういうことか。

しかし数日すると、太閤さまの思惑らしきものがほの見えてきた。

「どうやら関白さまと太閤さま、お仲が悪くなっているようで」

と、どこかから聞き込んできた面松斎が言うのだ。

「昨年、太閤さまに若さまが生まれましたろう。太閤さまは、天下を若さまにゆずりたいとお考えのようで」

すると関白秀次さまが邪魔になるので、対抗するために、関白さまがいる聚楽第とおなじ役割を果たす城が必要になるのだとか。

「すると、秀次さまは今後、どうなる」

「さあ、それはなんとも。ただわが家も、伏見に屋敷を建てることになりましょうな」

右京亮はうんざりした。すでに大坂に長男の平太郎と母の初音を住まわせる屋敷をたてているし、京の釜座にも屋敷がある。江戸にも次、三男をすまわせる屋敷をたてた。さらに伏見にも、というのか。

「また銭が出てゆくな」

大名でありつづけるためには仕方がないとはいえ、無駄なことだと思う。

しかし懸念していた伏見城の普請手伝いのほうは、当初の話とちがって現場の作業は命じられなかった。奥羽の大名衆は、国許で杉材を調達せよとのお達しだった。

文禄四年の春、右京亮は京を出て母とともに津軽へ帰った。そして堀越城に入るや、地元の杉の木を伐《き》りだし、板にして船で敦賀まではこぶ作業の段取りをつけるよう、家臣たちに命じた。

といっても、津軽家が行うのは杉板を作るところまでで、板を山から搬出し、船に載せて敦賀へはこぶ仕事は、若狭小浜《おばま》の組屋《くみや》源四郎《げんしろう》という豪商が請け負った。

組屋は、津軽にもうけられた太閤さまの蔵入地の年貢米を売り払う仕事まで行い、杉板を運ぶ費用を自分で回収したから、津軽家としてはさほど手もかからなかった。ただ、自領から杉の木が勝手に吸い上げられてゆく、といった気味悪い感じだけが残った。

そのころ、右京亮の胸中にさざ波のたつ出来事があった。

小笠原伊勢守が、蟄居先の居士で亡くなったのだ。

その報せを聞いたあと、右京亮は茫漠《ぼうばく》とした心持ちになった。

——若くして大浦家を継いだ我を、よく支えてくれたものだ。

三十年ほども前のこと、強引に婿入りして大浦家を乗っ取った形の右京亮が家中をまとめられたのは、古株の家老である伊勢守が右京亮の実力をみとめて、支える姿勢を示したからだった。

そのあとも、右京亮の行き過ぎをたしなめつつ、津軽切り取りに奔走してくれた。蟄居を命じても、謀叛を起こすような態度は示さなかった。忠臣といっていいだろう。

——たしか十歳年上だったな。

伊勢守の死が気になるのは、忠臣に報いなかったという心残りばかりではない。自分ももう四十六歳。人生五十年とすれば、寿命を気にかける年になっている。そう教えられた気がしたからだ。

このままだと、はたして後悔なく死んでゆけるかどうか。

――いや、とてもとても。

いま自分が死ねば、津軽家は大変なことになるだろう。おそらく誰も家中をまとめられずに混乱し、大名としては存続できなくなる。そう思うと、安らかに死んでいけそうにない。

これからは、家がつづくよう、寿命と競争して手を打っていかねばならない。

――まずは子供たちを縁づけねばな。

家の繁栄のためには、子孫は多ければ多いほどよい。子供だけでなく、孫もほしい。だが子供たちを縁づかせるとなると、相手を選ぶ必要がある。大名家の婚姻は、また政略軍略でもあるのだ。

どこの家と縁組するか……。

江戸や京にいる息子たちや国許にいる娘たちと、婚姻の相手となる家のことを思い、複雑な算用を前にした気分になる。

その夏を、右京亮は津軽ですごした。

やることはいくらでもある。まずは松前の蠣崎家と縁組をすすめることにした。長男の平太郎、または次男の総五郎の嫁として、蠣崎家の娘をもらうのである。

秋田家とも話をすすめて、三男の平蔵に娘をもらう約束もした。ただしまだ双方おさないので、これは将来の話となる。

いっしょに津軽へ帰ってきた母は、当初こそうれしそうにしていたが、やがて外出が減り、屋敷に籠もるようになった。

食も細くなったが、ささげの塩ゆでや玉菜《たまな》の漬け物をうまいと言い、鰺ヶ沢からくるかれいの塩焼きを食べて、京は魚がまずくていけない、津軽へ帰ってきて幸せなのは魚のうまさだ、涼しくなったら愛宕《あたご》さま参りに出かけようか、などと言っているから、まだ体は大丈夫だろうと思う。

堀越城下へ家臣たちの屋敷を建て、妻子をすまわせるよう命じていたが、こちらはなかなかすまない。

昔から大浦家の家臣であった者たちは素直にしたがうのだが、津軽を切り取る過程で右京亮に服従した者たちは、自分たちは右京亮の家臣ではなく、右京亮を盟主とあおぐ同盟者だと思っているから、妻子を堀越城下におく、すなわち人質を出すなどとんでもない、と取り合わない。

それでも説得と脅しによって、したがう者が段々とふえてきてはいたのだが、頑として応じない者もかなりいる。

その筆頭が、浅瀬石城の千徳大和守だった。

もともと大浦家と同格の城主だったためにその所領も広く、家臣も多い。南部勢の侵攻をしりぞけた武勇の誇りもあって、たやすく右京亮の下知を聞くつもりはないようだ。城破を命じても、堀を少し埋めただけでそのまま住みつづけている。さながら津軽にまだ国人領主がいるようだった。

右京亮は兼平と小栗山、それに面松斎をあつめて相談した。

「それはもう、討ちとるしかないぞ」

と言うのは兼平中書だ。

「最初にあった南部側の五つの城のうち、討たなかったのは浅瀬石城だけだからな。そろそろ片付けたほうがいい」

「しかし、浅瀬石城は堅いし兵も多い。討つといってもたやすくないが」

浅瀬石城を攻めるとなると、津軽家の兵をすべて動員しなければならないだろう。それでも千徳大和守が頑張るつもりなら、すぐには落ちない。

家中の者を討つのだから、惣無事の儀には引っかからないだろうが、あまり長く城を囲んでいると、何をしているのかと太閤さまから咎められそうだ。下手をすると領内の成敗が不十分で大名の器量なしとされ、津軽すべてを没収されるかもしれない。

「どうだ、策はないか」

右京亮が面松斎をうながすと、面松斎はどじょう髭をひねりながら答えた。

「されば用間《ようかん》の策でしょうかな」

「用間？　浅瀬石城に間者《かんじゃ》を入れるのか」

「さよう。間者をてこにして、浅瀬石城をひっくり返しまする」

「そううまくいくかな……」

右京亮は首をひねるが、面松斎は自信ありげに言う。

「なんとかなりましょう。なにしろ兵力ではこちらが何倍にもなり、言うことを聞かぬ家中の者を討つ、という名分もある。そういう有利なときは、間者を引き受ける者も多く、またよくはたらくものでござる。よき間者さえ見つかれば、あとはさほど労せずに城を落とせましょう」

するとこ小栗山が、

「あの城ならば、間者となりそうな者の心当たりがありまする」

と言い出したので、小栗山にまかせることにした。

秋になり、そろそろまた上洛しなければと思っていると、京の屋敷から急ぎの使者がきた。なにご

とかと思えば、

「関白秀次さまがお腹を召された!」

との、まったく予想もしかった報せだった。

おどろいて言葉も出なかった。天下を統べる関白さまが、なにゆえに切腹したのか……。

「関白さまは太閤さまに対し、謀叛の企てありとのことで……」

と使者が説明するが、よくわからない。くわしい事情は使者もわかっていないようだ。いや、真相は世間のだれも知らないだろう。

しかも罪に問われたのは秀次ばかりではなかった。ほぼ同時に、秀次の家来衆が切腹を命じられたり流罪《るざい》にされたりと、つぎつぎに処罰されているというのだ。

秀次と親密だったと見られた大名衆にも、太閤さまは目をつけているという。

「伊達どの、最上どの、秋田どのも罪に問われるであろうと、もっぱらのうわさで」

というから、奥羽の大名衆も無縁ではない。

右京亮は秀次ととくに深い縁はないが、鷹を贈ったりはしている。やはり疑われるのだろうか。

日本中の大名衆が、はらはらしながら成り行きを見守っている。これは津軽でのうのうとしてはいられないと、すぐに上洛することにした。

九月に京に着いてみると、これまた驚嘆したことに、聚楽第がなくなっていた。

聞けば先月、秀次の妻子三十名以上が三条河原で斬首されたが、ほぼ同時に秀次の政庁だった聚楽第の取り壊しがはじめられて、その月のうちに堀が埋められ、天守をはじめ建物はすべて壊されるか移築されてしまったという。

――太閤さまの大人げなさよ。

その愛憎の深さと大袈裟なやり口に呆れ果ててしまった。あまり関わりになりたくない人だな、とも思う。現実には、とてもそうはいかないのだが。

しかしそのころには、騒動もあらかた収まっていた。

娘を秀次の側室に差し出していた最上義光《よしあき》も、秀次に借金をしていた細川忠興《ほそかわただおき》も、徳川家康や前田利家らの取りなしで事なきを得たという。日頃から秀次に近づいていた伊達政宗も、弁明が聞き入れられて許されたようだ。太閤さまも、実はあまりことを大きくしたくないらしい。

それでも幾人かの大名が罰されて没落したが、大名間の付き合いをあまりしていなかった右京亮は、疑いをかけられることすらなかった。

そして終わってみれば世の中は、なにごともなかったかのようにまわっている。

騒ぎの大きさの割には鎮まるのは早かったのだが、大名として太閤さまの世を生き抜いてゆくことがいかに大変か、あらためて思い知らされる出来事ではあった。

五

秀次の賜死《しし》から二年後の慶長《けいちょう》二(一五九七)年二月。

右京亮は京から津軽への帰り道に、江戸へ立ち寄っていた。

「我に先立つとは、親不孝者め」

まだ墓石もなく、卒塔婆《そとば》が立つだけの埋葬地に、右京亮は手を合わせた。

徳川家に小姓として仕えていた次男の総五郎が、病死したのである。二十三歳で世を去るとは、さぞ無念だっただろうと思う。

総五郎とともに江戸屋敷にいた母のおよしも隣で手を合わせ、ときどき目頭を押さえている。自分によく似た子だっただけに、右京亮も寂しさはひとしおだ。

子を失った痛みと寂しさに耐える一方で、頭の中では冷静に勘定もしていた。

――これで残る跡継ぎの子は二人。ちと危ういな。

右京亮に残った男児は、上方にいる長男の平太郎と、三男の平蔵だけだ。そして平太郎は病弱でときどき寝込んでいるし、平蔵はまだ十二歳で、無事に育ちあがるかどうかわからない。

跡継ぎがいなくなれば、せっかく大名にまでなったのに、家が絶えてしまう。

この二年のあいだも多事多難だった。上方で大地震があり、築いたばかりの伏見城が倒壊した。また一時休戦となっていた朝鮮でのいくさがふたたび始まっている。いまのところ奥州の大名衆は出陣せずにすんでいるが、先々どうなるかわからない。太閤さまの世は、まことに油断がならないのだ。

母も昨冬、亡くなった。

風邪をひいて寝込むと、あれよあれよという間に容態が悪化し、五日目には臨終を迎えていた。

「なあに、苦しくなどないわ。思えばずいぶんとおもしろく生きてきたぞ。でもちと疲れたようだの。あとは頼むぞ」

というのが最期の言葉である。たくましく戦国の世を渡っていった母だったが、この一、二年はめっきり気が弱り、寺社詣でと孫娘の顔を見ることばかりを楽しみにしていたものだ。

母が逝き、右京亮にも死がぐんと身近なものに感じられてきた中で、今度は次男の死である。

跡継ぎのことも、早く何とかしなければ手遅れになると、焦りすら感じる。

総五郎の遺髪《いはつ》をもって津軽に帰り、身内だけの弔いをした。母のおよしは落飾《らくしょく》して尼となり、右京亮の許を去った。

おうらは弔いの最中、およしとともに泣いて悲しんでいたが、およしのはいる尼寺の世話は滞りなくすませた。そのあたり、おうらはしっかりしている。

「これからは子供の世話でなく、年寄りや死人の世話が多くなるのかねえ」

と、おうらはこぼすのだった。

弔いがすむと、悲しみを癒やす間もなく、右京亮はある決断を迫られた。

「浅瀬石の城、内側から崩せまするぞ。もはやいつなりと、お下知次第でござる」

と言うのは、小栗山左京だ。千徳大和守の側近、木村越後守《きむらえちごのかみ》という者を内通させるのに成功した、と言う。

「越後守が、浅瀬石城内に兵が少ないときを知らせてくる手はずになっておりまする。われらが兵を出せば城内から応じ、ともに浅瀬石の城を攻めとるつもりで、お下知を待っておりまする」

仕度は調ったのだが、いっしょに話を聞く兼平中書は、むずかしい顔をしている。

「どうするかな。千徳大和守は少し前に城下に屋敷をたてたからな」

やかましく言った成果か、または何か不穏な空気を察したのか、大和守も最近、堀越城下に屋敷をもうけ、妻子をおくようになっていた。

「命じたことをやっているのに、それでも討つというのでは、家中の者たちに示しがつくまい。名分が立たぬぞ。見合わせたほうがよいのではないか」

と、意見が割れてしまった。

面松斎に意見を問うと、

「お好きになされませ。名分など、どうとでもなりまする。その昔、謀叛の兆しを見せた、とでもしておけばよろしい」

との答である。

右京亮は、胸までかかる顎鬚をしごきながら考えた。そしてしばらくしてから、つぶやくように言った。

「家中の者を不安にさせるのはよくないが、逆に安心し切ってもらっても困る。以前に手柄をたてたから、少しくらい下知にそむいても大丈夫、などと考える輩は、わが家中にいてほしくない」

小栗山はちいさくうなずく。兼平は首をひねって唇を引き結んだのち、問うた。

「……ってことは、やるのか」

「一罰百戒《いちばつひやっかい》、とも言いまする。家中の者たちを引き締めるには、よい例になるかもしれませぬな」

と面松斎が口をはさむ。

――そうだ。見せしめだな。

どうせ今後も太閤さまから無理難題を課せられるのは確実だ。すると年貢や課役をふやさねばならぬかもしれない。そうしたときに、家中の者たちにわがままを言わせないようにしておきたい。そして見せしめに滅ぼすには、昔は敵対していて、いまも十分な力がある千徳大和守がうってつけだ。

太閤さまが九戸一族を撫で斬りにしたように、わが下知に逆らうとこうなる、という前例をつくっておけば、のちのちまで家中を統制しやすくなる。

右京亮は膝を叩き、命じた。

「よし、やるぞ。その木村越後守を動かせ」

数日後、浅瀬石の城中に侍衆が少なくなったときを見はからい、右京亮の馬廻り衆ばかり数十騎が浅瀬石城に攻めかけた。

これに応じて城の内側から木村越後守の手の者が門をあけ、ついで城内の方々に火をかけてまわったからたまらない。防戦する者もほとんどいない城中を駆けて、馬廻り衆はすぐに本丸にまで攻め込んだ。

本丸では千徳大和守の譜代衆が刀をとって立ち向かったが、人数が少ない上に甲冑もつけていないので、みなたちまち斬り倒され、本丸も占拠されてしまった。

千徳大和守はおのれの身を守るすべもなくなり、奥の間にて切腹した。

寄せ手は大和守の首を得たあと、堀越城下の大和守の屋敷に押し寄せた。そこにいた大和守の長男と次男は事情を知り、逃れられぬと悟って自害する。

三人の首は、その日の夕刻に堀越城にもちこまれ、右京亮の前にならべられた。

その首をひと目見ただけで右京亮は、

「三人とも、かの家の菩提寺《ぼだいじ》にねんごろに葬ってとらせよ」

と言って、その場から立ち去った。

自分で命じたことながら後味が悪く、後悔の念もわいてきて、大和守の首をまともに見られなかったのである。気がつくと、しばらくのあいだ長い髭を弄っていた。

この件で家中の者たちは動揺し、堀越城に姿を見せず自分の屋敷に籠もる者も出たが、右京亮がふだん通りに振る舞っていると、やがて落ち着きをとりもどし、家中も平静になっていった。

そうして津軽の短いが騒がしい夏がすぎ、また上洛しなければならない季節となった。

いまのところ領内は治まっているが、気になることは多々ある。急ぎの用もあるから、上洛は悩ましい。

出立をひかえて留守中の注意を細々と家来衆に命じるかたわらで、ある朝、右京亮は小栗山左京を城に呼んだ。

「ま、話の前にひとつ相伴《しょうばん》せい」

朝餉をともにしようというのだ。話が話なので、少し小栗山に奢《おご》る、という意味もある。

炊きたての飯にわらびの味噌汁、香ばし和え（けしの実の和え物）と、朝だけにさほどの馳走ではないが、お楽しみは、皿にたっぷりのすじこである。

「こればかりは、熱い飯でなくてはな」

と、右京亮は飯の上にどっさりすじこをのせて、飯とともに口に運ぶ。口中に濃い味がひろがり、いくらでも飯がすすむ。

腹を満たしてから、本題にはいった。

「帰国してくるまでに、なんとか説得しておいてくれ。悪いようにはせぬと、ねんごろに言い含めてな」

「承知してござる。よく言い聞かせまする」

小栗山左京が頭を下げる。

右京亮が命じているのは、新しい側室のことである。

相手はすでに決めていた。藤代《ふじしろ》という、岩木川西岸にある地の土豪の寡婦である。藤代御前と呼ばれていた。

しっかり者で、また娘のころから美しさは近隣の評判だったという。少し前に夫を亡くしたが、幼子があるので再婚せず、夫の家にそのままとどまっているのだった。

賢婦《けんぷ》で、また子を産んだことがあるというところが、まだまだ子供がほしい右京亮には好ましい。

さらに夫を亡くしているなら、側室にするのに何の遠慮もいらない。

そう思って望みを伝えたのだが、断られてしまった。家を絶やさぬよう、ひとりで幼子を育てあげるつもりだ、というのだ。

だが右京亮はあきらめ切れなかった。津軽で侍の家を保つのなら、妻子は堀越城下に住まねばならない、こちらで屋敷をたててやるから城下に住むように、と領主の力を楯に、いくらか強引に迫った。それでも拒まれた。あるじのいない家を維持してゆくために、自分が領地にいる必要がある、城下に住むのは勘弁してもらいたい、と伝えてきたのだ。どうしても右京亮の側室にはなりたくないらしい。

説得できず、やりとりを繰り返しているうちに上洛の時が迫ってきたので、あとを小栗山にまかせることにしたのである。

小栗山を帰したあと、兼平中書を呼んだ。

「あのこと、頼んだぞ。留守中に道をつけておいてくれ」

と言うだけで、兼平には通じる。こちらは艶めいた話ではない。

「わかった。気乗りはせんが、やむを得ぬだろうな」

兼平は尖った顎をなでつつ、なやましげな顔でうなずく。

——どうにも、厳しいな。

命じる右京亮も、心安らかではない。

太閤さまの下知どおりに城破をすすめ、城下に家臣の妻子をあつめているが、家中の評判はひどく悪い。家臣を締めつけ、一方的にあるじへの屈従を強いる政策だからだ。

表だって逆らう者は少ないが、堀の一部だけを埋めるなど城破を形だけにし、城下に屋敷は建てても妻子は月に一、二度顔を出すだけにするなど、面従腹背《めんじゅうふくはい》の者は多い。

見せしめに千徳大和守を討ったこともあってか、いまのところ家中は平穏だが、これから出兵やお手伝い普請などを課されて家臣や百姓の負担が重くなると、いまの平穏さもどう変わるかわからない。謀叛や一揆など起こされてはかなわないから、危ない芽はつんでおかねばならない、とつねづね考えていた。そしてひとつ、目立つほど大きな芽がある。兼平に頼んだのは、その芽をつむ仕度である。

さまざまな不安を抱きつつ、右京亮は深浦から船に乗り、京へむかった。

九月に京に着いてみると、昨年の大地震で崩れた伏見城が、以前より立派に建て直されていた。登城した右京亮は上洛の報告に太閤さまにお目見えをし、ついで石田治部少輔ら奉行衆、そして城下の屋敷にいた徳川家康にも挨拶をした。

ふたたび始まった朝鮮のいくさは、順調にすすんでいるようだった。だが年末になると苦戦しているとのうわさが飛び交い始める。

それでも伏見も大坂も平穏な時が流れていた。太閤さまは茶の湯を楽しみ、朝鮮へ渡海するどころか、名護屋へ行く気配すらもない。

年が明けてしばらくすると、朝鮮の蔚山《ウルサン》という城で大きないくさがあり、日本の諸将が苦戦の末に勝った、と聞こえてきた。

そんな中でも太閤さまは京で物見遊山に出かけたりしていたが、三月に醍醐《だいご》で北政所《きたのまんどころ》や多くの側室を招いて大がかりな花見を行ったあと、病がちになって伏見の城に籠もってしまった。

右京亮は、春の終わりにいったん帰国しようとしたが、太閤さまの病状が気になって京にとどまった。

「太閤さまも還暦をすぎておられるゆえ、こたびの病は平癒《へいゆ》するかどうか。おそらく無理でしょうな」

と面松斎は遠慮なく言う。

「もし太閤さまが亡くなったら、どうなる」

右京亮の関心は、そこにあった。

跡取りである太閤さまの一子、秀頼《ひでより》は、まだ幼い。とても天下を治めることはできない。

「……また戦国の世にもどりましょうな」

「やはりそう思うか」

荒ぶる大名たちを抑え込むには、大きな器量が必要だ。幼い秀頼にそれがないことは明白で、そうである以上、別の誰かが天下人の座にすわることになる。誰になるのか。その争いが、太閤さまの没後にはじまる。

「また戦わねばならぬのか」

「わかりませぬが、覚悟と仕度はしておいたほうがよいでしょうな」

そんなことを話しているうちに、太閤さまが重態になり、遺言をしたとのうわさが流れてきた。しかし仲秋八月には、そんなうわさもふっつりと途絶えてしまった。

おやおやと思っていると、朝鮮から撤兵するとのうわさがにわかに流れ、その通りに冬から年末にかけて、すべての将兵が九州に帰還してきた。

太閤さまが亡くなったと正式の触れが出たのは、そのあとのことである。

陽気で騒々しく、反面でいろいろと疲れることの多かった時代が、終わったのだ。

頭の上の重石《おもし》がとれた感じがして、右京亮はほっと息をついた。しばらく休養したいとすら思った。

だが終わりは同時に、新しい時代の始まりでもある。先にあるのは、おそらく大きな混乱だろう。新しい天下人が決まるまでは、何が起きるかわからない。

——なに、家と津軽を守るためなら……。
どんなことも辞さないと、右京亮は覚悟をかためていた。

# 第九章　関ヶ原へ

## 一

伏見にある津軽家屋敷で、御座の間に灯をともし、右京亮はふたりの男と向かい合っている。

「これはもう、徳川どのが喧嘩上手というほかはありませぬ。もはや徳川の天下は定まったと見えまするな。ゆえに徳川どのにお味方するのがよろしかろう」

右手にすわる面松斎は、断言する口調だ。

今日は慶長五（一六〇〇）年五月三日。

徳川どのが会津の上杉家を討伐すると言った、といううわさが伏見にいた諸大名衆に伝わっていた。

右京亮も伏見にいたので、当然ながらこれが耳に入った。

つまり大きないくさが始まるのだ。右京亮は面松斎らを呼び、いくさとなるとわが津軽家はどう動けばよいのかと問うた。するとまず面松斎が答えたのである。

「徳川の天下と申すが、大坂には秀頼どのがいるではないか。太閤子飼いの大名衆も多い。そうたやすく成るか」

右京亮は、白いものが目立つようになった長い顎鬚をしごきつつ、首をかしげる。

「太閤さまが天下を手にするまでには、四国を討ち九州を討ち、最後に関東と奥羽を討った。ずいぶんといくさをしたではないか。天下の権を握るには、相応の手順ってものがあるはずだ。徳川どのはまだそこまで行っておらぬぞ」

「さようで。ゆえに徳川どのはまず、執権《しっけん》といった地位に就くのでしょうな」

「執権？　なんだそれは」

「世にそうした例は多うござる。鎌倉にあった源家の幕府も、征夷大将軍《せいいたいしょうぐん》をさしおいて、執権の北条家が威をふるっておりました。京の室町《むろまち》にあった幕府も、大将軍より細川家が実権をにぎっており申した。徳川どのも、さような形で天下を治めるおつもりでは」

面松斎は自信ありげに言うが、右京亮は疑わしく思いつつ聞いていた。

――これまでもこやつの言うことを鵜呑《うの》みにして、何度か痛い目にあっているからな。

面松斎は細かいことは見事に見通すが、大きな見通しはよくはずすのである。

「そなたは、どう思う」

面松斎の左隣にすわる男に問いかけた。すると細面で色白、鷹のような目をした男は、秀でた額をかたむけて答えた。

「は。おそれながら、面松斎どのとおなじく、これは徳川どのの世がくる兆しと思うております。わが家も、徳川どのに奉公いたすがよいかと」

こちらは左馬助建広《さまのすけたけひろ》といって昨年、右京亮の娘、富子の婿に迎えた男である。

左馬助はもと大河内江春《おおこうちこうしゅん》といい、父の代から金創医《きんそうい》（外科医）として北条家に仕えていた者である。北条家が太閤さまに滅ぼされてから牢《ろう》人し、京にきていた。

右京亮はかねがね、面松斎以外にもうひとりふたり、上方の情勢もよくわかっていて、天下の成り行きを見通せるような人物がほしいと思っていた。そこで九条《くじょう》どのや西洞院どのに推挙を頼んでいたところ、この男を紹介されたのである。

話してみると、医学ばかりか易学、天文、軍学にも通じ、京で医師としてはたらいていたためか、大名家や公家にも知り合いがいる。徳川家にも出入りしていたというので、これは得がたい人物だ、少なくとも津軽にはいない類の男だと思い、召し抱えたのだ。

身近で使ってみると、やはり有能だったので、娘の富子を娶せることにした。

家中にはよそ者の婿取りに反対する空気もあったが、

「津軽家にも外の血を入れぬとな。内にこもるばかりでは、これからはやっていけぬぞ」

と言って押し切り、婿養子にしたのである。

いまのところはまだ大きな仕事はしていないが、これからはこういう男が活躍してくれるはずだと思い、どこへ行くにも連れ歩いていた。

「やはり徳川どのか。しかし、さようにすんなりと行くかな」

右京亮はふたりに疑問を突きつけた。

太閤さまが世を去ってから、はや二年近くになる。

太閤さまが亡くなる前に五人の大老《たいろう》と五人の奉行衆が定められ、合議して天下のまつりごとを決めるようになっていた。だが、いまやその大老と奉行とが権力争いを繰り返しているありさまだった。

この二年ほどのあいだにも世が乱れそうな危うい局面は、いくつもあった。

まず、太閤さまの死の翌年である慶長四年閏《うるう》三月初めに、大坂にいた石田治部少輔が、加藤清正《かとうきよまさ》ら七人の大名に襲われた。

世間のうわさでは、朝鮮の陣の最中、治部少輔が太閤さまにあることないこと告げ口をした、その恨みを晴らすために七人が決起した、とのことだった。

気配を察した治部少輔は大坂からこの伏見まで逃げてきて、城内にある自分の屋敷にたてこもった。

ほかの奉行衆も治部少輔に呼応して、屋敷に兵をそなえた。

そこへ七人の大名が手兵をひきいて追いかけてきたから、伏見は騒然となった。右京亮も伏見にいたので、これはいくさが始まるかと思い、家来に甲冑をつけさせ、夜通し篝火を焚いて用心したものだ。

結局、大老の徳川どのと毛利《もうり》どのが仲裁にはいり、大きな合戦にはならずに収まった。

そこでどのような話し合いがあったのか、詳しくは知らないが、七人の大名衆はお咎めなし。だが石田治部少輔は奉行から身を退き、所領の佐和山《さわやま》に蟄居してしまった。

指南役として頼りにしていた男が失脚したのだから、右京亮にも痛手だったが、どうにも手の出しようのない雲の上の話である。累がこちらに及ばなかっただけ、よしとしなければならない。

それからまた半年ほどして、五奉行のひとりの浅野長政《ながまさ》——長吉から改名していた——が、徳川どのを暗殺しようとしたとの疑いをかけられ、弁明しつつも職を辞して武蔵《むさし》国府中《ふちゅう》に蟄居するという事件が起きた。

これで五人いた奉行衆が三人になってしまったが、その直後、今度は密告があったとして、徳川どのは諸大名衆を大坂城西の丸にあつめた。そして前田家に謀叛の兆しあり、討伐すべしと下知した。

領国の加賀に下っていた前田家の当主、利長は、早馬でこれを伝えられて跳びあがったようだ。おそらく謀叛などまったく考えていなかったのだろう。

上方では討伐軍の編成までしたので、一時は合戦になるかと思われたが、結局は前田家が江戸に当主利長の母、芳春院《ほうしゅんいん》を送って恭順の意を示したので、さわぎは鎮まった。前田家が徳川どのに屈服する形となったのである。

前田家の祖、利家は半年ほど前に亡くなっており、嫡男の利長が家を継いでいた。若い当主では、千軍万馬《せんぐんばんば》の徳川どのにかなわなかったようだ。

右京亮もすわ合戦かと右往左往したが、一方でおおいに溜飲を下げたものだった。

浅野家も前田家も、奥羽の「仕置」を行った者たちだ。それが今度は徳川家から「仕置」されているのだから、ざまをみろという思いを抱いたのである。

そうした出来事があって、五人の大老の中では徳川どのが実力と威勢で一頭地《いっとうち》を抜いた存在となり、いまではほぼ天下を牛耳っているように見える。

そして今般《こんぱん》また徳川どのが、大老のひとりである上杉家を俎上《そじょう》に載せたのだ。

「もう少しようすを見たいが、陣触れがあれば出陣するしかないだろうな。断る理由はないし、断っていいことがあるとも思えぬしな」

「さよう。ここは出陣すべしと勘考つかまつる。なにしろ上杉のたった一家を、天下の大名衆が攻めるのですからな、勝ちはまちがいなし。勝てば上杉家が潰れ、その所領を参陣した大名衆が分け取りすることになりましょう。お家も領地が増えまするぞ」

また面松斎が断言する。

「おお、なるほど。そうなるかもしれぬな」

正直、そこまでは考えていなかった。面松斎もたまにはいいことを言うものだ。

「津軽から遠いところへ兵を出すのは物憂いが、それで所領が増えるのなら悪い話ではなさそうだな」

領地がふえる話など久しぶりである。いっぺんに気分が明るくなった。

「ともあれ、徳川どのに近づいておいて損はありませぬぞ。この際、江戸の平蔵どのの屋敷に人をふやしておいたほうがようござろ」

面松斎が言う。次男の総五郎は病死してしまったが、いまは十五歳になった三男の平蔵が徳川家に出仕している。

「わかった。江戸に指図しておこう」

長男の平太郎は、すでに大坂の豊臣家に近習として仕えていた。三男が徳川家に出仕していれば、どちらが天下の権をにぎっても対応できる。弱小大名として世渡りするには必要な処置である。

「しかしこれだと、また津軽に帰れぬな」

つい嘆息してしまった。

近ごろは秋に津軽を出て上方へのぼり、京で冬を越し、二月から四月にかけて帰国しているのだが、今年は無理のようだ。いや、昨年も石田治部少輔と七人の大名の騒ぎがあって、帰国したのは六月になった。

そして帰国してがっかりした。留守中に片付けておくように命じておいたことが、ほとんど進んでいなかったのだ。

「藤代御前にはほとほと手を焼いてござる。いや、なんとも頑固で。城下には住まない、どうしてもと言うのなら弓矢でこい、とまで申しております る」

小栗山が困惑した顔で告げたのを、昨日のように憶えている。

藤代御前は、右京亮の側室になる気が微塵もないようだった。

津軽は女もじょっぱりか、と笑い飛ばそうとしたが、すぐに笑いを引っ込めた。

「弓矢でこい、とまで申すか」

右京亮はその言葉にひっかかった。

「あ、いや。それは言葉の綾《あや》と申すもので……」

小栗山がとりなそうとするが、右京亮は許さなかった。

「主君に対して言ってよい言葉ではないぞ」

いまは戦国の世ではない。国人や地侍が跋扈《ばっこ》し、それぞれが城や館をかまえて威勢をふるう時代ではなくなっている。領内の侍衆はみな、ひとりの主君に仕えねばならない。そういう時代になったのだ。

藤代御前は、それをわかっていない。

もはや側室にするどころではなかった。捨てておけば右京亮の威信が衰え、自儘にふるまう輩がふえるだろう。

「それほど言うなら、我の弓矢をうけてみよ」

側室にとの申し出を断られて、腹が立ってもいた。右京亮は馬廻り衆を動員し、藤代御前の館を攻めさせた。

館では家人衆が防戦につとめたが、多勢に無勢ですぐに門を打ち破られて家人たちは討たれ、館は燃えあがった。

藤代御前は館の奥にはいり、幼子とともに炎の中で自害して果てた。

側室にするつもりが、下知に従わぬ家中の者を上意討ちした、という形に終わったのだが、そののち奇妙なうわさが家中に流れた。

「藤代御前は自害する前に、『この恨みは忘れぬ。死霊となってこの世にとどまり、右京亮の子孫が立ちゆかぬように祟《たた》ってやるぞ』と言い残した」

というのである。

「はは、埒《らち》もないことを。祟れるものなら祟ってみよ」

と右京亮は笑い飛ばして相手にしなかったが、うわさは家中に広まっていった。

もうひとつ、兼平に命じておいたことも、うまくいっていなかった。

「なにしろ少しでも家中に漏れたら大事になる。密かにやらねばならぬからな」

と兼平は渋い顔で言う。

「これはという者に目をつけて、打ち明けても大丈夫かどうかを調べておる。しかしな、どうもいまひとつ信がおけなくてな」

兼平の悠長な仕事ぶりは不満だったが、こちらは軽々にはあつかえない。下手をすると家中の者たちを動揺させ、お家騒動に発展してしまうかもしれないからだ。

「なんとかしてくれ。これは、そなたにしか頼めねえからな」

と兼平の尻をたたくしかなかった。

そうしておいて、右京亮自身はまた昨年秋の終わりに上洛した。

京に落ち着いてしばらくしたころ、南部家の総領、信直の訃報を聞いた。国許で病死したという。

右京亮は気がつかなかったが、信直は数年前から中気をわずらっており、上方と国許を往復するのも大変で、寝込むこともたびたびだったらしい。

そういえば、と名護屋の前田屋敷で見た信直の姿を思い出した。前田どのに盃をもらう以外は、すわったままで固まったように動かなかった。

あるいは中気で体のどこかが不自由になっていて、それを悟られぬようにあまり動かなかったのかもしれない、と思った。

信直とは長く戦ってきたが、太閤さまに無理に停戦させられて、許すでも戦うでもなく共存する不思議な関係になっていた。だが死んでしまえば、もう敵も味方もない。

胸の内でその死を悼んでいると、ひどく寂しい気持ちになった。

――信直は、たしか我より三つ四つ年上だったな。

十歳上の小笠原伊勢守が亡くなったときは、まだそれほど切実に感じなかった自分の寿命が、間近に迫ってきているように思えたのだ。もちろん、そんな気持ちは面松斎にも明かせないが。

京で年を越し、明けて慶長五年一月、右京亮は正式に右京大夫《うきょうのだいぶ》に任官した。大名として家を保つには、こうして外面を飾ることも必要である。徳川どのの推挽《すいばん》があって実現したので、徳川家にはお礼の品をたんまりと贈っておいた。

そんな日々を過ごしたあとでの、上杉家討伐騒ぎなのだった。

――五十歳を過ぎてもなかなか楽にはさせてもらえぬが、こうして天下の権の行方を見ているのも、おもしろいものよな。

危ういと感じつつも、目の前ですすむ天下の覇権争いに自分も関わっていると思うと、心が躍るのは止められなかった。津軽に閉じこもっていては決して味わえぬ大きな感興《かんきょう》を、いま味わっているのだ、とも思った。

二

上杉征伐は、やはり実行されることとなった。豊臣家の奉行衆が、思いとどまるようにと諫《いさ》めたものの、徳川どのは納得しなかったのだ。

六月十八日に徳川どのは伏見を発って江戸へと向かった。これに東海道筋や中国、四国の大名衆が軍勢とともに従った。

奥羽の大名衆はひとあし先に帰国し、北から上杉家を攻めるよう指図されたので、右京亮は六月半ばに伏見から帰国の途についた。

道中、右京亮は考えにふけり、鬱々として口数も少なかった。

——これだから、北の果てはやりにくい。

津軽の領主であることを恨みたくもなる、と思っていた。

諸大名の陣配りは、内々に示されていた。攻め口を庄内口や米沢口などに分け、それぞれに大名衆を配していたのだが、その書き付けを見た右京亮は絶句した。

津軽家の名がどこにも見えないのだ。

あわててこの指図を出した徳川家に問い合わせると、しばらくして、

「これは太閤さまの陣立ての前例にしたがったものゆえ、貴家もそのときのように振る舞いたまえ」

との返答があった。どうやら朝鮮陣のときの、もくそ城攻めの配置を参考にしたらしい。たしかにあのときも、津軽の名はどこにもなかった。

——ならば、本陣の守備ということか。

もくそ城攻めのときは、結局出陣しなかったので確かめもしなかったが、もし実際に出陣となれば、太閤さまの馬廻りを守るつもりでいた。陣立てに名がない以上、そこしかいる場所がないのだ。

今回は徳川どのの本陣備えになるが、それでは戦いの後方にいることとなり、手柄は立てられそうにない。手柄を立てるためにはどこかで先陣に飛び出さねばならないが、それもむずかしいことだ。

——手柄を立てられぬとすれば、領地もふえぬ。出陣しても益がないが、どうするか。

などと思い悩みながら、七月に津軽に到着した。

帰国してまずおどろかされたのは、岩木山の変わりようだった。

山頂の南側が崩れ、そこから煙をあげているではないか。

「いや、そりゃ肝をつぶしたぞ。一時は空が暗くなったからな」

と留守居の兼平中書は言う。

聞けば六月十三日に大きな地震があり、同時に空が暗くなって小石交じりの砂が降ってきたという。そのまま十四日も昼が夜のように暗いままで、人々はおどろき騒いだ。十五日にようやく空が晴れてみれば、岩木山の南肩があのように焼け崩れていたのだとか。

「まあ、死人も怪我人もなかったのが幸いだったが、いや大変だったな」

右京亮も、煙を吐く岩木山など生まれて初めて見る。美しく静かに佇《たたず》んでいるとばかり思っていた山が、隠していた荒々しい本性を垣間見せたのだろうか。なんとも禍々《まがまが》しい光景だった。

「六月十三日だったのか」

右京亮は日付にひっかかった。ちょうど上杉征伐の陣触れがあったころではないか。

——おそらくみな、これは凶兆だと思うだろうな。

大いくさの前の椿事《ちんじ》である。右京亮自身も、なにやら不安になってきた。凶事が先に控えているかもしれない、と思う。そう思わせるだけの衝撃がある光景である。

しかし、そんな理由で出陣をやめるわけにはいかない。

「とにかく出陣だ。うまくゆけば領地がふえるぞ」

堀越の城中に重臣たちを呼びあつめた席で、上杉征伐にいたった顚末を説き聞かせ、出陣の仕度を命じた。

「といっても、陣立てに名がないのではなあ」

と兼平はあきれている。

「ひとまず我は江戸へゆく。持ち場がわかったら飛脚を出すから、すぐに出陣できるようにしておいてくれ」

馬廻り衆と面松斎、左馬助らに足軽を合わせて百人ほどで江戸へゆき、徳川どのの指図を待つつもりだ。なるべく先陣に近いところへ出してもらおうと思う。

「ところで、あちらの方はどうなった」

重臣たちがひきとり、兼平とふたりきりになったところで、小声でたずねた。

「ああ、言おうと思っていた。安心しろ。手はずはつけた」

「嗅ぎつけられなかったか？」

「漏れてはいないと思う」

右京亮はうなずいた。

家老の森岡金吾を討つ、というのが兼平に託した秘事である。

小笠原伊勢守を蟄居させ、千徳大和守を討ったあと、森岡金吾のようすがおかしくなっていた。自分の所領に籠もりがちになり、たまに登城しても落ち着かず、すぐに姿をくらましたりしていたのだ。

伊勢守と大和守が消えたあと、家中では金吾が最大の領主となっていたこともあり、次に始末されるのは自分ではないかと疑い始めたようだった。

たしかに金吾は家中でも邪魔な存在になっていた。伊勢守とおなじように上方のことも知らず、諸大名衆との交際もなく、いまの世では十分にはたらけないからだ。なまじ所領が大きいだけに、そのはたらきの悪さが目立ってしまう。

どうせ始末されるならばと、その前に謀叛を起こすかもしれない。

そうなると、太閤さまのお下知で妻子を城下にあつめたり刀狩りをしたりと、家中を抑圧している分、家臣たちの不満もたまっているので、同調する者が出るおそれがあった。

そもそも森岡金吾とは長年の付き合いだが、大浦城に婿入りする時に軽く邪魔をしてくれたという恨みはあっても、何かで助けてくれた恩も借りもない。逆らうならば叩き潰すのにためらいは感じなかった。

といっても、いま兵を起こして金吾の屋敷を攻めると、大きな争乱に発展してしまう。ひそかに始末できないか。

その方策を考えてくれと、以前から兼平に頼んでおいたのだ。

しかも今回、上杉征伐で兵の多くを遠国へ出陣させるから、領内の守りは手薄になる。金吾にしてみれば、謀叛を起こすとすれば絶好の機会だ。

出陣の前に、金吾を始末したい。いや、始末しないと安心して出陣できない。

これは難事で、兼平も手こずったようだが、ようやく何とかなったらしい。

「梶仁右衛門《かじにえもん》が、引き受けてくれた」

と兼平が言う。切れ上がった目が鈍く光っている。

「……梶か。あやつなら大丈夫だろうな」

梶仁右衛門は馬廻り衆のひとりだが、森岡金吾の幼なじみで、いまも付き合いがある。合戦での戦功もあり、腕も確かだ。そんな男だから、不意を衝いて金吾を斬り倒すこともできるだろう。

「梶の面倒を見て後始末もするから、安心して出陣してくれ」

兼平に言われて、右京亮は百人ほどをつれて江戸に向けて出立した。


深浦から船に乗り、越後をへて七月の末に江戸についた。

まずは三男の平蔵がいる屋敷に足を休め、徳川どのの最近の動きを聞いた。

すると、また面食らうこととなった。

「なんでそんな話になるんだ！」

右京亮は思わず叫んだ。

このひと月半ほどのあいだに、上杉征伐の話がすっかり様変わりしていたのだ。

上方の諸大名衆と徳川どのは、最初の予定どおりに江戸をへて野州《やしゆう》小山《おやま》まで、軍勢をひきいて下っていった。だが七月二十五日に軍勢を返すことが決まり、いまは江戸にもどってくる行軍の中にあるという。

「なぜ、もどってくるのだ」

「どうやら上方で騒動が起きたらしくて……」

「上方で？　その子細は？」

「それが、まだわかりませぬ」

江戸屋敷の者たちは、徳川家にあまり食い込めていないようで、事情がわからずうろうろするばかりだ。なんとももどかしい。

「こういうときのために大坂にせがれをおいているのに、肝心なときに役に立たぬ」

ため息が出る。大坂屋敷の長男、平太郎信建《のぶたけ》は上方の事情を伝える急使《きゆうし》を発しているはずだが、それは津軽に向かったのだろう。残念なことに、行き違いになったようだ。遠国に領地をもつ者の悲しさで、どうしても天下の情勢を知るのが遅くなる。

ここで有能さを見せたのが、婿の左馬助建広だった。徳川家中の知り合いをめぐり、すぐに真相をつかんできた。

「上方にて奉行衆ならびに大老の毛利どの、宇喜多《うきた》どのなどが、徳川どのを糾弾して兵を挙げたとか。首謀者は石田治部少輔どので、すでに伏見城を落とし、美濃尾張まで進出する勢いだと。それで徳川どのは上杉をおいて上方に兵を向けようと、もどってくるようで」

「ほほう、治部少輔どのがな」

左馬助の話は意外だったが、あの男ならあり得ぬことではないと思われた。

「あるいは上杉家の会津と上方とで、徳川どのを挟み撃ちにするつもりでしょうかな」

と面松斎が言う。

「なるほど。治部少輔どのもただ者ではないからな、やりかねぬな」

しかし、それが本当だとすれば大変だ。日本中を巻き込んだ大いくさになってしまう。その上、敵が上杉家だけなら楽に勝てただろうが、上方と挟み撃ちとなると、徳川どのの勝ち目は薄いように思われる。

「ならば我らはどうする。このまま徳川どのについてゆけばよいのか」

右京亮が問うと、一同は沈黙した。

「どうした。だれか意見はないか」

「まだわかりませぬ。上方がどうなっているのか、もう少し知らねばなんとも」

面松斎が言う。

「しかし、われらはいま江戸におりますれば、逃げ出すわけにもゆきますまい。われらは徳川どのに仕え、大坂におられる平太郎どのはそのまま豊臣家に、ひいては石田治部少輔どのに仕えればよろしいのでは」

と言うのは左馬助だ。

「徳川どのと治部少輔どのに二股をかけるのか。そううまくゆくか」

下手をすると、どちらからも裏切り者として処罰されかねない。その上、治部少輔にはずいぶん世話になっている。裏切るようですっきりしない。

「といっても、いまわれらが江戸を抜けて上方へ行くことも、逆に平太郎どのが大坂を抜けて江戸へ来ることもできますまい。ならばそれぞれがその場で最善を尽くすしかありませぬぞ」

左馬助の言うとおりだ。悩ましいが、いまのところはそうするしかなさそうだ。

「するとわれらは徳川どののお供をして上方へ行くのだな。ならば兵を呼びよせねば。さっそく津軽へ飛脚を出せ。一日も早くこの江戸へ兵をよこせとな」

板垣兵部ほか三名の侍大将を指名し、八百の兵とともに参陣せよとの下知を書状にしたため、使者を出した。

そんなことであわただしく過ごしているうちに、徳川方の大名衆が続々と江戸へきて、すぐに東海道を西へのぼっていった。まずは尾張の清洲《きよす》城をめざすという。

徳川どのも江戸にもどってきた。

右京亮はあせった。まだ手許には百人ほどの兵しかいない。これでは手柄をたてるどころか、足手まといになるばかりだ。

ところが徳川どのの動きもあやしい。上方の大名衆が尾張へのぼっていっても、徳川どのは江戸を動かないでいる。

いぶかしく思いつつようすを見ていたが、八月も半ばがすぎ、二十日になっても徳川どのは江戸に尻を据えたままだ。

どうやら諸国の動きを伝え聞いては、さかんに書状を出し、味方をふやそうとしているらしい。

「ま、天下をあげての大いくさとなっておりまするゆえ、慎重の上に慎重を期しておられるのでしょうな」

と面松斎はわかったようなことを言う。

真似をしたわけではないが、右京亮も国許へ兵を送れと催促の書状を出し、また中山道《なかせんどう》をのぼる手はずとなっている徳川どのの嫡男、秀忠《ひでただ》公に、徳川どののお下知次第で上方にのぼる、と裏切りを疑われないよう、念のために書状を出しておいた。

そうするうちに、ようやく津軽から兵六百五十が到着した。

「待ちかねたぞ!」

と右京亮は、兵をひきいてきた侍大将の松野《まつの》久七《きゅうしち》という者に抱きつかんばかりに喜んだ。そしてこの旨を徳川どのに上申すると、

「奥州筋も物騒にして往来難渋のところ、事故なく人数到着の段、まずもって手柄である」

とのことで、拝謁《はいえつ》を許すという。そこで松野久七をともない、徳川どのにお目見えすべく登城した。

「いやあ、大きな城でござるな」

と、上方の城を知らない松野久七はおどろいているが、右京亮は逆に、前々から江戸城の貧相なことにあきれ、失望していた。

江戸城の堀は広く深いが、その対岸は石垣ではなく芝土居《しばどい》である。門も小さく貧弱で、櫓も黒塗り板葺《いたぶ》きの粗末なものだ。堀も城壁も石垣でかためられ、建物も華麗な大坂城や伏見城とくらべると、かなり見劣りする。

――こんな城で、大丈夫か。

と、その城主を頼ることが心配になるほどだ。しかしもはや逃げ出すわけにもいかない。徳川どの

に家運を託すしかなくなっている。

大手門にあたる入口御門《いりぐちごもん》から入ると、梅林を突っ切って二の丸に案内された。御殿の広間でしばらく待っていると、徳川どのは上段の間にゆっくり歩いてあらわれた。

背丈はごくふつうだが、肩幅が広く厚みのある上体《じょうたい》をもっている。丸顔で、耳たぶが異様に大きい。小柄で細面の太閤さまとはかなりちがう。

名護屋で屋敷を訪れたときに幾度か対面しているが、そのときより顔がほっそりしているように見えた。

「津軽どのか。遠路はるばる大儀であったな」

と声をかけてきた。機嫌はいいようだ。

「は。ありがたきお言葉。小勢なれど、津軽の者はみな一騎当千の強者《つわもの》なれば、何とぞよきはたらきの場を与えてくださりませ」

と答えると、お褒めの言葉とともに久七に具足《ぐそく》と猩々緋《しょうじょうひ》の羽織を下された。

——ずいぶんと気前がいいな。

右京亮はおどろいた。おそらく徳川どのも切羽詰まっており、少しでも味方をふやそうと必死なのだろうと思った。

屋敷にもどると、右京亮も久七に、褒美として小袖と太刀と鞍を与えた。といっても手許にはないので、まずは書状を渡しておき、国許へ帰ってから贈ることとなる。

だが一方で、板垣兵部らが来なかったことは不審だった。理由を久七にたずねても、兵部らはなぜか出立を渋ったというだけで要領を得ない。津軽のようすも、森岡金吾が健在であったりと、予想していたものと違う。

――あやしいぞ。

急に不安になってきた。わが家中で争乱が起きる兆しではないのか。ただでさえ津軽に兵が少なくなっているいま、森岡金吾が居残った板垣兵部らと叛乱を起こしたら、兼平も防げないだろう。そうなると、営々と築きあげてきた宝物のような津軽の所領が一気に崩壊してしまう。

森岡金吾の角張った顔が思い浮かび、居ても立ってもいられなくなる。

「一度、津軽に帰ったほうがいいのか」

と懊悩《おうのう》した。

しかしそんな暇はなかった。徳川どのは九月一日に江戸を出立すると、内々に触れがあったのだ。右京亮もお供をして東海道をのぼらねばならず、津軽にもどってなど、いられない。

「こちらが勝つかどうかもわからぬ上に、国許もあやしい。どうすりゃいいんだ!」

つい声を荒らげてしまい、面松斎にたしなめられる始末だった。

そのとき不意に、ある言葉が耳によみがえってきた。恨みを残して死んだという、藤代御前の言葉である。

「右京亮の子孫が立ちゆかぬよう祟ってやる」

と言い残したというではないか。

これは、祟られているのか。

一瞬、肝が冷えたが、まさか、と思い直した。女の祟りなど、大名たる者が気にすることではない。

とはいえいったん気になると、なかなか不安は消えない。

悩み深い八月が終わり、九月一日となった。

「よし、出陣するぞ！」

早朝、右京亮は元気いっぱいで馬に乗って宿所を出た。国許のことは兼平にまかせてきた、いまさら思い悩んでも仕方がない、と気持ちを切り替えていた。こちらはこちらで、うまく立ち回らねば自分の命と家の存続にかかわるのだ。手の届かない国許のことまで心配してはいられない。

右京亮と三男の平蔵、そして津軽の軍勢は、徳川どのの旗本勢三万のしんがりについて、まだ暑さが残る東海道を西に向かった。

三

三万余の軍勢は東海道を粛々と行軍し、九月十一日に清洲城に到着した。

先手の諸大名の軍勢はすでに美濃へ攻め込んでおり、城内はからっぽだったが、右京亮は遠慮して城下の寺に陣を張った。

ここで右京亮は松野久七を呼び、ひそかに命じた。

「そなた、平蔵をつれてここから立ち去れ」

おどろく久七に、右京亮は説いた。

「どうやら徳川どのには利がないようだ。このいくさ、おそらく負ける」

行軍の最中も、さまざまなうわさが飛んでいた。上方で蜂起した勢力はどうやら徳川どの以外の大老と奉行衆を巻き込み、徳川どのを賊軍と決めつけておおいに喧伝している、という状況が明らかになっていた。

上方勢の立場は強い。大坂に太閤さまの一子《いっし》秀頼さまがいる上に、諸大名の妻子もいるのだ。人質には事欠かない。

こうした状況が伝わったせいか、徳川どのにしたがっている大名衆にも動揺が走り、だれそれが裏切って上方についた、といううわさがしきりに飛び交っている。

裏切り者が出るようでは勝てるはずがない、と右京亮は暗い気持ちでいた。

「負けとなれば、わが命もどうなるかわからぬ。そのときに我と平蔵がいっしょにいてはまずい。そなたは平蔵をつれてどこへなりと落ちよ。そしてわれらが負けとなれば、時を待って家中の者とともに家を再興せよ」

久七は当初は渋っていたが、説得されて承諾し、平蔵をつれて陣をしのび出ていった。

ふたりの後ろ姿を見送って、右京亮はため息をついた。

思えば最初の上杉討伐のとき、参陣すれば領地の加増があると面松斎が断言したから、ほいほいと出陣してしまったのだ。ところがそこから話は二転三転し、どうやらお味方は賊軍とされて負けるらしい。国許でもいまごろは謀叛の嵐が巻き起こっているだろう。

しかもいつの間にか、大恩ある石田治部少輔を攻める側に立っている。

欲を出したのが悪かったのか。いや、面松斎が見通しをはずしたせいだ。

ひどい失態だ。いまからでも面松斎を叩き斬ってやるか。

しかしここで負けて逃げ回るとなれば、上方の言葉を話せる面松斎は貴重だ。

――もう少しだけ生かしておいてやる。

用済みになれば即座に斬り捨てる、と心を決めると、少しは鬱屈が晴れるようだった。

何も知らぬ面松斎は本陣の中で、郷里が近くなってきたと喜んでいる。

その夕刻のこと。夕餉を終えて、明日のことを面松斎や左馬助、物頭たちと話し合おうとしていると、近習がきて膝をついた。

「仕官《しかん》望みと申す者がきてござるが、いかがなされまするや」

とたずねる。

「仕官望み？　わが家に仕えたいと申すか」

「は。ぜひ当家に仕官したいと」

「ほう、珍しいな」

こうした大きないくさになると、仕官を望む牢人衆が、縁を頼って各大名家に売り込みにくることが多い。だが名のある大名衆がそろっている中で、わざわざ北奥羽の小さな家に売り込みにくる物好きはまずいない。

しかしいまはひとりでも兵がほしい時だ。右京亮の食指がうごいた。

「名は名乗ったか」

「服部長門守《はっとりながとのかみ》、と。甲賀《こうか》の者とのこと」

右京亮は、そこにいた面松斎、左馬助らと顔を見合わせた。

「人体《にんてい》は」

「年の頃は三十路前かと。小者をひとりつれておりまする」

「あるいは」

と左馬助が言う。

「徳川どのが差し回した者かもしれませぬな」

「徳川どのが？」

「味方となる大名家に、いくさにあっては助力するとともに、家の内々の動きをさぐるためにそれなりの者を遣わす、と聞いたことがござる」

「つまり、間者か」

「といってもお味方ゆえ、害にはならぬと思われまするが」

右京亮は腕組みをしてしばし考えたのち、近習に命じた。

「その者をこれへ呼べ。聞きたいことがある」

服部長門守と名乗る男は、やや小柄ながら首も手首も太く、目つきも鋭かった。

「なぜ我に仕官したいのか。ほかに大名家はいくらでもあろうに」

右京亮が問うと、

「それは、夢のお告げでござる」

と男はよくとおる声で答えた。

「お告げ?」

思わず問い返した。

「昨夜見た夢で、このいくさ勝利の場に、卍の旗印がひるがえってござった。そこで卍の旗をさがしたところ、ご当家と知り、かようにまいった次第」

なんとも人を食った答だが、そう言われて悪い気はしない。

「以前の奉公先の感状などはお持ちか」

「持ちませぬ。それがし、武芸百般に通ずれど、中でも得意なるは忍びの術にて、奉公先でも忍びとして仕えてまいった。ゆえに感状は持ち合わせず」

甲賀の忍びか、とまたおどろく。

「徳川どのに服部半蔵《はんぞう》と申す侍大将がいると聞くが、一族かの」

と左馬助が問う。

「いえ、存じ上げませぬ。服部は世に多い姓ゆえ、たまたま同じなのでございましょう」

右京亮は一同を見渡した。肯定の意味か、うなずく者が多い。

堂々としたやりとりは、武者としても一廉《ひとかど》の者だと示しているし、上方で忍びばたらきができる男は貴重だ。それに徳川どのの間者ならば、拒めばかえって疑われてしまう。ここは召し抱えるのが上策だろう。

「よくわかった。されば今日からでも仕えてもらおう。禄は、このいくさが終わってから決めるといたそう」

右京亮が言うと、服部長門守は平伏した。

四

軍勢はさらに西に向かい、十四日には美濃国の赤坂《あかさか》という在所についた。

ここに諸大名衆が陣を敷いていて、南西およそ一里の大垣《おおがき》城に陣どる上方の軍勢と対峙していた。

敵陣とのあいだが一里あるといっても、兵はそこここに充満していて、野山に旌旗《せいき》が林立している。味方の兵は大垣城の近くにも進出していて、先手と敵の先手との距離は三、四町もあるかといったところだ。敵味方の兵の総数は十万にも達しようか。

こんな大軍勢は見たこともなかった。右京亮だけでなく手勢の者たちも声がない。

徳川どのは岡山という小高い丘に本陣をおいた。右京亮はその麓《ふもと》の、徳川勢の厩の近くに手勢をとどめ、卍の旗印をかかげた。

明るいうちに両軍のあいだで小競り合いがあったが、陣場がはなれた右京亮は銃声を聞くだけだった。

そして夕刻、軍議が開かれた。

席上、上方の大大名たちが目の前の大垣城を攻めるか、それとも長駆して大坂城を攻めるべきかを盛んに議論する。

それを右京亮は末席でただ拝聴していた。小勢だけに大きなことは言えない上に、このあたりの地理も前後の事情もわからないので、発言のしようがないのだ。

議論は紛糾したが、最後に徳川どのが、

「敵が籠もる大垣の城は捨ておき、これより佐和山城――石田治部少輔の居城で近江にある――に攻め寄せ、落としたあとに大坂へ攻めのぼる」

と決定を下した。

出陣は明朝である。その場であらあらと行軍の順序と陣配りも決まった。津軽勢は佐和山を攻めるのではなく、水野六左衛門《みずのろくざえもん》や松平丹波守《まつだいらたんばのかみ》ら徳川家の譜代衆とともに、大垣城の押さえを命じられ、城の北半里ほどの池尻《いけじり》という在所に陣を張ることとなった。

「このいくさ、勝てるかもしれぬな」

と右京亮は池尻に向けて行軍しつつ、面松斎らに漏らした。

清洲城に着く前とはお味方勢の雰囲気がかなり違ってきている。軍議の席は活発で、どの大名も敵を呑んでかかっている風情だった。敵方からかなりの数の内通者が出ている、といううわさも流れていた。

「どこかで風向きが変わったようだな」

理由はわからないが、悪いことではない。

「かような大いくさは、刻々と形勢が変わりますからな、あるいは徳川どのが敵方に手立てをほどこし、内通者をふやしたのかも」

と左馬助が言う。

池尻で一夜を明かすと、さっそく事態が動き出す。まだ暗いうちに、おなじ陣所を守る松平丹波守から急使がきた。

「大垣城の敵勢が、さきほど城を抜け出して西へ向かったとのこと。さしずめ城には小勢しか残っておるまい。攻めるに如《し》かず。すぐに出陣なされよ」

というのだ。佐和山城へ攻め寄せるはずだったお味方の本軍が敵勢を追う一方で、われらは大垣城を攻め落とすのだと。

なんとも忙《せわ》しないことだと思うが、いくさは時と場所を選ばない。雨が降る中、右京亮は手勢をひきつれて出陣、大垣城に向かった。

「たとえわれらが城を落としても、本軍が負けたら何にもなりませぬ。ここはあとのことを考え、兵を損じぬよう少々手控えるべきかと」

と佐馬助が進言してきたが、右京亮は、

「馬鹿を申せ。お味方が勝てば手柄しだいでご加増はまちがいない。ここは張り切って戦うところだ」

と一蹴した。加増が見えてきて、心がはやっている。

途中に川があって、瀬踏みをするのに苦労した。なんとか川を渡り終えると、柴田《しばた》村にあった柵——昨日まで島津家の旗が立っていたが、今朝は無人になっていた——を破り、城下の伝馬町《てんまちょう》に踏み入った。

するとと大垣城押さえの全軍を指揮する水野六左衛門から使番の武者がきて、

「これよりただちに城攻めにかかる。津軽どのはすぐに東の大手門にかかられよ」

と言う。

「あの水野というのは評判の猛将でござってな、徳川家を幾度も出奔《しゅっぽん》した跳ねっ返り者でもござる。ここでも遮二無二《しゃにむに》攻めるつもりでござろう」

と左馬助が言う。そんなやつが指図して大丈夫かと心配になるが、逆らうわけにもいかない。小雨が降る中、兵を大手門に向けた。

すぐに激しい銃撃がはじまった。

雄叫びの声とともに、兵が城門にむらがり寄ってゆく。兵は濠にも飛び込み、石垣をはいあがって城内へ突っ込もうとする。

水野、松平といった徳川家の譜代武将の兵に交じり、津軽の兵も果敢に攻め込んだ。

大垣城は、本丸と二の丸の周囲を三の丸がかこむ形になっている。水野らは早朝から攻めの手をゆるめず、兵を叱咤《しった》して厳しく攻めつづける。

昼すぎには三の丸を奪っていた。

ついで二の丸を攻める。先日召し抱えたばかりの服部長門守が、忍びの術をつかって守兵《しゅへい》にまぎれ、二の丸に入り込んでいた。

その手引きで津軽勢は二の丸へ攻め込んだが、守兵の抵抗が激しく、突入してもすぐに追い返されてしまう。そこで火を放って、いったん三の丸へ引き返した。

二の丸の門のあたりが黒煙をあげて燃えあがるのを、右京亮は城外の本陣から見守っていた。すると申刻に、西に向かった本隊からの報せが届いた。

「勝った？　まことか！」

思わず聞き返してしまった。

石田治部少輔を中心とした上方勢と徳川どのの軍勢は、大垣城より西の関ヶ原《せきがはら》で合戦となり、少し前に徳川どのが大勝したという。

「よし、めでたいことよ！」

本陣にいた者たちと喜びあった。これで自分の命は助かった。津軽家も存続する。加増もあるだろう。

そこへ水野六左衛門から使番《の》がきた。

「すぐに城の囲みをとき、退きなされ」

と言う。なぜかと問うと、

「お味方の勝利となったからには、もはやこの城も落ちたも同然。これ以上、無駄に戦って兵どもの命を落とすことはない、との御諚《ごじょう》じゃ」

とのことだったので、もっともと思い、兵を呼びもどし、池尻の陣に退いた。

すると水野は大垣城内の将たちに内通を呼びかけた。それによって城内で内紛が起こり、守将同士が殺し合いをして二の丸も陥落、三日後には最後に残った城代、福原長堯《ふくはらながたか》が降参して本丸を出てきた。

大垣城が落ちたのである。

役目を果たした右京亮は、兵をまとめると、水野らとともに徳川どのを追いかけて大坂へ向かった。

道中、味方の勝利を聞きつけた松野久七も、平蔵をつれて復帰してきた。

大坂に着いてみると、上方勢の大将、毛利どのはすでに城を出ており、かわりに徳川どのが入っていた。右京亮は水野六左衛門らとともに大坂城に入り、徳川どのの前に出て大垣落城を報告し、お褒めの言葉をたまわった。

「よし。これで命拾いをしたどころか、加増があるな。それも天下を分けての大いくさゆえ、一万石や二万石ではあるまいて」

いろいろあったが、最後は武運にめぐまれたようだ。治部少輔を裏切った形になったのは少々気がひけるが、まあやむを得ないことだ。そう思って晴れ晴れとした気分でいると、城内で秀頼どのの近習をしていた嫡男の平太郎も無事だとわかった。

「よかったな。うまくいくときは、すべていいほうに転ぶものだな」

と周囲の者たちと喜び合ったのち、右京亮は息子と再会した。

しかし平太郎は、さほどうれしそうではない。いぶかしく思っていると、しばらくしてから暗い顔で近寄ってきた。

「どうした」

何かありそうだと思い、問い質《ただ》した。

「じつは……」

と小声で打ち明ける平太郎の話を聞いて、右京亮は仰天し、

「何だと！」

と思わず叫んでしまった。

「大坂城内にいた治部少輔のせがれを津軽へ落とすよう、はからった」

と言うのだ。

関ヶ原敗戦の報が大坂城へ届くと、城内は混乱し、城を落ちる者があいついだ。その中で石田治部

少輔の嫡男は、家人らとともに静かに佇んでいた。父が首謀者である以上、もはやどこへ逃げても助からないと悟り、自害する覚悟だったのだろう。

石田治部少輔は平太郎の烏帽子親である。となれば治部少輔の息子とは兄弟も同然である。兄弟を見捨てることはできない。

そこで、命を大事にしろ、ひとまず身を隠せ、遠い津軽までは徳川どのも追って来まいと説き伏せ、敦賀をへて船で津軽へ行くよう、案内の家人をつけて出立させたという。

「それが三日前ゆえ、早ければもう敦賀から出帆しておりましょう」

おお、と右京亮はうなった。治部少輔のせがれをかくまったのが露見すれば、徳川どのに言い訳ができない。石田治部少輔の一味と見られて、家を潰されるかもしれない。

「そなた、何という勝手なことをしたのか！」

と怒鳴りつけた。困ったことをしてくれたと思ったが、一方でなんとなくほっとしてもいた。

——ん？　なんだこの気持ちは。

奇妙に思ってしばらく考えているうちに、頭の整理がついた。

そもそも治部少輔には、惣無事の儀を破ったかどで太閤さまの怒りに触れたとき、おおいに世話になっている。いまの津軽家があるのは、治部少輔のおかげともいえるほどだ。

徳川どのと治部少輔を秤《はかり》にかければ、受けた恩という点では、よほど治部少輔のほうが重い。

しかも徳川どのの今回のやりようは、秀頼どのの幼さに付け込んで豊臣家の天下を奪うという薄汚さが目につく。力はあっても、徳が高いとは思えない。

それをわかっているからこそ、平太郎も危険を承知で、治部少輔のせがれを城から落としたのだろう。

しごくまっとうな考えではないか。

徳川どのについて大垣城を攻めて、大恩ある治部少輔を裏切った形になったが、平太郎がそれを補ってあまりあるほど恩返しをした、とも言える。

ひとつ咳ばらいすると、右京亮は平太郎の肩をたたき、言った。

「ようした。それでこそ津軽者よ。恩返しは、せねばならぬからな」

平太郎はびっくりしたようで、目を見開いた。怒鳴られた直後だから、無理もない。

すぐにほっとした顔になった平太郎に、右京亮はつづけた。

「しかしこのこと、なにがあっても口外するなよ。じっとだまって治部少輔のせがれをかくまうのが、治部少輔への一番の恩返しだぞ」

ともあれ、大いくさは終わった。途中、迷うことも多かったが、今度も勝ち残ったのである。

だが幸福な時間はつづかなかった。たちまち別の不安が湧いてきた。

——いや、まだ安心できねえぞ。国許がどうなっているか。

森岡金吾と板垣兵部らが組み、とんでもない混乱が起きているかもしれない。

右京亮は徳川どのに暇乞《いとまご》いをし、急いで津軽へ帰った。

すると津軽では、やはり大異変が起きていた。

# 第十章　末期の難関

## 一

津軽にもどった右京亮は、まず変わり果てた堀越城の姿を目の当たりにし、「わ、わが城が……」と言ったきり口をあけて立ち尽くす羽目になった。

本丸の櫓は焼け落ち、土台だけが残っている。城門は破れ、塀もところどころがくずれ、銃弾の跡があちこちに見られた。

中の建屋もまったく無事なのは厩と台所くらいで、常御殿は半ば焼け落ち、二の丸、三の丸の屋敷も多くは焼けていた。

城下の家臣屋敷にも銃弾の跡が残っていたり、鉄砲玉よけに積んだ土俵《つちだわら》がそのままにされていたりと、激しい戦いがあった跡が見てとれた。

「おい、いったいなにが起きたんだ！」

留守をまかせた兼平中書を問い詰める。

「いやまあ、いろいろあってな、こちらもわけがわからぬ」

困り顔の兼平の話によると、どうやらこういうことらしい。

右京亮が江戸から、兵をひきいて来るように指名した侍大将四人は、まずそれぞれの手兵をひきいて深浦まで出陣した。しかしそのうち板垣兵部ら三人は、なぜか深浦から船に乗らずに堀越へ引き返してきた。そしてやにわに堀越城に押し入って留守居の城代たちを打ち殺し、そのまま籠城してしまった。

城にいたおうらたちは、命からがら脱出したという。

これにおどろいた重臣たちは、それぞれの屋敷に兵をあつめて備えをかためた。一時は城の内外で鉄砲を撃ち合って大変な騒ぎになったが、城下の妙覚院《みようかくいん》という寺の僧が仲裁に入り、ひとまず戦いはおさまった。

だが籠城した者たちが扇動した雑兵やあぶれ者たちが跋扈し、町民や百姓たちの家々を襲うなどしたので、領内は混乱した。

これは兼平ら重臣衆が兵を出して鎮めたが、そののちは城中と城下町でにらみ合いとなり、互いに動けないまま日数だけがすぎていった。兼平は言う。

「なにせ板垣らはなにも要求してこなかったでの。和談もできなかった。いま思えば、上方からの指図を待っていたのかもしれんな」

均衡が破れたのは、十月五日である。

この日、徳川家の鷹匠《たかじよう》が堀越城下にやってきた。

すわ、上方の合戦はどうなったかと、重臣衆と籠城中の叛乱者たち双方が宿所へ聞き合わせに人を出す。

鷹匠の答は明快だった。

「上方では関東ご利運《りうん》にて、石田治部めは濃州《のうしゆう》関ヶ原にて敗軍いたした。散々になりて落ちゆくところ、治部めは探しだされて搦《から》めとられ、安国寺《あんこくじ》も逃げ隠れするも探しだされ、ともに首を打たれ晒されたとか。ご当家は大垣にて功ありと聞こえてござるぞ」

関ヶ原で決着がついたのは九月十五日だったが、その一報が二十日ばかりかかって津軽に達したのだ。

これを聞いて重臣衆は喜び合い、叛乱者たちは気落ちした。やがて勝ち誇った右京亮が兵をひきいて帰国することが確実になったからだ。

籠城中の兵たちは三々五々、城から落ちてゆく。城中に残るのは、侍大将たちとわずかな譜代の郎党ばかりとなった。

板垣兵部は、堀越城から自分の屋敷へもどろうとするところを、兼平らの手兵に討ちとられた。残るふたりの侍大将は、重臣衆の説得にもかかわらず籠城をつづけたが、そのうちのひとりが門をかためようとして、鉄砲足軽に本丸の櫓にあった煙硝薬を配った際に、うっかりと火がついた火縄を煙硝箱に落としてしまった。

たまらず大爆発が起きて、侍大将もろとも櫓が吹き飛んだ。つづいて起きた火災で煙が城内に満ち、郎党たちはうろたえ騒いだ。

この機をのがさずに重臣衆が城に攻めかけ、残った侍大将と郎党を討ちとって、ようやく騒動がおさまったのである。

そんな兼平の話を聞いた右京亮は首をひねることになった。なにが起きたのかはわかったが、なぜ板垣ら三人が叛《はん》したのかは、はっきりしない。

「森岡金吾がそそのかしたのか」

「いや、金吾はそなたが江戸へのぼってしばらくしてから、梶仁右衛門が始末した」

と兼平は言う。仁右衛門は森岡屋敷を訪れ、言葉巧みに金吾を山奥の寺に誘い出してから斬り殺したという。森岡家の者たちはそれを知ると、津軽から散り散りに逃げ出した。だから板垣らと金吾とが結託して叛乱を起こしたわけではない。

「ならばやつらは、石田治部少輔ら上方衆に味方しようとして叛乱を起こしたのか」

「わからん。それも考えられるが……」

しかし石田治部少輔らの手が板垣らにのびていたとは、とても思えない。津軽を味方につけるつもりなら、まず右京亮に連絡があるはずだ。なにしろ右京亮は治部少輔を指南役とあおいでいたし、長男の平太郎が大坂城にいた。連絡する方法はいくらでもあった。

だが治部少輔は連絡してこなかった。おそらく僻遠の地の小大名までは、調略の手が回らなかったのだろう。

治部少輔らからの連絡がなくとも、上方の情勢は大坂城にいた平太郎信建の側近衆を通じて津軽にも入ってきていたから、板垣らはどこかでそれを伝え聞いて、上方衆のほうが優勢ならば、徳川どのについた右京亮を捨てて、大坂にいる信建を立てねば津軽の家がもたない、と考えたのかもしれない。

「それとも別の理由があるのか」

一方では、出陣を命じられた侍大将に、城代の者たちが兵糧を少ししか渡さなかったため、三人は怒って暴発におよんだ、といううわさも耳に入っている。もしそれが事実なら、咎めるべきは城代をつとめた者たちだ。

どちらなのか、留守居の兼平に問い質してもはっきりしない。叛した者たちを理由を聞かずに打ち殺してしまったから、調べようがないのだ。

もやもやしたものが残るが、いつまでも拘《こだわ》っているわけにもいかない。いまやるべきことは山積している。

「ま、どちらにせよ、板垣ら三人がわが下知にしたがわなかったのは間違いない。三人の一族の者は処罰せよ」

と命じてひとまず幕を引くことにした。

なお石田治部少輔のせがれは無事に津軽に着いたので、家人らとともに、堀越から北に四、五里はなれた板柳《いたやなぎ》というところにかくまった。

息をひそめていれば、やがて世から忘れられてゆくだろう。切れ者のせがれだから、いずれは家人として役に立つかもしれない。

しばらくして周辺諸家のようすが聞こえてくると、騒乱があったにせよ、まだ津軽は軽くすんだ方だとわかってきた。

東隣の南部家では、一揆が起きていた。

上杉攻めを命じられた南部家は、当主の南部利直《としなお》が軍勢をひきいて最上口に出陣していたが、その隙に以前、太閤さまの派した大軍勢に押しつぶされた和賀一揆の生き残りが、立ち上がったのだ。

利直はあわてて持ち場を捨てて軍勢を国許へ返し、一揆討伐につとめたが、一揆勢は和賀郡岩崎《いわさき》の城に籠もって抵抗をやめない。

そのうちに雪が積もってきたので、利直はいったん兵をおさめた。だから年の瀬のいまも一揆は鎮まらず、南部領内は不穏なままだ。

そして津軽の南にある秋田家は、上杉領である庄内攻めを命じられていたにもかかわらず、仙北の小野寺家を攻めたため、この口の主将であった最上氏に軍令違反を問われることとなった。

おそらく合戦が一日で終わるとは思わず、また戦国の世にもどると考えて、つい領地を広げようと近隣に手出ししてしまったのだろう。

混乱がおさまったいまは、徳川どのからどのような咎めを受けるか、びくびくしながら待っているところに違いない。

「ま、やつらにくらべれば、我はうまくやったな」

と、城中でおうらと酒を酌みかわしつつ、右京亮は満足してつぶやくのだった。

「まことに、まことに。うまく立ち回りなさった。おまえさまの才覚じゃ」

おうらも夫を立てようとする。夫婦仲はいまも良好である。息子ふたりもなんとか育ちあがった。

長男の平太郎信建は豊臣家に、三男の平蔵信枚《のぶひら》は徳川家にそれぞれ取り入り、この津軽家を支えている。

——どうやら嵐は去ったようだな。家の内も外も、なんとか収まっているわい。

そんなことを思う。

明けて正月は、穏やかな心で迎えることができた。五十をすぎた身としては、平穏が何よりありがたいと感じる。

そこで右京亮は、以前から気になっていたことを実行しようとし、

「ひとつ盛大に、法会《ほうえ》をやるぞ」

と周囲に宣言した。

徳川どのが天下人と決まった以上、もう当分、合戦はないだろう。そこでこれまでの合戦で亡くなった者たちの霊を慰め、戦国の世に切りをつけよう、というのである。

それはまた殊勝なことを、と感心したり珍しがったりする周囲の者には、

「我もそろそろ寿命が近い。武者の習いとはいえ、多くの殺生をしてきた。あの世へ行く前に、恨まれぬように慰霊をしておきたい」

と説いたが、それはまったく隠し事もない本心だった。

世を泳ぎわたるために仕方がなかったとはいえ、数多くの悪行をしてきたという自覚はある。そのせいか、このところ毎夜のように悪夢にうなされていた。

夢の中にあらわれるのは和徳城の小山内讃岐守だったり、浅瀬石城の千徳大和守、義父為則の実子、五郎どの、六郎どのだったりする。いずれもおそろしい形相で恨みごとを述べて迫ってきた。そのたびに右京亮は目を覚まし、汗まみれになっている自分を発見して愕然とするのだ。

若いころ神仏は遠くにいたが、年をとるにつれて身近に感じられるようになるものだ。神仏しか解決できないことが、世の中には確かにあると気づくのである。

さっそく奉行をさだめ、番匠や人足数百人をかきあつめた。一月の半ばから、堀越城の北西にある清水森《しみずもり》というところの三町四方に垣を結いまわし、そこに横七間縦十五間の仮の仏殿を建てた。中には幅九尺長さ八間の須弥壇《しゅみだん》をもうけ、内陣外陣を荘厳《そうごん》にしつらえる。そして右京亮が大浦城主となって以来、これまでの合戦で討死した者の名を、敵味方を問わず金紙《きんし》に金泥《こんでい》をもって書き記した。

法会の開始は、三月七日辰刻。

百八の燈明《とうみょう》と、おびただしい供花《くげ》で埋まった須弥壇の左右に百三十余人の僧侶が列をなし、読経《どきょう》の声があたりに響く。

領内に広く触れをまわしたので、亡くなった者たちの係累が朝から引きも切らず参詣しては花を供え、数珠をまさぐっては頭《こうべ》を垂れてゆく。

兼平や面松斎とともに初日のようすを見た右京亮は、いまや灰色になった長い顎鬚をしごきながら兼平に話しかけた。

「思えば、大仏ヶ鼻城のときは若かったな」

五月四日の夜ふけに暗い道を駆けたことが、昨日のように思い出される。

あれ以来、大光寺攻め、浪岡攻めと謀略と奇襲ばかりで勝ちをおさめ、津軽を平定して今に至っている。天下をわがものにするという望みはかなわなかったが、徒手空拳の身から実質十数万石もの大名にまで登り詰めたのだから、途方もない幸運に恵まれた人生だったといえるだろう。

この法会は、そんな右京亮の成功を内外に喧伝する祝祭の場ともなっていた。

「さよう、若かったな」

と応える兼平も五十半ばとなり、鋭い目つきは変わらないものの、顔の皺と白髪が目につく。そろそろせがれに家をまかせて隠居するか、などと言っている。

大浦家の三家老も、いまでは兼平ひとりが残るだけになっている。

若いころいっしょに駆け回った小笠原伊勢守や森岡金吾は、老年になってから右京亮に粛清された形となってしまった。さぞ恨みをのんで死んでいったのだろう。そう思うとまた悪夢がよみがえりそうだ。

「ま、これだけ盛大にやれば、死者の恨みも消えるだろうよ」

とつぶやきを残し、右京亮は城に帰った。

ところが三月十日、とんでもないことが起きた。

そろそろ昼になるというころ、あい変わらず参詣人でごった返す仏殿の中で、ひとりの女が須弥壇に向かった。壇上にあがると、懐からおもむろに巻紙をとりだし、

「大義によりて軽きものは武士の命、情けによりて捨てやすきものは夫婦の身なり。わが夫すでに武名を重んじ、すみやかに戦場一葉の露と身をなし給う」

と声高に読みあげはじめた。

なにごとかと人々が静まりかえる中で、女は巻物を読みつづけ、夫を思う妻の気持ちを切々と訴え

る。最後に、

「田舎館掃部の妻、積もる歳三十四、敬白」

と名乗ると、巻物を巻きおさめ、須弥壇の上に立てて三拝した。そして懐中から光るものを抜きだす。

小脇差だった。

あとは止める間もなかった。女は小脇差を胸に押しあてると、須弥壇に突っ伏すようにしてひと刺しし、さらにもう一度わが身を刺し貫くと、須弥壇の下に崩れ落ちた。

流れ出した血があたりを染めるころになって人々が騒ぎ出したが、もはや女は事切れていた。供の女があとを追って自害しようとするのを止めるのが精一杯だった。

堀越の城でこれを聞いた右京亮は、

「ねんごろに葬ってとらせよ」

と表情を変えずに命じたが、内心の動揺は抑えられなかった。

――田舎館城を落としたのはもう十五、六年も前ではないか。

なのにいまになって、城主の妻女があてつけのように自害を演じて見せるとは。

おそらく城主、千徳（田舎館）掃部の妻は、落城以来、ずっと夫の仇、右京亮に恨みを抱き、それを晴らす機会を待ちつづけてきたのだろう。今日、やっとその機会が訪れたのだ。

こんな法会くらいで人々の恨みは消えない。千徳掃部の妻は、自分の命をかけて右京亮にそう宣言したのである。

七日間の法会が終わったが、右京亮の心は晴れなかった。むしろ、それほど罪深いことをしてきたのかと、かえって考えさせられることになってしまった。

その夜、右京亮はまた悪夢を見た。

切り裂かれた小袖を着て長刀《なぎなた》をもち、髪をふり乱した女があらわれ、

「恨みが消えると思うな。子孫に祟って、根絶やしにしてやる！」

と言って迫ってきた。右京亮はものも言えず、ただ見守るばかりだった。

女は千徳掃部の妻かと思ったが、ちがった。

藤代御前だった。

二

法会のあと嫡男の平太郎信建に堀越城をあずけ、右京亮は堀越の東にある黒石《くろいし》という在所の屋敷にうつった。そろそろ隠居して信建に家督をゆずろうと考えてのことである。

信建も、右京亮と同様に上方と津軽とを行き来するようになっていた。

ただしまだ関ヶ原合戦の動揺はおさまらず、徳川家や諸大名との付き合い方がむずかしい。信建にすべてをまかせるわけにはいかず、右京亮は当主の座を下りてはいない。

この年、徳川どのから、大垣城攻めの功をみとめられて二千石を加増された。場所は上野国《こうずけのくに》の大館《おおたち》。領地としては飛び地となる。

「江戸や上方に出仕する際、馬飼所《まかいしょ》とされよ」

とのことだった。

「なんと、たった二千石か……」

と右京亮は落胆した。関ヶ原をともに戦った大名たちの中には何十万石と加増された者もいるのだ。

それにくらべれば二千石などないも同然ではないか。

だがすぐに、はたらきぶりを考えれば文句はいえないと考え直した。自分の生き残りのためだけに右往左往し、徳川家に勝ちをもたらすようなことは何もしていないのだから。

周辺の大名衆はと見れば、南部家は自領の一揆の討伐にこの四月までかかっていて、天下分け目の合戦には何のはたらきもなかったため、当然、加増もなかった。秋田家は加増どころか、咎めを受けて取り潰されるといううわさが飛んでいる始末だ。

その南の戸沢家もおなじく減封《げんぽう》のうえ他国にうつされそうだし、由利衆も転封《てんぽう》されたり他家の家臣になったりしている。

二千石とはいえ、加増された津軽家はよいほうだと思うべきだろう。

四月、右京亮は三男の平蔵信枚をつれて上洛した。五月には信枚が従五位下《じゅごいのげ》越中守《えっちゅうのかみ》に昇るなど、なべて慶長六年は津軽家にとって平穏で実り豊かな年となった。

「ふん、女の恨みなど、何ほどのこともないではないか」

右京亮はうそぶく。

藤代御前のことを忘れたわけではない。子孫にまで祟ってやるという声が、昼間でも聞こえるような気がするほどだ。

だがいまのところ津軽家は順調で、祟りなどはどこにも感じられない。

——子、怪力乱神《かいりょくらんしん》を語らず、か。

あまり気にしないことだ、と右京亮は自分に言い聞かせた。

しかし慶長七年になると、いくらか雲行きが変わってきた。

二月、右京亮は息子ふたりを上方においたまま、津軽へもどってきた。

ふだん伏見で政務を執る徳川どのに忠誠を示すには、伏見にいたほうがいい。しかし領主としてはあまり長く所領を空けられない。年貢の納入具合をみたり、新田開発を命じたり領民の争いを裁いたりなど、津軽でやることはいくらでもある。徳川どのもこの正月に江戸に下ったので、その機をとらえて帰国したのだ。

七月には、となりの秋田家の国替えが決まった。

常陸の佐竹家が、禄を半分に減らされた上で秋田郡や比内郡など出羽国に移り、秋田家や戸沢家などが入れ替わりに常陸へ入ることになったのだ。

秋田家は父祖代々の地をはなれる上に、五万二千石の禄が常陸宍戸《しど》五万石へと、二千石ほど減らされていた。

しかしもともとの家禄五万二千石というのは、太閤さまの奥羽仕置のときに津軽家とおなじく前田利家が大ざっぱに見積もった高で、実際の穫れ高は十万石とも十九万石ともいわれていたから、宍戸五万石への転出は大幅な減封となる。

それでも秋田家は逆らうこともできず、この指示に唯々諾々としたがった。

徳川どのの意向ひとつで、大名といえどいともたやすく国替えされたり取り潰されたりする現実をまざまざと見せつけられて、右京亮は肌寒い思いをした。もし自分が国替えを命じられたら……。

——この美しい津軽を追い出されるなど、考えられぬ。それなら潰れたほうがましだ。

そんなことも思う。

おなじ月に、伏見で前田家の侍衆と津軽家の侍衆——信枚につけた者たち——が喧嘩沙汰を起こした。斬り合いになり、手負いばかりか死人が出るほどの騒ぎになった。

「前田家か……」

伏見からの注進を聞いて、右京亮はある感慨を抱いた。

奥羽仕置以来、前田家は津軽家とは関わりが深い。津軽家からすればいろいろと怨念を抱く家だけに、こちらの家人たちも思うところがあったのだろう。徳川どのの世となって、その威勢にも陰りが出たところで、津軽の家人にも見返す気持ちが生じたのか。

よくある喧嘩沙汰ということで、両家とも公儀から咎められることはなかったが、死人が出た上に前田家とのあいだには確執が残る結果になった。だが前田家とていまや恐れる必要はないと思うと、右京亮としては悪い気はしない。

九月には長男信建の妻——松前の蠣崎家の娘——が首をくくって死んだ。何を苦にしたのかはわからない。

他聞をはばかって内密のこととしたが、蠣崎家にはわかってしまい、両家のあいだに険しい空気が流れた。

こうしたことを聞いた右京亮は、領主のつとめを果たす一方で、百沢寺《ひゃくたくじ》など津軽であちこちの神社や寺を再建したり、新たに建てたりするようになった。

神社や寺はその地の信仰のよすがになるばかりか、集会場や祭りの場にもなるので、整備すれば領民たちにも喜ばれる。

「我も年をとったからな、神仏のありがたみが身にしみるようになったのよ。神仏に、この津軽を守ってもらわねばな。かけがえのないわが所領だからな」

と周囲には話していたが、なにやら不穏な影が津軽家の上にさしてきた、と感じてのことでもあった。

冬になると、信建が大坂から帰国してきた。

国許の政務のためというより、どうも体の具合が悪いらしい。そういえば上方にいたときも、公家から医学の本を借りて熱心に読んでいたものだ。

しばらく津軽で養生するという。

そちらは心配だが、右京亮にはうれしいこともあった。「大熊《おおくま》」という名の孫もいっしょに帰ってきたのである。

さっそく堀越城から黒石の屋敷によんだ。

三歳の孫は、かわいい。

おうらも、血がつながっていないために最初は近寄らなかったが、そのかわいさに我慢できなかったのか、しまいには右京亮もあきれるほど猫かわいがりするようになった。

「ほほ、年をとってから、こんなおもしろい遊びができるとは」

と離さない。

みなに甘やかされ、大熊は屋敷の中をはしゃぎまわった。

昼近くになって、朝から大熊の遊びにつきあって疲れた大人たちが、ふと目をはなした。その隙だった。

けたたましい泣き声が、屋敷中に響き渡った。

「どうした、なにがあった！」

あわてて駆けつけると、囲炉裏のそばで大熊が顔を押さえてうずくまっていた。見れば顔が灰だらけになり、しかも赤く腫れている。

あやまって囲炉裏の火の中に落ち、顔面から頭にかけて火傷《やけど》を負ったのだ。

幸い命に別状はなかったが、顔にひきつれた跡が残ることになる。

ともあれ治療につとめる中、これを聞いた堀越城の信建が、大熊を返してくれと使者をよこした。使者は天藤《てんどう》という近習の兄弟四人だった。

右京亮は孫を傷つけてもうしわけないという思いもあって、

「火傷の跡に皮が張るまでは預かりたい」

と言って天藤兄弟を返した。

津軽にはよい医師がいないので、京へ人をやって薬をもとめさせようか、などと話し合っていると、翌日、また天藤兄弟がやってきた。

「殿がどうしても連れて帰れと仰せゆえ、若君をこちらに渡してもらいたい」

と、応対に出た家人に大変な剣幕で要求したと言う。

「なにを。こちらも心配しているのがわからぬのか。そもそもあやつに京の医師が手配できるのか」

その態度に腹が立って、

「捨てておけ。そのうちに帰るだろう」

と兄弟を放置しておいた。すると兄弟は日暮れまでねばっていたが、なお放っておくと、あきらめて帰っていった。

「あやつも、しつこいな」

とおうらと話しながら、その日は寝についた。すると翌日、信じられないような報せが飛び込んできた。

堀越に帰り着いた天藤兄弟は、すぐに城内に入り込むと、いきなり抜刀し、止める者は有無を言わさず斬り倒すなど、勝手知ったる城内をさんざんに斬ってまわった。そして信建の部屋をめざした。

夜中でもあり、突然のことで対応する者も少なく、兄弟は信建の部屋まであと壁一重のところまで迫った。結局は近習たちに押し返されたが、そのあいだ信建は長櫃《ながびつ》の中にかくれて事なきを得た、とも。

城中を荒らしまわった天藤兄弟は、さらに城下へと走り出て、寝静まる重臣たちの屋敷へ押し入っては狼藉を繰り返した。

夜が明けると、この騒ぎを知った家中の者が駆けつけ、空き家で休んでいた兄弟四人を大勢で囲んで、なんとか討ち留めて騒ぎを収めたという。

この騒動の原因は、信建にあった。

堀越城にいた信建は、日が暮れても天藤兄弟が帰ってこないのに腹を立て、あろうことか人をやって天藤兄弟の妻子を皆殺しにしてしまったのだ。

堀越への帰路にこのことを知った天藤兄弟は、あまりのことに天を仰いだ。そしてすぐに覚悟を決めて、その場から堀越城に向かい、先のような狼藉に及んだのである。

話を聞いた右京亮は、呆れてしまった。

「怒りにまかせて家臣の妻子を殺すとは、信建のやつ、主君の器ではないのか」

そしてこの一件は、あとに尾を引くことになる。

「おまえさま、なにやらうわさが流れているそうな」

と、おうらが不安そうな顔で告げたのは、数日後のことである。

「何のうわさだ」

「それが、大熊が火傷を負ったのも、天藤兄弟が荒れまわったのも、みな祟りじゃというのじゃ。藤代御前の祟りじゃと」

「馬鹿なことを！」

と吹き出した右京亮だったが、笑い飛ばすことはできなかった。

大熊が転んで囲炉裏に落ちたのも、信建が天藤兄弟の妻子を殺したのも、考えてみればあまりに不自然なことだったからだ。ふつうでは起きないことがつづけて起こるとは……。

みな、なにか邪悪な力にあやつられているのではないか。

見えないなにかが、わが一族を襲おうとしているのではないか。

右京亮はおうらと顔を見合わせると、敵をさがすように周囲を見まわし、それから深いため息をついた。

藤代御前の祟りを否定し切れないと、いまさらながらに気づいたのである。

天藤兄弟の騒動のあとも、右京亮のまわりでは不幸がつづいた。

娘の富子が亡くなった。

かわいがっていた娘の死が悲しいのはもちろんだが、これで津軽家を支える柱として富子の婿にした左馬助が、宙に浮く形となった。

いまだ婿は婿で変わりないが、家中での立場が微妙になってしまい、左馬助もとまどっているようだ。

本城とした堀越の欠陥も露《あら》わになった。大雨が降ると平川があふれて、城はさほどでないものの、城下町が水につかってしまうのだ。

堀越を本城とすると決めたときには城下町はなかったので、水害に弱い地だとは気がつかなかったのである。

そこで面松斎に命じて本城とするに適当な地を探させたところ、堀越の北西にある鷹岡《たかおか》（弘前《ひろさき》）という地を推薦してきた。

「かの地ならば風水《ふうすい》もよく、ご当家の永代繁栄に資すること、疑いなし」

などと言うので、右京亮も足を運んでみると、なかなか見晴らしのよい地である。水の害にも強そうだ。気に入って、本城を移転すると決めた。

だが新たに城を築くには、幕府の——少し前に徳川どのが江戸に幕府を開いていた——許しを得るなど手間がかかる上に、膨大な金銭が必要となる。頭の痛いことだった。

そのため町割りはしたものの、築城も城下町の建設もほとんど進んでいない。

ついで、右京亮の跡取りになるはずだった長男の信建が、先に逝ってしまった。

前々から病気がちだった信建だが、天藤兄弟の騒動以降、体調が悪化してふさぎがちとなり、政務をせずに療養につとめるようになった。そして京の名医に診てもらおうと無理を押して上洛したが、やはり治らず、慶長十一年十二月、京で儚《はかな》くなった。

右京亮は三人の息子のうち、ふたりを失ったのである。

まだ三男の信枚が残っているが、信枚もあまり丈夫な質とはいえない。

幕府は跡取りのない大名家は改易《かいえき》する姿勢を見せている。生き残った息子がひとりだけとなってみると、はたして津軽家が存続できるかどうか、不安がつのるようになってきた。

——子が少ないのは、側室が少なすぎたからだな。

若いころからもっと好色の道に励むべきだったようだ。おうらをはばかって、ちと遠慮しすぎたか。ああ、藤代御前を側室にできていれば、また事情も変わっただろうに、と悔やんでもどうにもならない。

一方で家中では、やはり藤代御前の祟りだとのうわさがささやかれていた。このうわさに、家中の女たちが怯えてしまっているのも問題だった。とくにおうらが恐れていて、

「おまえさまが変な女に手を出すからじゃ。女狂いもいい加減になされ！」

とことごとに言い立てるので、右京亮も立つ瀬がない。

手をこまねいていたわけではない。面松斎にわけを話し、祟りを消す祈禱《きとう》ができないかとたずねてみた。しかし面松斎は、

「いや、怨霊などは気にせぬのが一番。もともと目に見えぬものなど、この世にないと思し召せ」

などと言うばかりで頼りにならない。あげくに、

「それがしも老いてござる。そろそろ隠居したく、お許しを願いまする」

と言いだした。右京亮よりいくつか年上だから、隠居して不思議ではない年齢である。しかもどこか病を抱えているのか、このところ顔色が悪い。

「まったく、肝心なときに役に立たぬやつだ」

と右京亮は嘆いたが、それでもこれまでの貢献を考えれば面松斎を憎くは思えない。また面松斎にまで恨まれても困るので、隠居料として百石を与えて、身を退くのを許してやった。

「ありがたき仕合わせ。あとはせがれに継がせまするゆえ、お使いくだされ」

若いころの面松斎にそっくりな顔の息子を出仕させてきたが、右京亮とはあまりに年齢が離れすぎているので、相談する気にもなれない。

兼平も隠居したがっていて、老齢を理由にしてたまにしか登城してこないし、小栗山は先年、亡くなっている。その上で面松斎の隠居を許してしまったので、右京亮には気を許せる相談相手がいなくなってしまった。

――子孫のためにも、このままではいかん。これは我ひとりでも何とか始末をつけねば。

と思い悩んでいるうちに、右京亮自身も病にかかってしまった。

三

信建の没後一年ほどがすぎた慶長十二年十一月。

右京亮もまた病の身で京に向かっていた。

供回りは二十人ほどと、いつもの上洛とおなじだが、ちがうのは右京亮の乗り物だった。馬ではなく、今回は輿に乗っていた。

昼すぎに洛東の山科《やましな》についた右京亮は、そこで気分が悪くなり、道を進めなくなった。やむをえず近くにあった知り合いの刀鍛冶、来国道《らいくにみち》の屋敷に頼み込み、休ませてもらうことにした。

「すぐに、医師を」

「寒いぞ。火鉢をもっともってこい」

近習たちが駆け回る。それまで静かだった屋敷がにわかに騒がしくなった。

そんな中で右京亮は、寝床に横たわって腹部の痛みをこらえていた。

半年ほど前からうっすらと感じていた腹部の違和感が、秋ごろから痛みとなって右京亮を襲った。薬をのみ、祈禱をしたがいっこうによくならない。

しばらくは城内で養生していたが、毎年、この時期には上洛していることもあり、どうせなら京の名医に診てもらおうと、思い切って津軽を出立したのである。

幸いにも、深浦から越後までの海路は穏やかだった。越後からは輿で江戸へ出て、幕府から上洛の許しを得、そののち東海道をそろそろと進んできたのだ。

駆けつけた医師は脈や舌、顔色を診たあと、

「膈《かく》（胃がん）と思われまする」

と言い、腹部をあたためて寝ていること、脂気のある食べ物をとらぬこと、酒は厳禁、と注意をし、薬を調合して帰っていった。

「これでひと安心。ここで医師に診てもらいながら養生すれば、やがて本復《ほんぷく》しましょう」

と言うのは三男の信枚だ。右京亮は応ずる。

「京の名医に診てもらっても治らねば、それがわが寿命ということよ」

「そんなことを仰せになってはなりませぬ。治ると信じて、養生に専心なさりませ」

と周囲の者も言う。

——そうだな。まだ死ぬわけにはいかぬな。

右京亮は自分を叱咤した。

藤代御前の祟りをなんとかしようと、日夜考えを巡らせているが、まだいい方策が浮かばないでいる。この祟りを解かぬうちは死ねない。これぞ生涯最後の、そしてもっともむずかしい戦いだ。なにしろ相手は人ではなく、死霊なのだから。

しばらくのあいだ、右京亮は来国道の屋敷で静養し、養生につとめた。医師は毎日通ってきては脈を診て、薬を調合してゆく。

だがよくなる兆しはない。

右京亮はあせった。信建が亡くなり、ただでさえ津軽家の存亡の秋《とき》なのに、祟りまで抱えていては、信枚が跡を継いだとして、果たして家を保ちつづけてゆけるのか。

生涯戦いつづけてやっと得た津軽という宝を子々孫々まで伝えたいし、本当に津軽家が絶えたとき、女の祟りで家がつぶれたと言われるのは、不名誉きわまりない。

腹部の痛みに耐えながら、藤代御前の祟りを解く方法を、右京亮は考えつづけた。

そうして十二月になったが、いい考えは浮かばない。

その一方で病はいよいよ重くなり、水がたまったのか足が何倍にも膨れあがって、立ち上がることもできなくなってしまった。

——もはやかなわぬ。

この病は治らないと、右京亮もあきらめの境地にいたった。この分ではおそらく年も越せないだろう。

となると、やるべきことがある。

まずは京の仏師《ぶっし》を呼び、自分の寿像《じゅぞう》を作るよう命じた。仏師は右京亮の髭だらけの顔を紙に描きとっていった。

「病によるやつれは、描くなよ」

と釘を刺しておくのは忘れなかった。

さらに信枚を枕元に呼びよせ、国許のこと、幕府との対応のこと、いくさ備えのことなどをこと細かに伝えた。遺戒《いかい》のつもりである。

「されば右筆《ゆうひつ》を呼べ」

家督を信枚にゆずることを許してくれるよう、幕府に願う文言を右筆に書かせ、それに震える手で花押を据えた。

「みなの者よいな、跡目は信枚だ。しかと言い渡したぞ」

と家臣たちに伝えると、それで力が尽きたのか、右京亮は幽明の境をさまようようになり、家中の者が心配する中、昼も夜も昏々《こんこん》と眠りつづけた。

このまま息をひきとるのではと思われていたが、三日目に目覚め、水を欲した。付き添っていた侍女が水を飲ませると、

「長い夢を見ていた」

と言う右京亮は、なぜか清々しい顔になっていた。言葉もはっきりとしている。

「夢の中に藤代御前が出てきたので、もう勘弁してくれ、子孫に祟るのはやめてくれと謝ったのだが、藤代御前は首を横にふるばかりだ。そこで、ならばとつかみかかったところ、藤代御前は消えてしまった」

周囲には人があつまってきた。信枚とその母も心配そうに右京亮を見詰めている。

だが右京亮は、逆に周囲の者をはげますように、笑みさえたたえてこう言った。

「心配するな。この夢のおかげで、やっと祟りを消す方策を思いついた。なあに、わかってみればたやすいことよ」

これを聞いた周囲の者たちは、おおっとどよめいた。右京亮はつづける。

「子孫のためならな、我は死んでも戦うぞ。そのくらいの覚悟がなくては、大名の家はつづかぬ。この身を張ってでも藤代御前を止めてやる。我が子孫に祟らせなどせぬから、安心せよ。そのためには、いいか、よく聞け。我が死んだら、こうせよ」

右京亮は自分の葬り方を指示し、語り終わるとまた目を閉じた。そして安らかな顔で寝入ってしまった。

そのまま右京亮は永眠した。享年五十九。慶長十二年十二月五日のことだった。

# 四

元和《げんな》五（一六一九）年七月半ばの昼下がり――。

右京亮の死から十二年がすぎている。

堀越の城から北西に二里ほどはなれた藤代村にある革秀寺《かくしゅうじ》では、ちょっとした騒ぎが起きていた。

「なりませぬ。お城からの許しがないと、中へははいれませせぬ」

と住職や寺男《てらおとこ》が止めるのに、徳利をさげたひとりの老人が、強引に山門の中へ進もうとしている。

革秀寺はふたつの池と土塁に周囲を囲まれ、外側から中のようすはうかがい知れない。まるで城塞だが、それは藩祖である津軽右京大夫――右京亮である――の菩提寺だからだった。

右京亮が世を去った翌年、跡を継いだ信枚が、右京亮の指示に忠実にしたがってこの寺を建てたのである。

「騒ぐな。殿には我からよく言うておく。なあに、めでたいことだ。咎めなどあるものか。面倒なことを言わず、そこを通せ」

老人は凜《りん》とした声で寺男たちを制し、押し通った。うしろから、元のご家老さまでは仕方がない、逆らうな、との声がした。

老人は、七十翁《しちじゅうおう》となった兼平中書である。

兼平は山門から境内にはいると、すぐ左手に曲がった。

また土塁があり、五間四方ほどの地を囲っている。四脚門があって、その向こうにこけら葺きの屋根が見えた。

四脚門をくぐり、祠《ほこら》というにはやや大きい建物の前に立つ。

御霊屋《おだまや》と呼ばれるこのこけら葺きの祠の中に、右京亮の墓がある。

御霊屋の扉をあけると、兼平は一礼して中にはいった。

そこにあるのは、石造りの宝篋印塔《ほうきょういんとう》である。この下に右京亮が眠っている。

兼平はまた一礼すると、

「おい、起きてくれ。よい報せだ」

と宝篋印塔に語りかけた。

「喜べ。国替えは取りやめになった。津軽家はな、ずっとこの地にいられるぞ」

先月、上洛中の藩主、信枚から国許の家臣衆に、にわかに国替えの沙汰が伝えられた。まったく予期していなかった報せに、家中は上を下への大騒ぎになった。

信枚から国許の家老あての書状で明らかになったところでは、広島の福島《ふくしま》家が津軽へ転封となり、津軽家は加増されて越後へ移るのだという。

国替えはすでに決定したもののようで、信枚は、小禄の者でもみな召し連れてゆく、下々の者は路《ろ》銀《ぎん》を借りるだろうから、用意しておくこと、などと細々とした指示まで書状に書き連ねていた。

家中ではすぐに寄合がひらかれ、大禄の者から小禄の者まで鷹岡の城に登り——本城は八年前の慶長十六年に堀越から鷹岡にうつっていた——、国替えの報せを聞くとともに、藩としていかに対応するか、意見が交わされた。

そこでは国替えを拒むべしとの意見が大勢を占めた。すでに隠居していた兼平中書も、このときばかりは登城して反対の意見をのべたものだ。

当然である。父祖代々住んできたこの美しい津軽の地を離れたいと思う者は少ない。その上、津軽家の表高《おもてだか》は四万七千石だが、実際の穫れ高は十万石を大きく超えていた。もともと太閤検地で見立てた石高が小さすぎた上に、その後、せっせと新田開発をすすめた結果、このような差ができたものだ。

ここで国替えとなれば、四万七千石から多少加増があったとしても、とうてい十万石に届くとは思えない。実質的に大幅な減封となるのだから、誰しも反対するのである。

これをうけて家老の服部長門守——関ヶ原で仕官を申し出てきた男である。やはり徳川家の間諜で、戦後に津軽家へ遣わされ、付家老《つけがろう》となっていた——が急ぎ江戸へのぼり、さまざまな伝手《つて》を頼って国替えの取り消しを運動することとなった。

その運動が効いたのか、あるいは別の事情があったのか、くわしくはわからない。だが津軽家の国替えは取りやめになり、福島家は越後に移ることになった。

この決定を聞いた直後、兼平は右京亮の墓参りを思い立ったのである。

「国替えを聞いたときは、あの祟りがまだ消えてなくて、こんな形であらわれたのかと思ったぞ。なにしろ突然だったからな」

藤代御前の祟りのうわさは家中に広まっていたから、右京亮が生きているあいだは、藩主一族になにか不幸があると、その原因として決まって持ち出されてきた。

しかし右京亮が死に臨んで残した言葉が、盛大な葬儀のあと家中に伝えられて、うわさはなりをひそめていた。

もちろんそのあとにも、津軽家に危難はいくつも起きた。

まず右京亮の死の直後に三男の信枚が家督を継ぐと、長男信建の遺児である大熊こそが家督を継ぐべきであるとする一派――左馬助が頭領だった――が立ち上がり、幕府に訴えを出してきた。

さっそくお家騒動が起きたのである。

幕府で審理された結果、もとのとおりに信枚が家督を継ぐこととなり、左馬助は津軽から追放になったが、これを不服とした大熊一派が大光寺城に立て籠もったので、兵を出して合戦となる騒ぎになった。

この騒ぎはすぐに鎮圧され、お家騒動は収束したが、成り行きによっては家中取締《とりしまり》不《ふ》行届《ゆきとどき》と見なされ、藩自体が取り潰しとなるかもしれなかったのである。

右京亮の死から五年後の慶長十七年には、高坂蔵人《こうさかくろうど》という重臣が信枚と稚児《ちご》小姓を取りあったことに端を発して、蔵人の一族と信枚の家臣団とが城下町で合戦沙汰を起こした。

信枚側が勝ったものの、これによって高坂蔵人の家族や親類縁者をふくめて八十人以上が斬罪《ざんざい》となり、逃亡する家臣も多数でた。一時は津軽家の家臣が半分になったと言われたほどだった。

また信枚は豊臣秀吉の妻、おねね（出家して高台院《こうだいいん》と称した）の養女、辰姫《たつひめ》を正室としていたが、慶長十八年には幕府から徳川家康の養女、満天姫《まてひめ》を娶らないかとの話がきた。

辰姫は、じつは石田治部少輔三成の娘だったので、豊臣家がいまだ健在であった当時、幕府が津軽家の態度――豊臣家を尊重するのか、徳川家につくか――を試している、ともとれる話だった。

この難題は辰姫を側室にし、上野国大館の飛び地領に住まわせ、満天姫を正室として迎えることで切り抜けたが、津軽家も幕府ににらまれている、と感じさせる出来事でもあった。

ともあれ、やってきた危機をすべて乗り越えたので、藤代御前の祟りは忘れられつつあった。

そこへ国替えの騒動が起きたのだ。やはり藤代御前の祟りかと、家中の者たちはうわさしていた。

だがこれも避けられたので、藩祖右京亮への家中の者の信頼は、今後ますます大きなものになるだろう。

「まずはよくやった。さすがだな。ああ、そうそう。おうら殿も喜んでいるぞ」

おうらは鷹岡城の北の丸にいて、亭主の死後もいまだ家中ににらみを利かせている。

「これからも頼むぞ。さあ、一杯やれ」

兼平は、もってきた徳利の酒を印塔にかけた。酒が石を濡らし、地面に滴りおちた。

「それにしても、ふつうは寺のあるところに墓を建てるものだが、墓を建ててからそこに寺をもってくるとはな。まあ、それでお家が安泰になるなら、文句はないがな」

兼平は首をひねりながら言う。

たしかにおかしな話である。だが右京亮は臨終に際し、こう言い残したのである。

「いいか、我が死んだら六条《ろくじょう》河原で焼いて、骨を津軽へ持って帰れ。そして藤代御前の墓の上に葬れ」

これを聞いた家臣たちは首をひねった。他人の墓の上に葬るとは、どういうことなのか。

不審そうな顔をする面々に、右京亮は穏やかな笑みを浮かべつつつづけた。

「そうしてくれれば、我があの世で藤代御前にねんごろに掛けあって、子孫に祟らぬようにするのでな」

死んでしまえばもはや死霊と対等なのだから、恐れることもない、と言う。

「もし言うことを聞かねば、上から押さえ込んでても祟らせはせぬ。だから藤代御前の上に我が骨をおけ」

なるほど、さすがに殿さまは賢い、それなら安心だ、と家臣たちはみな納得した。

そこで藤代御前の墓石をどけて、その上に右京亮の骨をおき、印塔を建てた。そして御霊屋で囲み、

さらにこの御霊屋を境内に取り込む形にして、菩提寺の革秀寺を建てたのである。このとき、

「わが夫をよその女といっしょに葬るとはなにごとか！」

と正妻のおうらは激怒したが、お家大事と心得る家臣たちはおうらの怒りを無視し、右京亮の遺言を忠実に実行した。おうらも、祟りを消すためにやむを得ないことだと説得されて、しぶしぶ怒りをおさめたのだった。

「それにしても藤代御前も、悪いやつに祟っちまったもんだ。死霊に逆に襲いかかる男なんて、世の中のどこを探してもいないぞ」

あおむけに横たわり、困った顔をしている藤代御前の上から、右京亮がにやつきながら迫っている姿を想像して、兼平はひとつため息をついた。あやつならやりかねないと思う。

「好色の癖というのは、死ぬまで治らないからな」

そしてすぐに、自分が思い描いたおぞましい光景をふり払うように首をふると、兼平はまた印塔に向かって語った。

「ご苦労だが、しっかり押さえ込んでおいてくれよ。まだおれたちの息子どもは頼りないからなあ」

話し終えると一礼し、御霊屋を出た。

なお革秀寺の開山は格翁和尚。右京亮が十七歳のとき、婿入り前の試しを行った禅僧である。あれから四十年もすぎて、また右京亮の面倒を見させられるとは、格翁和尚も思いもしなかっただろう。

ともあれひとつの事件が収まり、津軽家は当面、安泰となったのである。

山門を出て西の方を見上げれば、岩木山が夕陽に照らされて赤く染まっていた。

——この美しい国に居つづけることができて、よかったな。

と兼平は思い、晴れ晴れとした顔で帰路についた。
以後、津軽家は代々津軽の地で大名としてつづき、明治維新を迎えることとなる。

初出
「小説宝石」二〇二一年十一月号～二〇二二年十二月号掲載「津軽のひげ」を改題

岩井三四二（いわい・みよじ）

1958年岐阜県生まれ。一橋大学卒業。'96年『一所懸命』で第64回小説現代新人賞受賞。「岩井三四二に外れ無し」と言われ、2003年『月ノ浦惣庄公事置書』で第10回松本清張賞、'04年『村を助くは誰ぞ』で第28回歴史文学賞、'08年『清佑、ただいま在庄』で第14回中山義秀文学賞、'14年『異国合戦 蒙古襲来異聞』で第4回本屋が選ぶ時代小説大賞受賞。『難儀でござる』『田中家の三十二万石』『「タ」は夜明けの空を飛んだ』『切腹屋』など著書多数。

津軽《つがる》の髭殿《ひげどの》

2023年6月30日　初版1刷発行

著　者　岩井三四二《いわいみよじ》

発行者　三宅貴久

発行所　株式会社 光文社

〒112-8011　東京都文京区音羽1-16-6

電話　編　集　部　03-5395-8254

書籍販売部　03-5395-8116

業　務　部　03-5395-8125

URL　光　文　社　https://www.kobunsha.com/

組　版　萩原印刷

印刷所　萩原印刷

製本所　ナショナル製本

落丁・乱丁本は業務部へご連絡くだされば、お取り替えいたします。



ISBN978-4-334-91534-6